诗词会意

周汝昌 著

周伦玲 编

贵州出版集团
贵州人民出版社

目录

辑一　飞红万点愁如海

飞红万点愁如海
——说秦观《千秋岁》\2

花市光相射
——说周邦彦《解语花·上元》\8

桂华流瓦
——又说周邦彦《解语花·上元》\13

对潇潇暮雨洒江天
——说柳永《八声甘州》\15

红了樱桃，绿了芭蕉
——说蒋捷《一剪梅·舟过吴江》\19

便做春江都是泪
——说秦观《江城子》\24

应是绿肥红瘦
——说李清照《如梦令》\26

笑从双脸生
——说晏殊《破阵子》\28

长使英雄泪满襟
——说杜甫《蜀相》\31

辑三 诗词杂话

相看两不厌
——说李白《独坐敬亭山》\63

闻说梅花早
——说孟浩然《访袁拾遗不遇》\65

咫尺愁风雨
——说钱起《江行望匡庐》\66

万事干戈里
——说杜甫《倦夜》\68

诗词杂话 \72

中华要典有『葩经』\84

关于古典诗词的鉴赏 \87

谈唐宋词的鉴赏 \101

诗词韵语在小说中的意义 \110

高中读词杂记 \114

附录

『诗性』『诗心』与『诗境』『诗音』\280

炼字、选辞、音节美与艺术联想 \284

『言志』与『抒情』\291

『诗律细』以外的『细』\295

严于音,细于律 \298

灵情生声 \301

怎样教诗——浅谈中国诗的特色 \306

谈对联 \311

『对对子』的感触 \316

李固《遗黄琼书》注释 \320

师顾室漫话 \330

旁听诗话 \333

周汝昌与周笃文谈东坡诗 \339

辑二 相看两不厌

只是当时已惘然
——说李商隐《锦瑟》\35

一上高城万里愁
——说许浑《咸阳城西楼晚眺》\41

只是近黄昏
——说李商隐《乐游原》\50

何处秋风至
——说刘禹锡《秋风引》\53

空山松子落
——说韦应物《秋夜寄邱员外》\56

春潮夜夜深
——说王昌龄《送郭司仓》\57

明月来相照
——说王维《竹里馆》\59

花落知多少
——说孟浩然《春晓》\60

辑四 诗的存在

「思无邪」辨义 \182

一篇《锦瑟》解人难 \187

再论周美成上元词 \196

宋人绝句评赏 \198

陆放翁诗漫举 \204

林黛玉三首长歌行 \215

六十年来三首诗 \238

心灵的网络 \246

欣赏的对象 \252

汉字痴迷 \257

学诗 \264

诗的存在 \266

中华诗义 \273

中华诗论悟「三才」\276

辑一

飞红万点愁如海

飞红万点愁如海

——说秦观《千秋岁》

> 水边沙外，城郭春寒退。花影乱，莺声碎。飘零疏酒盏，离别宽衣带。人不见，碧云暮合空相对。　忆昔西池会，鹓鹭同飞盖。携手处，今谁在？日边清梦断，镜里朱颜改。春去也！飞红万点愁如海。
>
> 秦观《千秋岁》

在拙著《千秋一寸心》中，首篇讲的是"山抹微云，天连衰草，画角声断谯门……"，乃是少游秦郎之作。今者此书开篇讲《千秋岁·水边沙外》，又是"山抹微云秦学士"之佳篇，这纯系偶合，原无用意，但于此也可看出我对少游怀有一种文缘心境的情怀。可是，对这方面我也要先说明几句，我和他并没有什么生平时代的共同之点。比如，前人评他"古之伤心人也"，我已引过，可是我自问衷怀并没有什么伤心之痛，像他那样执着而难以超脱，只能说是我很同情他，爱他的词笔有一种韶秀之气，与众不同。《千秋岁·水边沙外》风格笔致若与《满庭芳·山抹微云》相比，显得风流稍逊，而多了一些厚重与执着的感觉。此为何故？一时尚难说清，但有一点可以细心涵泳，便是这和《千秋岁·水边沙外》的词调、句法不无关联。

开头一句"水边沙外"之"沙"，我在别处讲过：本是吴人称河边淤积的细润之土地，特名为"沙"，恰与通常以为大颗粒的粗糙之土正好相反。这是第一义，需要辨清。第二，在古人诗词中，"沙"成为泛称之词，不一定非含纳本义的特点。例如，琴曲的名调有《雁落平沙》，还可以解为近水的地方大雁才喜欢。

可是，到了"新晴细履平沙"（秦观《望海潮·梅英疏淡》）之句时，这个"平沙"就是一般平地的意思了——这种用法全由平仄韵律而选择，与"平莎""平芜""平原""平川"……都是为了避用平声字而变通的结果，不一定非得有茂盛的草地不可；更有甚者，不明音律之理，错把平川的"川"写为河流，更是差之毫厘，失之千里。应该想一想，听京剧《武家坡》薛平贵与王宝钏重逢后的那个唱词时遇到"怀中取出银一锭，将银放在地平川……"，就是把银子放在地上，与河流全无交涉呀！

闲话少说。本篇从"水边沙外"写起，这"沙"却真是吴语的本意。在这儿，词人所感受的季节、气候及周围的环境、氛围就与干燥的地方有所不同——这是哪里？曰：城外之地区了。为何这么说？第二句点明："城郭春寒退"。就分布而言，内城为城，外城为郭，词人点明这不是城圈之内，人烟阜盛、万家灯火。而这城外觉得春寒已退，和气将浓，这是江南芳春正好的时节了，所以下接三字的一

3

联,你看怎样写法:"花影乱,莺声碎",如此而已。可是,最好的艳阳春景已然芬芳满目、香气盈怀了。一个"乱"最为奇特,"乱"本非好字,而用在这里却大有妙趣,正如白居易诗:"乱花渐欲迷人眼,浅草才能没马蹄。"你看,这真好极了!只在此种地方才知汉字变化之妙——"乱"成为最美好的字眼了。不妨参看"红杏尚书"宋祁的名句:"绿杨烟外晓寒轻,红杏枝头春意闹。"人们纷纷议论,怎么把一个不好听的"闹"字用在词曲上了呢?而不能体会正是这个"闹"字,才把那花满枝头的春浓气息写得十二分饱满了。然后,你再看那个"碎"字,也是同样道理。这"碎"虽不能表示莺声委婉,却是群莺合唱的一片美景,就算自身不能感受,也已经入目盎然了。当然,这"乱"与"碎",也包含了词人此时此刻的心绪感受。

词人秦郎开头写明了春寒已退之后,只用六个字、两小句略为点染气氛,就让你感到确实寒退春回了。可是他立刻便把笔锋一转,说是在这么好的艳阳美景之中,却感叹:一是飘零,二是离别。美景越美,心情越难收拾。飘零者,天涯游子百般不遂人愿;离别者,相思相念的人也正是多愁多恨的缘由中心。所以,常言借酒浇愁,我却连吃酒的心情都不复存在,而离别之苦让人衣带渐宽、消瘦憔悴,这就是词人常说的"沈郎腰瘦"的典故。再接下去,才把问题正面摆明:"人不见",是全篇的眼目、命脉、精神。这不见之人是谁呢?不必多言,只看"碧云暮合空相对"就能晓然、了然。这是词人牵挂于怀、不可时刻放下的一位有情之人,因为,他这儿又用了一个六朝诗人的典故,"日暮碧云合,佳人殊未来"。至此上阕完毕。

下阕主题内容并无新鲜变化,仍然是良辰美景、别恨离愁交织在

一起，不能排遣，但让你感到新奇的并非全无，这就是上阕先由美景而带动离愁，下阕是回忆美景良辰到目前的现实和情绪，笔法虽一致而次序上却让你感到有一个反正面的妙处。这个"反正"，就是回忆当年西池相会，补足了上阕未能交代明白的来龙去脉。那"殊未来"的佳人曾与他在西池同游时，坐在车里游遍风光——"飞盖"是带篷子车的比喻词。而"鹓鹭"何也？盖鹓者凤雏也，身份高贵，比喻目前怀念而不能相见之人。鹭是比喻自己如同水边闲散的鹭鸟而已。可知这种情缘回忆起来更觉百倍难得而伤情。

请注意，重申当时重会之人今已不在的主题之后，接下一联虽无奇处却很动人：清梦已断，朱颜也改。须知"清"与"朱"叫作"借对"或"假对"，因"清"仍含有色彩的因素，可与"朱"为对应之妙，不过我要说的更在那个"改"字不可忽略。因为，简单说来，也要回顾到李义山的名句："晓镜但愁云鬓改，夜吟应觉月光寒。"玉谿首先用了这个"改"字，不可替代变易，然后才有李后主的"雕栏玉砌应犹在，只是朱颜改"——这才过渡到本篇秦郎的"镜里朱颜改"。你看，我们的诗人词客的灵心慧性，彩笔生花，是多么令人感叹而又余音不尽、渺渺无穷啊！

词人纵笔至此，已到了曲调的煞拍之处，看他迤迤逦逦放笔写来，又如何收住呢？这就是需要绝大本领的要紧之处了。令人震惊而又难以想象的是，他竟然写出"飞红万点愁如海"的奇句，在我初次读时真有石破天惊、云垂海立之感，以为秦郎的文学创造力如此不凡，超出我原先的想象，可是又一转想，他也不是无根之木、无源之水，那"飞红万点"，还是从杜少陵的"一片花飞减却春，风飘万点正愁人"而来的。

所以，伟大的是秦郎，也是杜郎，不过杜郎还没有点破一个愁大如海，而秦郎占了一步先着，因此也就实在非凡可贵之至了。

本篇首句"水边沙外"的"外"字，应押韵读作"未"音，这个道理说来也很有趣。北宋名臣范仲淹所作的一篇名词："碧云天，黄叶地。秋色连波，波上寒烟翠。山映斜阳天接水。芳草无情，更在斜阳外……"那个"外"字，就应该读"未"音，这是宋代汴梁都城人的口音，古人有所评论。我本人也还能够记得早先民间的俗曲，多有"王员外"这个名词，但是唱起来、听起来，实际都是"王员未"的，我一下子晓悟了，原来这都是宋代词曲的遗音。

诗曰：

红楼写道林如海，不晓词源何处寻。
今日秦郎怀妙笔，纷红万点海样深。

汝昌记于己丑大雪节之次日

〔注〕

《红楼梦》中黛玉之父林如海，旧日评家以为是指他的学问广大如海之不可计量，我以前也无别解，但觉未必如此简单。后于北京大学讲《红楼梦》，一位同学递上纸条，上面写明他以为林如海之名乃是取自秦少游《千秋岁·水边沙外》，而与学问无关，实为痛惜花落水流之意也。我看了大为佩服，今采其说补记于此，可惜已不能记其名姓，深觉歉然。

桂华流瓦
——说周邦彦《解语花·上元》

> 风销绛蜡，露浥红莲，花市光相射。桂华流瓦。纤云散，耿耿素娥欲下。衣裳淡雅。看楚女、纤腰一把。箫鼓喧，人影参差，满路飘香麝。　　因念都城放夜。望千门如昼，嬉笑游冶。钿车罗帕。相逢处，自有暗尘随马。年光是也。唯只见、旧情衰谢。清漏移，飞盖归来，从舞休歌罢。
>
> 周邦彦《解语花·上元》

要赏此词，须知词人用笔，全在一个"复"字，看他处处用复笔，笔笔"相射"。这词的精神命脉，在全篇的第一韵，"花市光相射"句，已经点出，已经写透。

上元者何？正月十五，俗名灯节，为是开年的第一个月圆的良宵佳节，所以叫作元夕、元夜，我们中华民族的祖先，用奇思妙想、巧手灵心,创造出一个奇境:在这一夜,普天之下,遍地之上,开满了人手制出的"花"——亿万的彩灯,这些花把人间装点成为一个无可比拟的美妙神奇境界。

此一境界,明明是现实的人间,却又是理想的仙境。上是月,下是灯,灯月交辉,是第一层"相射";亿万花灯,攒辉列彩,此映彼照,交互生光,是第二层"相射"。还有一层更要紧的"相射",来为这异样的仙境做主持者,做个中人——这就是那万人空巷、倾城出游、举国腾欢的看灯人!

游人赏灯,却怎么说是一层"相射"呢?难道人也有"光"不成?

这正是赏析美成此词的一个关键之点。

要知道,在古代的这一夕,是"金吾放夜",即警卫之士解除宵禁,特许游人彻夜欢游。不但官家"放夜",而且"私家"也"放门"。那时候,妇女是不得随意外出的,当然更不能想象在深宵永夜竟能到红衢紫陌上去尽兴游观了。然而唯独这一夜,家家户户,特许她们走出闺门,到街巷中去看灯赏景!

说"看灯",自然不差,但是不要忘了,正因上述之故,不但为来看灯,更是为来"看人"。这一点无比重要。没有了这一点,就没有了上元佳节,也就没有了《解语花·上元》佳作。

你道那于此夜间倾城出赏的妇女是怎样一种打扮?妙得很!我们这个艺术的民族最懂得什么是美,而且最懂得美的辩证法。在这一夜,女流们不再是"纷红骇绿""艳抹浓妆"了,而是一色缟衣淡服!

诗词会意

把这些"历史背景"了解清白了,你才能够谈得上欣赏这首上元词的妙处。

上来八个字领起,一副佳联,道是"风销绛蜡,露浥红莲"。绛蜡即朱烛,不烦多讲。红莲又是何也?原来宋时灯彩,以莲式最为时兴,诗词中又呼为"莲炬""芙蓉",皆莲灯是也。此亦无待多说("红莲"一本作"烘炉",今不从)。最要体味,端在"风销""露浥"四字,只此四字,早将彻夜腾欢之意味烘染满纸了。当此之际,人面灯辉,容光焕发;人看灯,灯亦看人;男看女,女亦看男。如此一片交辉互映,无限风光,词人用了一句"花市光相射",五个字包含了这一切!

以下紧跟一句"桂华流瓦",正写初圆之月,下照人间楼屋。一个"流"字,暗从《汉书》"月穆穆以金波"与谢庄赋"素月流天"脱化而来,平添一层美妙。"桂华"二字,引出天上仙娥居处,伏下人间倩女妆梳,总为今宵此境设色勾染。

纤云不碍良宵,但今夜并纤云亦不肯略为妨碍,夜空如洗,皓魄倍明,嫦娥碧海青天,终年孤寂,逢此良辰,也不免欲下人寰,同分欢乐。此一笔,要看他"欲下"二字,写尽神情,真有"蹋蹋而动"(东坡语)之态,呼之欲出之神。此一笔,不独加一倍烘染人间之美境,而且也为引出人间无数游女的一种极为超妙的手法。盖以上写灯写月,至此,方出游观灯月之"人"。迤迤逦逦,不期然已如饮醇醪人醉矣。

"衣裳淡雅"一句,正写游女,其淡而雅,早已在上句"素"字伏妥,至此,正出"女"字,亦至此,方出"看"字,皆可为我上

辑一　飞红万点愁如海

文所析做证。"纤腰"句加重"看"字神情，切而不俗，允称高手。盖至宋时，女装已转尚窄服，与唐代之宽袍大袖不同矣，亦所谓"写实"之笔也。

以下，用"箫鼓喧"三字略一宕开，而又紧跟"人影"四字，要紧至极，精彩之至！"参差"一词，亦常语也，然而词人迤逦写至此处，拈出"参差"二字，实为妙绝。万千游赏之人，为灯光月彩所映射，一身聚众影，万人聚亿影，而此亿影，交互浮动，浓淡相融，令人眼花缭乱，能体此境，而后方识"参差"二字之妙绝！

写人至此似已写尽矣，不料又出"满路飘香麝"一句，似疏而实密。盖光也，影也，音也，色也，一一写尽，至此方知尚有味也，交会于此仙境之间。且此味也，遥遥与上文"桂华"呼应。其用笔勾互回连之妙，无与伦比。我谓此词之妙，妙在处处"相射"，谅非虚赞。

下阕以"因念"领起，两字是全篇过脉。由此二字，一笔挽还，使时光倒流，将读者又带回到当年东京汴梁城的灯宵盛境中去。却忆尔时，千门万户，尽情游乐，欢声鼎沸。"如昼"二字，写灯写月，极力渲染。"去年元夜时，花市灯如昼"，同一拟喻，然汴州元夜，又有甚独特风光？——始出钿车宝马，始出香巾罗帕。"暗尘随马去，明月逐人来"，又用唐贤苏味道上元诗句，暗写少年情事。马逐香车，人拾罗帕，即是当时男女略无结识机会下而表示倾慕之唯一方式、唯一时机，此义又须十分晓解，方能领略其中意味。

回忆京城全盛，不可再与上阕重复，寥寥数笔，补其"不备"，实则方是点题。至此，方写出节序无殊，心情已别，满怀幽绪，一片深情。"旧情"二字，是一篇主眼，须知词人费许多心血笔墨，只为此二字而发耳。

无限感慨，无限怀思，只以"因念"一挽一提，"唯只见"一唱一叹，不觉已是歌音收煞处。"清漏"（似暗用玉谿诗）以下，有余不尽之音，怅惘低回之致而已。然亦要看他"清漏移"三字，遥与"风销""露浥"相为呼应，针线之密依然，首尾如一（夜不深，则风未销烛，露不浥灯也）。又须看他至一结说出一番心事：旧情难觅，驱车归来，一任他人仍复歌舞狂欢，盖吾心所系者，只在旧情，若歌若舞，皆与我何干哉！

读古人词，既须赏其笔墨之妙，更须领其心性之美。如此等词，全是情深意笃，一片痴心，亦即诗心之所在。或者不论笔法之勾互，只就"桂华"而斥其"代字"，或谓全篇所写不过衰飒消极，没落低沉……种种皮相，失之岂不远乎？

本阕韵脚诸字，在今日或已不谐，如射、麝应改读如"啥"，夜如"亚"，冶、也如"哑"，谢如"下"。此即古今音变之迹也。

花市光相射
——又说周邦彦《解语花·上元》

风消绛蜡,露浥红莲,花市光相射。桂华流瓦。纤云散,耿耿素娥欲下。衣裳淡雅。看楚女、纤腰一把。箫鼓喧,人影参差,满路飘香麝。　　因念都城放夜。望千门如昼,嬉笑游冶。钿车罗帕。相逢处,自有暗尘随马。年光是也。唯只见、旧情衰谢。清漏移,飞盖归来,从舞休歌罢。

周邦彦《解语花·上元》

周美成《解语花·上元》,全用复笔,取其本词中一语以概之,曰:"光相射"。上元佳节,时当新正之望日,临夕则圆蟾素彩,初照人间,故曰元夜,而垂灯叠鼓,万户腾欢,倾城出赏,故又曰灯节。是则月也,灯也,人也,箫鼓也,语笑也,成一最极奇妙之人寰仙境,此乃中华民族之一大艺术创造,举世更无。

诗词会意

　　于此境中，月与灯，月与人，灯与灯，灯与人，人看月，人看灯，人亦看人（姜白石所谓"沙河塘上春寒浅，看了游人缓缓归"也）。如此无数层次之间，皆"相射"（交互辉映之关系）也。是以光辉相射，神采相射，欢声相射，气息相射，情感亦相射。天上之素娥，人间之楚女，亦相射。既明斯义，方知"桂华"与"香麝"亦相射。而静安一代大师也，竟以"桂华"为"败笔"（在彼视之，"隔"即败矣）。此种论评，岂不贻误来学？何者？破坏诗心，降低艺术敏感故也。

　　复次，须知下阕随马之暗尘，钿车之罗帕，皆含芬散馥，遥遥与"桂华"相射。凡此种种，常人不识，无足怪者，静安不识，异矣。乃复进而贬之为"代字"，可乎？客曰：此或一时失言。余曰：言何以失？神慧之失照也。

〔**附说**〕

　　美成"楚女""纤腰"，全用"楚王爱细腰"一典，与地望无涉。近人拘视此词，以为美成作此词时身在楚地云云，岂其然乎？况宋人用"楚女"者甚多，所谓楚女吴娃，燕姬赵女，不过称其美耳。

对潇潇暮雨洒江天

——说柳永《八声甘州》

对潇潇暮雨洒江天,一番洗清秋。渐霜风凄紧,关河冷落,残照当楼。是处红衰翠减,苒苒物华休。唯有长江水,无语东流。　　不忍登高临远,望故乡渺邈,归思难收。叹年来踪迹,何事苦淹留?想佳人,妆楼颙望,误几回、天际识归舟。争知我,倚阑干处,正恁凝愁!

柳永《八声甘州》

柳耆卿在世时,不为人重,但因工于填词,却深受歌妓们的欢迎和赏识,一生潦倒,死后也是只有歌儿笛手们怀念不忘,逢时设祭。这种文士,旧时讥为"无行",但是他并不像那些正统士大夫所估计的那般微不足道,他写下的几篇名阕,境界高绝,成为词史上的丰碑,是第一流作品,千古传诵。这篇《八声甘州·对潇潇暮雨洒江

诗词会意

天》，早为苏东坡巨眼所识，说其间佳句"不减唐人高处"。须知这样的赞语，是极高的评价，东坡不曾轻易以此许人的。

赏会此词，全要着眼于开端，看他是何等气韵，涵盖当时，弥纶全界。一个"对"字，已托出登临纵目、望极天涯的意度。尔时，天色已晚，暮雨潇潇，洒遍江天，千里无际。时节既入素秋，本已气肃天清，明净如水，却又加此一番秋雨，更是纤埃微雾，尽皆浣尽，一澄如洗。上来二句一韵，已有"雨"字，有"洒"字，有"洗"字，三个上声，但一循声高诵，揭响入云，已觉振爽异常！素秋清矣，再加净洗，清至极处，而此中多少凄冷之感亦暗暗生焉。仅此开头二句，便令人含咀无尽。

其下紧接一个"渐"字，领起四言三句十二字，便是东坡叹为不减唐贤高处的名句，而一篇之警策，端在于此。

"渐"者何也？并非是说词人此刻登高而望，为时甚久，故为"渐"也，云云。如此领会，未得词意。须知他是承上句而言，当此清秋，复经雨涤，于是时光景物，遂又生一番变化。如此方是"渐"之神态。秋已更深，雨洗暮空，乃觉凉风忽至，其气凄然而遒劲，直令衣单之游子，有不可禁当之势。一"紧"字，又用上声，气氛声韵，加倍峻肃。宋玉曾云：悲哉，秋之为气也！至耆卿此词，乃尽得其意。

当此之际，举目关河，寥廓逶迤，气势磅礴，然而春夏滋荣盛茂之气已尽，秋来肃杀凋零之气已浓，草木不芳，一片冷落之景象。于此，再下一"冷"字（上声），层层逼紧。而"凄紧""冷落"，又皆双声叠响，一经词人运用，其艺术效果、感染力量，已臻于极高的境地。

然而,还有一句在后紧接曰:"残照当楼。"

上来"一番"二字,早已伏下秋雨晚晴的意思见于言外了,至此便出"残照",并不突然。但此句之精彩,不在残照,端在"当楼"。夫暮雨也,霜风也,江天也,关河也,落照也,无往而非至广至大之景域。若此寥廓乾坤,苍茫世界,何以包容?能否集聚?曰:能。词人只将"残照"(原来也是遍满江天的宏观)轻轻一笔转到了他所登临送目的高楼上来!如此一笔,不但"残照"集中于一个"焦点",而仿佛整个江天、关河、冷雨、金风,统统集中于"当楼"一点。换言之,此际词人乃觉遍宇宙的悲哉之秋气,似乎一齐袭来,要他一人禁当!他以此种高极超绝的俊笔,一口气,几句话,便将难以形容、不可为怀的羁愁暮景,写到至矣尽矣的地步!

试思,东坡对此高度评价,岂无故哉!

再下则笔致思绪,便由苍莽悲壮,而转入细致沉思。盖以上所观所写,总是高处远处之物色,自此而后,由仰观而转至俯察,乃又见处处皆是(是处,即到处皆然之义)一片凋落之景象。"红衰翠减",乃用玉谿诗人之语,倍觉风流蕴藉,其下自加"苒苒"二字,真是好极!

"减""苒",又皆上声高揭,总不肯使韵调塌落低沉。此方是秋士之品格。

"苒苒",又正与上文"渐"字相为呼应,益信前文拙解不误。一"休"字,岂是趁韵漫书?要体会此字实具千钧之力,其中寓有无穷的感慨愁恨!

诗词会意

再下,又补唯有江水东流,虽未必即与东坡《赤壁赋》所写短暂与永恒、变改与不变之间的这种直令千古词人思索的宇宙人生的哲理全同,但也可见柳耆卿亦非只知留恋景色的浅薄之辈。在词而论,又不可忽略"无语"二字。着此二字,方觉十倍深沉,百端交集。江水千里东来,滔滔直下,能无声乎?而词人却谓其"无语",何耶?盖江声愈喧,愈显其寂寞,愈增游子悲秋之深切,而此情此景,笔墨难宣,唯有无语,翻胜千言。禅宗大师曰:莫道无语,其声如雷!如是如是。

过片开端,回笔点明全篇的背景是登高临远;虽已登临,偏云"不忍",多一番曲折,多一番情致。然下阕妙处,全在模拟"对想":本是词人自家登楼,极目天际,却偏遥想故园之闺中人,应也是登楼远望,伫盼游子之归来!然而我能想见你在凭高而等待归舟,你却无由想象我真在何处,登舟无计,只自淹留!又是几层曲折!其情至而感深,学人须向此等处寻味,方知词笔之妙,不只是笔巧,要紧是还有味厚。

以"倚阑干处,正恁凝愁"一收,也是于最末幅再次点出全篇题目。"倚阑干",与"对",与"当楼",与"登高临远",与"望",与"叹",与"想",皆息息相关,笔笔辉映。故柳郎词笔貌似疏朗,实则绵密。一腔心事,唱叹无端,笔若连环,岂粗俗之流所及而能至哉!

"归思","思"去声,名词。"争",其义为"怎生",因律当平声,只能用"争"。今之人往往不明,宜为拈出。"天际识归舟,云中辨江树"乃是谢朓名句,词人加"误几回"而用之,尤见匠心独运。

18

红了樱桃，绿了芭蕉
——说蒋捷《一剪梅·舟过吴江》

一片春愁待酒浇，江上舟摇，楼上帘招。秋娘渡与泰娘桥。风又飘飘，雨又萧萧。　　何日归家洗客袍？银字笙调，心字香烧。流光容易把人抛。红了樱桃，绿了芭蕉。

蒋捷《一剪梅·舟过吴江》

蒋捷著有《竹山词》，可是我没有读过全本，据说有九十余首，他的词所以出名，这首《一剪梅·舟过吴江》应为其代表作之一。我很喜欢这首小词，要说写得怎么高、怎么好，堆上一大篇赞美之词，也没有必要，但是我从青少年以来始终很喜欢这首《一剪梅·舟过吴江》，以为他写得风流潇洒、笔调不凡，而且全篇上、下阕各分两半，共成四小节，看似不连而自然连成一个整体，而节与节间过渡灵

诗词会意

妙，似无痕迹而层次宛然不紊，正如顾虎头所说：如倒食甘蔗，渐入佳境。

试看他首句写的是："一片春愁待酒浇"，此意因何而发？只因：春之未来，日日企盼；春之既来，本已无怨，却又带来了未曾料想的烦恼，尤其是在他乡作客的游子因春之到来，使他心头酿成了一段淡淡的清愁。说是淡淡清愁，却又随着春之将暮，那愁也就越来越重，不好排遣。于是，千回百转仍然归结到一条：借酒浇愁。所以他才说我这一腔春闷春愁要由一点儿酒来为我消散。用上一个"待"字就可知他想喝酒了，却无酒可饮，这才引出第一小段下面的两个叠句："江上舟摇，楼上帘招。"这是什么意思呢？是说我要去沽酒消愁了，而酒在酒楼上，而且隔水，这就必须"买"一只小舟摇到波心的一座小小酒楼，那座小酒楼挂有一幅好看的酒旗，就好比是《红楼梦》中所写的"杏帘在望"，是说他还没有来到，只是心中的一种向往。只写了这三句，就把缘由、行动、场景、目标交代得十分明显。

第二节可以说是上节的继续，也可以说是倒插笔的补述：是说他为了以酒消愁，这才买舟渡水，所经所历有秋娘渡、有泰娘桥，这不待多讲，妙的是下接的又是两个节句，却与渡桥没有直接的连续性，反而出来了飘飘的春风，潇潇的春雨。你可以理解为他乡游子坐在一只小船上，忽然飘飘之春风，带来了潇潇之春雨，一起向他面上心头洒来。这初看起来不过是个点染风景之句而已，殊不知风之飘飘正与那只小舟的"摇"字相呼应，而雨之潇潇与首句的"一片春愁"又是相互呼应。你读古人的佳作，如果感觉只是支离破碎一句一句在那排列，什么脉络也读不出来，那还有什么滋味可寻，词人的才思妙笔又都跑到哪儿去了呢？

　　前面上阕已初步讲毕。下阕的开头笔锋一转，不再是如同上阕暗中勾连了，却一下子把游子的思路摆在了字句之间：从春愁渐重，从想买酒解愁，从坐船渡水，从途中偏偏又遇着风之摇船、雨之增闷，一下子转到他盼望、想象回到了故乡。回到家中的生活与异乡作客全然不同了：有笙笛管乐可以自遣，这儿用一个"银字笙调"来代表，这是动态；还有"心字香烧"，又是一种享受家乡清福的情景，这是静态。然后略说"银字笙""心字香"：原来，精制的乐器笙是竹管攒成，每一个竹管代表一个音节，所以竹管上面镶嵌着银子制作的音节记号，既如上、工、尺、四、合、乙……这就叫"银字"之所指也。那么"心字香"又是怎么回事呢？这就是指的一种篆香，这种篆香曲曲弯弯盘成一个篆体"心"字状，似乎可兼知你心头所怀念的对象，所以又叫作"心香"。词人用这两种情景写出了他盼望与想象中的还家回乡之安静生活。所以，上面七字句说的是，我得等到哪一天才能回到家中，把身上这一路风尘的衣袍洗一洗，把流浪生活告一段落。

　　以上三小节都表述得明明白白了，这不就可以做出"结论"了吗？哪知，词人的那支生花妙笔忽然又展示出一幅最为美妙的图画。他知道想结束客游，想回乡享受清福，这都是可能无法立刻实现的"春愁"的内容，同时也回应了全篇的第一句，才明白那"春愁"都包括了什么。让我在此点醒：这"一片春愁"中的最重要的一点，即"流光容易把人抛"，梦想没有实现，光阴不可待人，匆匆而来，匆

匆而去,刚刚是春愁待酒,刚刚是买舟上楼,刚刚是风飘雨洒,刚刚是银字吹笙,刚刚是心字香篆……这一切一切都是心头的幻影。作者沉思至此,忽然张目,窗外望时,这入目而惊醒他的却是,通红的樱桃已结成果实,翠绿的芭蕉已展开了叶子,这正是由暮春的春愁而很快到了"红了樱桃,绿了芭蕉"的夏意美景。词人至此戛然停笔,他看了红绿的季节是高兴呢?还是悲伤呢?这就是读古人诗词而须自我体会、感悟、涵泳、品味……只有这样,才是我们学习前代诗人词客的真正目的,也是把我们的心和古人的心联系在一起,成为一种契合的美学享受。

便做春江都是泪

——说秦观《江城子》

西城杨柳弄春柔,动离忧,泪难收。犹记多情,曾为系归舟。碧野朱桥当日事,人不见,水空流。　韶华不为少年留。恨悠悠,几时休。飞絮落花时候,一登楼。便做春江都是泪,流不尽,许多愁。

秦观《江城子》

少游之作,音字流丽谐美,而情怀幽忧凄恻,似有难言之事,无尽之心,而不易为俗人所吐者,是故评者往往以婉约目之。然如斯篇,绝不以含婉蕴约为其特色,则其伤情之极致,亦小令之神品也。

西城者,何处耶?昔年相别之地也。杨柳者,何物耶?攀折赠行之物也。春柔者,何意耶?物我相感之境也,亦时空之会也。而今重来,再游旧境,则地犹西城也,树犹杨柳也,时犹春色也,而满眼风光,伤心触目,事事皆非矣,岂不痛哉。

是以动我离忧者，是唯柳丝，然又非止柳丝也。他处之柳，夏秋之柳，何时何处无之，而皆不足以动我离忧，与我无涉者也。

一触离怀，泪痕满面，而不能自已也。何以至此？试看眼前，绿茵芳甸，红板高桥——此何景耶？当日执手相看，泪洒相送，一声"珍重"，从此天涯——般般情事，非此地此景而何耶？然而物境无殊，心境全异，今之所见，般般皆在，而独系船之人莫睹，只有系船之水依旧，潺湲于"碧野朱桥"之侧，则何其目惨而心伤哉。着一"空"字，水之谓乎？人之谓乎？境之谓乎？时之谓事之谓乎？百般无可排遣、无可奈何之心，着此一字，传写尽矣。

下阕韶华一句，深深感叹，当时惨绿年华，而今伤怀老大。旧欢不再，此恨无穷，而虽更历岁年，亦难淡忘也。然则何以纪之念之？曰：岂有善策，亦唯每至絮飘花谢之时，辄一登楼眺远，寄我深情而已。

词意至此，本已两尽，然本调律齐，仍有一韵两句，方得煞拍。于是词人乃与开端之"泪难收"、歇拍之"水空流"妙为呼应，而写出"便做春江都是泪，流不尽，许多愁"之痛句。

南唐后主，曾云"问君能有几多愁？恰似一江春水向东流"，脍炙人口，以江水喻愁之多也。少游斯篇，则将别泪与春江直相喻譬，于是倍觉新义精奇，超迈前作。此在新式"修辞学"者论之，旧式"点化论"者目之，盖无二致。

然而正因此故，末韵遂成全篇之弱笔，盖喻愈巧则味转薄。是故若具真赏，须认上阕之"碧野朱桥"，与下阕之"飞絮落花"两句，乃是少游词笔真高处。唯斯义难为浅人言，皮相者不能解也。

应是绿肥红瘦

——说李清照《如梦令》

> 昨夜雨疏风骤,浓睡不消残酒。试问卷帘人,却道海棠依旧。知否,知否?应是绿肥红瘦!

李清照《如梦令》

一篇小令,才共六句,好似一幅图画,不但有对话,而且交代了事情的来龙去脉。这可能是现代电影艺术的条件才能胜任的一种"镜头"表现法,然而它却实实在在是九百多年前的一位女词人自"编"自"演"的作品,不谓之奇迹,又将谓之何哉?

她上来先交代原委,或者叫"背景",说是昨宵雨狂风猛,疏,正写疏放疏狂,而非通常的稀疏义。当此芳春,名花正好,偏那风雨就来逼迫了,心绪如潮,不得入睡,只有借酒消忧一法,赖以排遣。酒吃多了,觉也睡得浓了,一觉醒来,天已大亮,但昨夜之心情,未为梦隔,拥衾未起,便要询问意中悬悬之事。这时,她已听到外间的

辑一　飞红万点愁如海

侍女收拾房屋，启户卷帘，一日之际已在开始，便急忙问她："海棠花怎么样了？"侍女看了一看，笑回道："还好还好，一夜又是风又是雨，可海棠一点儿没动！"女主人听了，叹道："傻瓜孩子，你可知道什么！你再细看——难道看不出那红的见少，绿的见多了吗？"

以上我先进行了"今译"，今译的目的只为让你看清词人用了多少字，写了多少句，说了多少事，而我为说清同样的内容，又是用了多少字，写了多少句！《蓼园词选》对易安此篇下过几句评语，他说："短幅中藏无数曲折，自是圣于词者。"这话极是。所谓曲折，我则叫它层次。一首六句的小令，竟有如许多的层次，句句折，笔笔换，如游名园，一步一境，叹为奇绝！说是如图如画，而神情口吻，又画所难到。不得已，我仍然只好将它来与电影比喻。

她写自夜及晓，没有一个字呆写"经历"，只用浓睡残酒以为搭桥渡水之妙着。然后一个"卷帘"，即便点破日曙天明，何等巧妙。然而，她问卷帘之人，所问何事？一字不言，却于答话中"透露"出海棠的"问题"。我不禁联想到，晚唐杜牧之，"借问酒家何处有，牧童遥指杏花村"，他一不说问道于何人，二不言答者有何语，却只于下句才"透露"出被问者是牧童小友，而答话的内容是以"遥指"的"姿势"来表达的！两者异曲同工，何其巧妙神似乃尔！

末后，还须体会：词人如此惜花，为花悲喜，为花醒醉，为花憎风恨雨，所以者何？风雨葬花，如葬美人，如葬芳春，凡一切美的事物年华，都在此一痛惜情怀之内，包括词人自己的命运，时代的苦难，家国的不幸。倘不如此，又何以识得古代闺秀文学家李易安？又何以识得中华民族的诗词文学乎？

笑从双脸生 ——说晏殊《破阵子》

> 燕子来时新社,梨花落后清明。池上碧苔三四点,叶底黄鹂一两声,日长飞絮轻。　巧笑东邻女伴,采桑径里逢迎。疑怪昨宵春梦好,元是今朝斗草赢,笑从双脸生。
>
> 晏殊《破阵子》

二十四节气,春分连接清明,这正是一年春光最堪留恋的时节。春已中分,新燕将至,此时恰值社日也将到来,古人称燕子为社燕,以为它常是春社来,秋社去。词人所说的新社,指的即是春社了。那时每年有春、秋两个社日,而尤重春社,邻里大聚会,来行祀社(大地之神也)之礼,酒食分飨,赛会腾欢,极一时一地之盛。闺中少女,也"放"了"假",正所谓"问知社日停针线",

连女红也是可以放下的,呼姊唤妹,许可门外游玩。词篇开头一句,其精神全在于此。

我们的民族"花历",又有二十四番花信风,自小寒至谷雨,每五日为一花信,每节应三信有三芳开放。按春分节的三信,正是海棠花、梨花、木兰花。梨花落后,清明在望。词人写时序风物,一丝不走。当此季节,气息芳润,池畔苔生鲜翠,林丛鹂啭清音,春光已是苒苒而近晚了,神情更在言外。清明的花信三番又应在何处?那就是桐花、麦花与柳花。所以词人接着写的就是"日长——飞絮"。古有句云:"落尽海棠飞尽絮,困人天气日初长。"可以合看。文学评论家于此必曰:写景,写景;状物,状物!而不知时序推迁,光风流转,触人思绪之闲情婉致也。

当此良辰佳节之际,则有二少女,出现于词人笔下,言动于吾人目前。在采桑的路上,她们正好遇着,一见面,西邻女就问东邻女:"你今天怎么这样高兴?夜里做了什么好梦了吧?快告诉人听听!"东邻女笑道:"莫胡说!人家刚才和她们斗草来着,得了彩头呢!"

"笑从双脸生"五字,再难另找一句更好的写少女笑吟吟的句子来替换。何谓双脸?盖脸本从眼际得义,而非后人混指"嘴巴"也。故此词之美,美在情景,其用笔,明丽清婉,秀润无伦,而别无奇特可寻之迹。迨至末句,收足全篇,神理尽出,此虽非奇,岂为常笔?天时人事,物状心情,全归于一处。若无神力,能到此境乎?

古代词曲,写妇女者多,写少女者少;写少女而似此明快活泼、天真纯洁者更少。然而,不知缘何,我读大晏的"池上碧苔三四点,

诗词会意

叶底黄鹂一两声",不自禁地联想到老杜的"映阶碧草自春色,隔叶黄鹂空好音",它们之间,分明存在着共鸣之点。此岂为写景而设乎?我则以为正用景光以传心绪。其间,隐隐约约有一种寂寞难言之感,而此寂寞感,古来诗人无不有之,盖亦时代之问题,人生之大事,本非语言文字间可了,而又不得不一一抒写,其为无可如何之意,灼然可见。但老杜为托之于丞相祠堂,大晏则移之于女郎芳径耳。倘若依此可言,上文才说的明快活泼云云,竟是只见它一个方面,究其真际,也是深深隐藏着复杂的情感的吧。

长使英雄泪满襟

——说杜甫《蜀相》

> 丞相祠堂何处寻？锦官城外柏森森。
> 映阶碧草自春色，隔叶黄鹂空好音。
> 三顾频烦天下计，两朝开济老臣心。
> 出师未捷身先死，长使英雄泪满襟。
>
> 杜甫《蜀相》

杜少陵咏诸葛之作，集中屡见，若《武侯庙》，若《八阵图》，若《诸葛庙》，若《古柏行》，若《夔州歌十绝句》第九，若《咏怀古迹五首》第五，皆是也。诚如杜老自供："久游巴子国，屡入武侯祠。"夫蜀中祠庙，百姓千名，何独意屡属于一人？则国是日非，一腔忠愤，抚溪风而嗟汉祚，仰遗像而伫空山，先生抱负，概可知也。

虽然，老杜是题之作，固不可谓少，若持以相较，则《蜀相》

一首，感人尤深。何则？上之所举，或短句，或长歌，或意未畅于篇中，或语已多于题外；雍容整肃，悲壮深沉，终推《蜀相》。托怀叙事，意备于两联；即景写心，神余于四韵；评者有谓此真七律之正宗。"正宗"之事，非吾所知，谓为七律中十分完整、十分精警之范例，或不夸也。

第一句，劈头即出"丞相祠堂"正题，单刀直入，开门见山，更不略做小家做作扭捏姿态；大题目，宜有大手笔。用"何处寻"三字领起"锦官城"，而只一"外"字架渡，已到灵山，情景跃然矣！

锦官城外，翠柏森森，夫此何处耶？不写丞相祠堂一字，而丞相祠堂如绘矣。或疑："柏森森"何其简率，倘非老杜偶然偷懒，于此顺手趁韵，得未经心乎？盖老杜者谁？能写木而道得"霜皮溜雨四十围，黛色参天二千尺"十四字者也。夫十四字，可谓奇伟矣，壮丽矣。然此刻与"柏森森"三字作比，却觉张皇词费，固是诗题诗体不同，亦且此情此景各异。假使移十四字来此，纵使奇伟煞，壮丽煞，亦终无"森森"之境界真切自然，直若凉飔振裾，黛色映面，使人飒然如临此深幽静肃也。

颔联由柏而引到碧草映阶、黄鹂隔叶，所谓"承"也。颈联三顾、两朝，与草木、殿庭、禽鸟等似全不相接，所谓"转"也。盖直至转，而始正面写题。昔贤评诗，往往谓某段某句，将某人一生道尽，或抵得数百千言之传记云云。若此二句，诚可谓道尽武侯一生，而不愧于丰碑巨碣矣。倘求其伦，则"武侯庙"之"犹闻辞后主，不复卧南阳"，差足相敌，然而一为正笔赞铭，一为反笔唱叹，不独手法各殊，正自难易有别。及至"翊戴归先主，并吞更出师"，稍板矣;"三分割据纡筹策,万古云霄一羽毛",稍泛矣;其为不逮,无俟烦言。

一结,亦正如一起,尽理竭情,更无讲求"不愁明月尽,自有夜珠来"之余地,更无商量"有余"与"不尽"之必要,盖此是何等情事而有赖乎"传神"与"远韵"乎?唯其情真志切,自深感慨,痛惜不尽,正不烦做作耳。《咏怀古迹》云:"运移汉祚终难复,志决身歼军务劳。"与此相较,始为意尽于语,余味盖稀矣。

至此,有致诘者曰:审如所说,头、尾、颈皆佳矣,然颔联碧草、黄鹂之谓何?观其映阶隔叶,虽是春色好音,究与诸葛无涉。咏蜀相而至此,若非赘疣,亦是败阙。顾不置一语以为贬,可谓公乎?

应之曰:唯唯,否否。吾等读诗,不可不属意上所举之六句,固矣。然若不能将此颔联二句加以体会,轻轻放过,纵非买椟还珠,亦成留花弃叶。何则?倘谓《蜀相》全篇之所以成其为诗者,亦即多赖此二句,亦不为过。莫只看他"祠堂""柏""阶""天下""老臣""身死""英雄"等字眼,若只是此等字眼,蜀相则处处斯在矣,然吾人何处更见他老杜踪迹耶?倘不见老杜踪迹,则"读其书,想见其为人"之谓何?然只缘有此"映阶碧草自春色,隔叶黄鹂空好音"十四个字,则亦如"空山精爽"之间,"遗庙丹青"之侧,活生生见这老头子负手仰头,低回瞻顾于锦官城外之武侯祠矣!老杜怀此情,值此际,履此地,一颗寂寞心,满怀心腹事,俱为十四字说尽矣,使读者如置身武侯祠间与老杜共矣。夫空阶落寞,草色自春,而何关世事;密叶阴稠,鹂音空好,而讵解人怀。聆鸟鸣之更幽,睹池蒲之再绿,仰瞻庙貌,暗计兴亡:试问此时这老头子心内是何感触?

是何滋味？末句云："长使英雄泪满襟。"且莫计较老杜"英雄"是否自己，单看他满襟之泪，倘无此十四个字在前面作用着，则泪来得岂不突然？来得岂不浮浅？老杜此处不写自己，不写孔明，而心与庙之间，事与情之际，尽于两句，传写诗人之心至矣尽矣！夫如此而谓此二句乃泛语充篇，为赘疣败阙，岂非既负古人，又负自己哉！《谒先主庙》云："送竹清溪月，苔移玉座春。"《诸葛庙》云："竹日斜虚寝，溪风满薄帷。"须知总是一般神情作用。学诗者不向此等处加以体会，轻轻放过，甚且以为是泛语充篇、赘疣败阙，岂亦所谓善学者乎？

又此种正大庄肃之诗，不用"东""冬""江""阳"响亮阔大之音，而独用"十三侵"，走腭穿鼻，呜咽如闻。古云："声音之道感人深矣。"如是，如是。"向来忧国泪，寂寞洒衣巾"，正老杜自为此诗此情下注脚也。

原诗见前文已引。

只是当时已惘然
——说李商隐《锦瑟》

锦瑟无端五十弦①,一弦一柱思②华年。

庄生晓梦迷蝴蝶,望帝春心托杜鹃。

沧海月明珠有泪,蓝田日暖玉生烟。

此情可待成追忆,只是当时已惘然。

李商隐《锦瑟》

这首《锦瑟》,是李商隐的代表作,爱诗的无不乐道喜吟,堪称最享盛名,然而它又是最不易讲解的一篇难诗,自宋元以来,揣测纷纷,莫衷一是。

诗题"锦瑟",是用了起句的头两个字。旧说中,原有认为这是咏物诗的,但近来注解家似乎都主张:这首诗与瑟事无关,实是一篇借瑟以隐题的"无题"之作。我以为,它确是不同于一般咏物体,可也并非只是单纯"截取首二字"以发端比兴而与字面毫无交涉的无题诗。它所写的情事分明是与瑟相关的。

起联两句,从来的注家也多有误会,以为据此可以判明此篇作时,诗人已"行年五十",或"年近五十",故尔云云。其实不然。"无端",犹言"没来由地""平白无故地",此诗人之痴语也。锦瑟本来就有那么多弦,这并无"不是"或"过错",诗人却硬来埋怨它:锦瑟呀,你干什么要有这么多条弦?瑟,到底原有多少条弦,到李商隐时代又实有多少条弦,其实都不必"考证",诗人不过借以遣词见意而已。据记载,古瑟五十弦,所以玉谿写瑟,常用"五十"之数,如"雨打湘灵五十弦""因令五十丝,中道分宫徵",都可证明,此在诗人原无特殊用意。

"一弦一柱思华年",关键在于"华年"二字。"一弦一柱"犹言一音一节。瑟具弦五十,音节最为繁富可知,其繁音促节,常令听者难以为怀。诗人绝没有让人去死抠"数字"的意思。他是说:聆锦瑟之繁弦,思华年之往事;音繁而绪乱,怅惘以难言。所设五十弦,正为"制造气氛",以见往事之千重,情肠之九曲。要想欣赏玉谿此诗,先宜领会斯旨,正不可胶柱而鼓瑟。宋词人贺铸说:"锦瑟华年谁与度?"(《青玉案》)金诗人元好问说:"佳人锦瑟怨华年!"(《论诗三十首》)华年,正今语所谓美丽的青春。玉谿此诗最要紧的"主眼"端在华年盛景,所以"行年五十",这才追忆"四十九年"之说,实在不过是一种迂见罢了。

起联用意既明,且看他下文如何承接。

颔联的上句,用了《庄子》的一则寓言典故,说的是庄周梦见自己身化为蝶,栩栩然而飞,浑忘自家是"庄周"其人了;后来梦醒,自家仍然是庄周,不知蝴蝶已经何往。玉谿此句是写佳人锦瑟,一曲繁弦,惊醒了诗人的梦境,不复成寐。迷含迷失、离去、不至等意。试看他在《秋日晚思》中说:"枕寒庄蝶去。"去即离、逝,亦即他所谓迷者。晓梦蝴蝶,虽出庄生,但一经玉谿运用,已经不止是一个"栩栩然"的问题了,这里面隐约包含美好的情境,却又是虚缈的梦境。本联下句中的望帝,是传说中周朝初年蜀地的君主,名叫杜宇。后来禅位退隐,不幸国亡身死,死后魂化为鸟,暮春啼哭,至于口中流血,其声哀怨凄悲,动人心腑,名为杜鹃。杜宇啼春,这与锦瑟又有什么关联呢?原来,锦瑟繁弦,哀音怨曲,引起诗人无限的悲感、难言的怨愤,如闻杜鹃之凄音,送春归去。一个"托"字,不但写了杜宇之托春心于杜鹃,也写了佳人之托春心于锦瑟,手挥目送之间,花落水流之趣,诗人妙笔奇情,于此已然达到一个高潮。

看来,玉谿的"春心托杜鹃",以冤禽托写恨怀,而"佳人锦瑟怨华年"提出一个"怨"字,正是恰得其真实。玉谿之题咏锦瑟,非同一般闲情琐绪,其中自有一段奇情深恨在。

律诗一过颔联,"起""承"之后,已到"转"笔之时,笔到此间,大抵前面文情已然达到小小一顿之处,似结非结,含义待申。在此下面,点笔落墨,好像重新再"起"似的。其笔势或如奇峰突起,或如藕断丝连,或者推笔宕开,或者明缓暗紧……手法可以不尽相同,而神理脉络,是有转折而又始终贯注的。当此之际,玉谿就写出了"沧海月明珠有泪"这一名句来。

珠生于蚌,蚌生于海,每当月明宵静,蚌则向月张开,以养其珠，珠得月华，始极光莹……这是美好的民间传统之说。月本天上明珠，珠似水中明月；泪以珠喻，自古为然，鲛人泣泪，颗颗成珠，亦是海中的奇情异景。如此，皎月落于沧海之间，明珠浴于泪波之界，月也，珠也，泪也，三耶一耶？一化三耶？三即一耶？在诗人笔下，已然形成一个难以分辨的妙境。我们读唐人诗，一笔而能有如此丰富的内涵、奇丽的联想的，舍玉谿生实不多见。

那么，海月、泪珠和锦瑟是否也有什么关联可以寻味呢？钱起的咏瑟名句不是早就说"二十五弦弹夜月，不胜清怨却飞来"吗？所以，瑟宜月夜，清怨尤深。如此，沧海月明之境，与瑟之关联，不是可以窥探的吗？

对于诗人玉谿来说，沧海月明这个境界，尤有特殊的深厚感情。有一次，他因病中未能躬与河东公的"乐营置酒"之会，就写出了"只将沧海月，长压赤城霞"的句子。如此看来，他对此境，一方面于其高旷皓净十分爱赏，另一方面于其凄寒孤寂又十分感伤：一种复杂的、难言的怅惘之怀，溢于言表。

晚唐诗人司空图，引过比他早的戴叔伦的一段话："诗家之景，如蓝田日暖，良玉生烟，可望而不可置于眉睫之前也。"这里用来比喻的八个字，简直和此诗颈联下句的七个字一模一样，足见此一比喻，另有根源，可惜后来古籍失传，竟难重觅出处。今天解此句的，别无参考，引戴语作解说，是否贴切，亦难断言。晋代文学家陆机在他的《文赋》里有一联名句："石韫玉而山辉，水怀珠而川媚。"蓝田，山名，在今陕西蓝田东南，是有名的产玉之地。此山为日光煦照，蕴藏其中的玉气（古人认为宝物都有一种一般目力所不能见的光气），冉冉上腾，但美玉的精气远察如在，近观却无，所以可望而不可置诸眉睫之下。这代表了一种异常美好的理想景色，然而它是不能把握和无法亲近的。玉谿此处，正是在"韫玉山辉，怀珠川媚"的启示和联想下，用"蓝田日暖"给上句"沧海月明"做出了对仗，造成了异样鲜明强烈的对比，而就字面讲，蓝田对沧海，也是非常工整的，因为沧字本义是青色。玉谿在辞藻上的考究，也可以看出他的才华和功力。

颈联两句所表现的，是阴阳冷暖、美玉明珠，境界虽殊，而怅恨则一。诗人对于这一高洁的感情，是爱慕的、执着的，然而又是不敢亵渎、哀思叹惋的。

尾联拢束全篇，明白提出"此情"二字，与开端的"华年"相为呼应，笔势未尝闪遁。诗句是说：如此情怀，岂待今朝回忆始感无穷怅恨，即在当时早已是令人不胜惘惘了。话是说的"岂待回忆"，意思正在：那么今朝追忆，其为怅恨，又当如何！诗人用两句话表出了几层曲折，而几层曲折又只是为了说明那种怅惘的苦痛心情。诗之所以为诗者在于此，玉谿诗之所以为玉谿诗者，尤在于此。

玉谿一生经历，有难言之痛，至苦之情，郁结中怀，发为诗句，幽伤要眇，往复低回，感染于人者至深。他的一首送别诗中说："庾信生多感，杨朱死有情。弦危中妇瑟，甲冷想夫筝！……"则筝瑟为曲，常系乎生死哀怨之深情苦意，可想而知。循此以求，我觉得如谓锦瑟之诗中有生离死别之恨，恐怕也不能说是全出臆断。

〔**注**〕

①一般说法，古瑟是五十条弦，后来的有二十五弦或十七弦等不同的弦。

②柱，是调整弦的音调高低的"支柱"，它把弦"架"住，却是可以移动的"活"柱，把它都用胶粘住了，瑟也就"死"了。有人把"柱"注成"系弦"的柱，误。"思"字应变读去声，律诗中不许有一连三个平声的出现。

一上高城万里愁
——说许浑《咸阳城西楼晚眺》

一上高城万里愁,蒹葭杨柳似汀洲。
溪云初起日沉阁,山雨欲来风满楼。
鸟下绿芜秦苑夕,蝉鸣黄叶汉宫秋。
行人莫问当年事,故国东来渭水流。

许浑《咸阳城西楼晚眺》

这首诗题目有两种不同文字,今采此题,而弃"咸阳城东楼"的题法。何也?一是醒豁,二是合理。比如,李德裕有《登崖州城作》,罗隐有《登夏州城楼》,有了一个"登"字,就一切明白了,再不致为后人误会是以"城楼"为题的"咏物诗"。然而,李义山也分明大书《安定城楼》一题,既不言登,也不说眺(此种例子不少,今特专举晚唐诗人也),作者、览者都认为题意自明,原不需像后来

诗词会意

"试帖"诗家那等地拘墟小样。我因何又取这个啰唆题呢？就只为那个"西"字更近乎情理，而且"晚眺"也是全诗一大关目。

但提起义山的《安定城楼》，倒也有趣，那首诗，与许丁卯这篇，不但题似，而且体同（七律），韵同（尤部），这还不算，你再看那头两句怎么写的——

迢递高城百尺楼，绿杨枝外尽汀洲。

这实在是巧极了，就如同两人有个约会似的。最奇不过的是都用"高城"，都用"杨柳"，都用"汀洲"。

然而，一比之下，他们的笔调，他们的情怀，就不一样了。义山一个"迢递"，一个"百尺"，全在神超；而丁卯一个"一上"，一个"万里"，端推意远。神超多见风流，意远兼怀气势。

"一上"的"一"，和"万里"的"万"，本是两回事，并非"数字"的关系，但是我们汉字文学，特别是诗，离开汉字的特点特色，是根本无法理解，当然也无法讲解的。正如李义山的"相见时难别亦难"，两个"难"字，意思、用法，本不相同，却被诗人的巧思妙用联在一句之中，平添了无限的韵味。"一"上高城，就有"万"里之愁怀，也正是巧用了两个不同意义的"数字"而取得了一种艺术效果。这种妙趣，不要说译成外国文字，就是改成"白话"，那也"全完了"！

记得顾随先生在《苏辛词说》里讲一首登临眺望之作，说道：千古高人志士，定是登高望远不得；一登了望了，便引起无限感怀，满腔愁绪（大意如此。随手行文，未能检索原书——那是用参采语录式的文体而讲说的）。此话当真不假。要在古代诗词中寻找例证，纵不汗牛充栋，怕也车载斗量。即如稼轩，不是就说"我来吊古，上危楼，赢得闲愁千斛"吗？虽说是"闲愁"（这听起来不太冠冕堂皇），却有千斛之多呢！词人岂好为夸大之语哉。

此理既明，则丁卯这诗的起句，就"有情可原"了。

辛稼轩千斛之愁，缘何而起？他自己上来就"交代"，很"坦白"："我这是来吊古"的。可以说，那是"时间"上的事情无疑了。丁卯此篇，吊古与否，须待"后文再表"，上来却是万里之愁，这应是"空间"上的事情才对。虽说是万里之遥，毕竟他也有个实指。其意中这是哪个范围？诗是活龙，你硬要打成死蛇看，未免太嫌呆相，然而诗人笔下分明透露，并非讲者有穿凿。你看李义山，他次句接写的是"绿杨枝外尽汀洲"，一个"尽"字，斑斑实景——据说安定泾洲东边果有一处名叫美女洲。既是实景，便为正笔，遂尔无多可说。若论许丁卯这句，他所紧接的却是"蒹葭杨柳似汀洲"，一个"似"字，早已道破，此处并无有什么真的汀洲，不过是想象之间，似焉而已。既然似是而非，为何又非要拟之为汀洲不可？须知诗人家在润州丹阳，他此刻登上咸阳城楼，举目一望，见秦中河湄风物，居然略类江南，于是笔锋一点，微微唱叹，万里之愁，正以乡思为始。盖蒹葭秋水，杨柳河桥，本皆与怀人伤别有连。愁怀无际，有由来矣。

以上单说句意。若从诗的韵调丰采而言，如彼一个起句之下，著此"蒹葭杨柳似汀洲"七个字，正是"无意气时添意气，不风流处也风流"。学诗之人,且宜体会。提笔作诗,处处是"意",而不知有文采风流、高情远韵之事,那就只能始终是"意"而总非是诗了。再从笔法看,他起句将笔一纵,出口万里,随后立即将笔一收,回到目前。万里之遥,从何写起?一笔挽回,且写眼中所见,潇潇洒洒,全不滞呆,而笔中又自有万里在。仿批点家一句:此开阖擒纵之法也。

话说诗人正在凭栏送目,远想慨然,也不知过了多久,忽见一片云生,暮色顿至;那一轮平西的红日,已然渐薄西山,不一时,已经隐隐挨近西边的寺阁了。据诗人自己在句下注明:"南近磻溪,西对慈福寺阁。"形势了然。却说云生日落,片刻之间,"天地异色",那境界已然变了,谁知紧接一阵凉风,吹来城上,顿时吹得那城楼越发空空落落,萧然凛然。诗人凭着"生活经验",知道这风是雨的先导,风已飒然,雨势迫在眉睫了。

景色迁动,心情变改,捕捉在那一联两句中,使后来的读者,都如身在楼城之上,风雨之间,遂为不朽之名作。何必崇高巨丽,要在写境传神。令人心折的是,他把"云""日""雨""风"四个同性同类的"俗"字,连用在一处,而四者的关系是如此的清晰,如此的自然,如此的流动,却又颇具错综辉映之妙,令人并无一丝一毫的"合掌"之感,也并无组织经营、举鼎绝膑之态。名下无虚,岂侥幸邀誉哉。我说四个字的"关系"如彼,其清晰、自然而又流动,当然是指他写云起日沉、雨来风满,在"事实经过"上是一层推进一层,井然不紊。然而在"艺术感觉"上,则又分明像是错错落落,参差有致,这不知是何缘故。岂即我个人的一种错觉乎?"沉"字,"满"字,着实斤两沉重,更加"日沉"舌,"风满"唇,音色各得其美。"起"之与"沉",当句自为对比,而"满"之一字本身亦兼虚实之趣。曰"风满",而实空无一物也;曰空空落落,而益显其愁之"满楼"也。

"日""风"两处,音调小拗,取其峭拔,此为常见之理趣,原不待多说,但今日年轻的学子,或有未明,还该略加申解。此一联,到第五个字上,上句当用平声字,它却是仄;下句当仄,它却是平——恰好掉反了。此盖律诗于精严不紊的音节规律中,偶于整齐中小加变化,且"风"既作平,适以兼救"来"字之孤平,变而非乱,规律益明,此之谓艺术——艺术岂有"乱来"就行的事情?

那么,风雨将至,"形势逼人"的情况下,诗人是"此境凛乎不可久留",赶紧下楼匆匆回府了呢,还是怎么?看来,他未被天时之变"吓跑",依然登临纵目,独倚危栏。

何以知之?你只看它两点自明。前一联,虽然写得声色如新,气势兼备,却要体味那个箭已在弦、"引而不发,跃如也"的意趣,而下一联,鸟下平芜,蝉吟高树,其神情意态,何等自在悠闲,哪里是什么"暴风雨"的问题?

我意吾人读诗学句,不可一见"山雨"之二字,加上"来"之一字,即便"死于句下"。须看那诗人只说"欲"来,笔下精神,全在虚处,本来不是死语。假使山雨真个大降,而且还必定是"暴",那下联当正面写雨,或"咏暴风雨",我们大约应当看到天昏地暗呀、倾盆翻滚呀等才是,如何还会只有什么鸟下绿芜、蝉鸣黄叶呢?

夫斜日云遮,危楼风急,以常理而推,地接溪山,可能雨即随之——此即不虚。然而,雨大雨小,雨久雨暂,谁又知之?甚至风势虽紧，云意未浓，数点沾洒之后，"人间重晚晴"，正恐不在情理之外。不然者，何以诗人置已"来"之"暴风雨"于鸟下蝉鸣之间乎？

以上纯为一己读时之感觉，未必即当。比如，云已乍起，雨即欲来，虽诗人不为境牵，依然屹立楼城，而虫鸟亦知天色之变，形势之迫，故一则不敢高翔，降于平地；一则风送声急，嘈嘈盈耳。凡此皆加一倍写风雨之势，非"悠闲"也。信如此解，则此全篇乃观察天时物象之作也，何以第七句能遽接"行人莫问"？夫秦苑之夕，汉宫之秋，此任何常时所能感者也，又何必定待疾风暴雨而后知乎？故我意此诗虽后来享名以颔联一句，当日诗人本旨实以颈联为重心。溪云山雨，阁日楼风，不过一时之暂，适逢其会，借为题目增一层色彩耳。

讲到此处，不禁想起那不知名氏的一首千古绝唱《忆秦娥》：

……乐游原上清秋节，咸阳古道音尘绝。音尘绝，西风残照，汉家陵阙。

持此合看，虽然异曲难同，而其情景之间，岂无一点儿相通之处？诗人许浑，也正是在西风残照里，因见汉阙秦陵之类而引起了感怀。

咸阳本是秦汉两代的故都，旧时禁苑，当日深宫，而今只一片绿芜遍地，黄叶满林，唯有虫鸟，不识兴亡，翻如凭吊。"万里"之愁乎？"万古"之愁乎？

行人者谁？过客也。可泛指古往今来是处征人游子，当然也可包括自家在内，但毕竟并非一己之情、个别之感。其曰莫问，也请勿参死句，他正是欲问、要问，而且"问"了多时了，正是说他所感者深矣！

"故国东来渭水流"，结束全篇，并不十分警策动人，却也神完气足。吹毛求疵，颈联已嫌"合掌"（对仗太"工"太板，而笔无跌宕之致）；此结句第四字"来"，与"山雨欲来"句之第四字犯复。复犹可也，不合都用在同一个"第四字"位置上，此真大病。

"故国"者何也？古都也；"东来"者何也？说者谓咸阳地枕渭水，渭水之流，自西而东也。是否？是否？

假如除此一解，实无别义可言，则其遣词铸句，不已拙乎？所以我也曾疑此"东来"字恐有千百年来传写之误，未必即是诗人遂而失检一至于此耳。但另一合理之解应是：我闻咸阳古地名城者久矣，今日东来，至此快览，而所见无几，唯"西风吹渭水"，系人感慨矣。觉如此读去，文从字顺，于理最通。但问题是，许浑此次登上咸阳城，是否自咸阳以西之某地而到此者？这就牵涉到历史考证的事，非我辈空疏口议所能解纷了。

至于"山雨欲来风满楼"，为人传诵（甚至滥用得十分庸俗），固当击赏，却也不可忘掉它的上句"溪云初起日沉阁"。下句之好，全在上句辅成之，辉映之，而不是孤零零地"好"起来的。"蒹葭杨柳似汀洲"，也隐隐为下文的平芜高树牵引脉络。凡此细处，幸留意焉。

又不禁想起，词人柳三变，那一首千古绝唱《八声甘州》——

对潇潇暮雨洒江天，一番洗清秋。渐霜风凄紧，关河冷落,残照当楼。是处红衰翠减,苒苒物华休。惟有长江水,无语东流。……

你看他写得何等的苍凉激越,何等的警策动人!比较之下,笔力远胜许君。柳郎当日,也正是在暮雨潇潇、旋即复晴的情景下,"不忍登高临远,望故乡渺邈,归思(去声)难收",但柳郎虽也触及了"时间"之感,其下半终归是停留在"空间问题"——"佳人凝望"上,却不像许君思绪由"万里"而转到"千年"。那么,这篇名作的价值,还在于它显示了一位诗人的感情在"时""空"两"间"的"交叉点"上的一种复杂的变化活动。

或者以为,此篇当有深意,盖许浑生当晚唐,预感唐朝局势也。诗无达诂,仁智之分所在恒有。陈子昂,一登上幽州台蓟北楼,就写下了"前不见古人,后不见来者",以至天地悠悠之感,为之怆然涕下,那自然又是一番情景。然而陈乃初唐诗人,"文章高蹈",他那又是"预感"的什么呢?

我在上文说,此诗结句,虽不见十分精彩,却也神完气足,如今还要略做补说。气足,不是气尽,当然也不是语尽意尽。此一句,正使全篇有"状难写之景,如在目前;含不尽之意,见于言外"的好处,确实它有悠悠不尽之味。"渭水"之"流",自西而东也,空间也,其间则有城、楼、草、木、汀洲……其所流者,自古及今也,时间也,其间则有起、沉、下、鸣、夕、秋……三字实结万里之愁、千载之思,而使后人读之不禁同起无穷之感。如此想来,那么诗人所说的"行人",也正是空间的过客和时间的过客的统一体了。

辑二

相看两不厌

只是近黄昏
——说李商隐《乐游原》

> 向晚意不适，驱车登古原。
> 夕阳无限好，只是近黄昏。
>
> **李商隐《乐游原》**

天色将近傍晚，心情忽有未舒。莫效学究，马上就问：他心情不舒，所因何故？世事人生，千端百绪，玉谿此时，若有所感，闷闷不乐，连他自己也说不清到底是何缘故，我们如何在千年之下定要强作解人，处处坐实？我们深信，此时此刻，人确实往往有这种类似的心情体会，因信玉谿诗人衷怀难遣，也就是了。

心情不乐，忽忽若有所失，怎么办？"方案"不是一下子"定"下来的。大约千回百转之后，他才拿定主意："驾车，到乐游原去！"

辑二　相看两不厌

乐游原,起因是汉宣帝创建庙苑,只因地势高敞,人们逐渐习称为"原"了。这处古苑,地处长安之东南,一上高原,全城在望。一个人闷在庭院,到开旷处以散心胸,便觉格外舒畅。苏东坡说的"曲栏幽榭终寒窘,一看郊原浩荡春",正可借为参想。

话说那玉谿生,驾了车,直奔汉苑,一经登上古原,极目四望,只见那斜日平西,落辉遍地,将一片帝里神皋长安景色照耀得神仙境界一般辉煌灿烂,十倍伟丽于常时!那诗人看了,深深吸了一口清气,顿时胸怀大畅,不禁暗暗喝彩,随而长叹一声,说:一天的美景,只有(全在、正是)黄昏将到之时啊!可不加倍珍惜哉!

这首短短的五言绝句,并无惊人之句,却众口流传,千年脍炙。何也?盖人人皆能赏叹,夕阳辉煌之无限美好,心之所同耳。然而,却也有很多人说上些悲伤衰飒、暮景沉沦的话,弄得一片"消极",不免招来"批评"。初来不解何由,后乃恍然,原来是误解"只是"一词之故,错把玉谿的意思当作了"好是好,可就是无奈暮景已迫,无复久存了"。殊不知玉谿绝无此心。试看,"此情可待成追忆,只是当时已惘然",他那"只是"全与后来的"只不过"迥异,它乃是"就是""正是"的意义,又有何疑?

夫诗人既明知"向晚",驱车赶到古原,特意而来,难道只为悲叹一番残阳之欲没,暮景之凄凉?那他这点平庸之理,乏味之意,有什么值得写成诗句的?写成之后,又有什么值得后人称赏到今日犹然的?假如他本意在凭吊残阳落照、没落绝望的心境,那他怎么还能看得出夕阳的难言之美呢?

玉谿生在乐游古原上还作过一首七言绝句,他说:"万树鸣蝉隔

诗词会意

断虹,乐游原上有西风。羲和自趁虞泉(本是虞渊,唐人避讳改用泉代。古人说日神羲和晚上住在虞渊,是为黄昏时候)宿,不放斜阳更向东!"看来,他每登古原以望斜阳,都是引起了惜景光、愿年少的感情,而这,是积极的,而不是消极的。如何反把诗人的本怀说得颠三倒四?

至于我们大家历来传诵的,不但不是上举一首七绝,反而却是这样"消极悲观"的五绝,试问世间可有此理?这篇五绝,尤其着重在瞻望将来,而不是悲悼既往。诗人不是说过吗,"天意怜幽草,人间重晚晴",好个"重晚晴"!那首《忆秦娥》千古绝唱说:"乐游原上清秋节,咸阳古道音尘绝。音尘绝,西风残照,汉家陵阙!"也曾被人评为"气象衰飒"。玉谿此诗,难道反甚于彼词乎?

可见玉谿之意,绝非没落悲伤,正是决意掌握将来,信心加倍。人到一生之后半,期于大器晚成,此方是诗人抱负,此方是诗人"心光"之辉煌也。

以上拙意,怀之已久,只曾与编注《义山诗选》的同志谈过大略。今举似读者,如能为赏析之已助,幸甚。

何处秋风至
——说刘禹锡《秋风引》

> 何处秋风至,萧萧送雁群。
> 朝来入庭树,孤客最先闻。
>
> 刘禹锡《秋风引》

二十字短篇,要写秋风这一无形无迹的"力量"对诗人是何等的情怀感发,怎么落笔?怎样方能动人而召唤同情?上来先发一问:这秋风,它从何而来,忽然令我感触不同往日了?然后点明:它一到来,雁阵惊寒(王勃《滕王阁序》),就开始向南飞去了。这秋风,正为鸿雁送行而到来的吧?萧萧,自古形容秋风秋气,是声音?不一定。老杜云:"无边落木萧萧下。"落叶极轻,哪有音响?是则诗人的感受,在"五官"之外,比"色、香、声、味、触"更为敏感得多。

辑二　相看两不厌

　　雁群成阵，未必有声，然而无声又有声：声在庭树之间——秋风至矣。

　　这是又一"确证"。然而，此种风树之悲，常人未必先知，唯孤客游子，单身客寓，最先听到了它的"旋律"。

　　试问：诗人作此，为秋风乎？为雁群耶？为……皆非，皆非。诗人是为写自己的物境、心境而发此"萧萧"之秋韵也。

空山松子落

——说韦应物《秋夜寄邱员外》

> 怀君属秋夜,散步咏凉天。
> 空山松子落,幽人应未眠。
>
> 韦应物《秋夜寄邱员外》

唐人佳处,明白如话,全不"搜索枯肠",一意"刻画",或追求新奇,以解耳目。如此诗写秋宵寄友,以一己之物境、心境,而想象友人之同样情怀,以神行笔,以韵代字,一片清凉幽色境界。

怀,思念也。属,时值,谓此时正值秋夜。散步,信步闲行也。全篇精髓,在"空山松子落"一句:身在空山,复值凉夜,万籁俱寂,静到极点,则虽一针落地,亦成振响——当此之际,唯闻松林落子,清绝人寰。正因如此,故思念故人。故人何在?曰:想他也是身处此境,静极而孤寂亦极,两人正同——由此更推进一层:安得此时此境,我二人忽得相聚于清宵,共享幽趣乎?深情全在言外。

春潮夜夜深
——说王昌龄《送郭司仓》

映门淮水绿,留骑主人心。
明月随良掾,春潮夜夜深。

王昌龄《送郭司仓》

古代人最重离别。虽然也由于情深义重,至性过人,但也因那时交通艰阻,一别之后,即不知重逢何日了,焉能不歧路徘徊,执手呜咽(yè)乎!

这首小诗,却并不直说此情此境,却单从一个"水"上抒写其离怀。他说:友人郭君要走了,其住处门临淮水,澄碧喜人,如今主人离此而别往,他的心情就留下而寄托在淮水之间吧……一轮明月,好像人之惜别,一直随主人而去,剩下的淮水,却夜夜潮生,深情永在,无有已时。

这就是诗的高处,艺术的深婉,感人动人,吟诵不已。

诗词会意

记得宋代大诗人苏东坡留下的名迹《天际乌云帖》里,就有"得似看潮夜夜添"之句,大约即暗用唐贤诗意,尤见呼应文心,隔代无异。

〔注〕

司仓,官名。掾(yuàn),州县官的副职。分管钱粮者,谓之司仓。良掾,赞美词也。

明月来相照
——说王维《竹里馆》

独坐幽篁里，弹琴复长啸。
深林人不知，明月来相照。

王维《竹里馆》

幽篁，深密之竹林也，第三句即以"深林"二字与之呼应。弹琴，古之弦琴也。啸，以喉之振颤而发丹田之妙音，似吟而高爽精浑过之，今已无复能者（少年时见北昆剧团名净侯益隆，尚有余响，已称绝无仅有矣）。

抚琴、长啸，皆高人所擅，亦俗辈所不谙。故全篇"眼目"在一"独"字。"人不知"，非仅谓幽篁之深也，亦非人不能知，已也不欲人知也。是故，乃有"明月"，却来相照。明月既来，则不为"独"矣。岂知如此愈见诗人之孤独而有感于怀也。

此诗可与李白"敬亭山"合看，两种写法，却是一样情怀。

花落知多少

——说孟浩然《春晓》

> 春眠不觉晓，处处闻啼鸟。
> 夜来风雨声，花落知多少！
>
> 　　　　　　　　孟浩然《春晓》

此诗是《千家诗》的第一首，开卷开篇，千百年来，妇孺都能口诵而弦歌，可谓深入人心，声情在耳。

作者孟浩然，与大诗人王维齐名，人称"王孟"。他诗集卷端一序，写得非常之好，内中引述一段：一次与诗友聚会，因作新篇，其联云："微云淡河汉，疏雨滴梧桐。"序者云：当时"一座叹为清绝"。众皆搁笔，盖难以为继，更难超此"清绝"而胜之也。然而，这位诗人不只"清绝"，风格多变，出人意表，他写洞庭湖，其句云："八月湖水平，涵虚混太清。气蒸云梦泽，波撼岳阳城。……"

辑二　相看两不厌

你看，这种气象和境界，岂是寻常笔墨所能及的？然而他又写下了这首落花词。

春眠常常睡得好，醒得迟，道是"春日迟迟正可眠"。所以东坡居士（苏轼）说："报道先生春睡美，道人轻打五更钟！"可见春睡到了最"美"（酣也）之时，虽已"日上三竿"，犹仍不见醒意也。

然而，到底他还是"觉晓"了。一觉（jiào）醒来，天已放晴，朝曦满目，欣喜盈怀。

怎么知道那是睡起的喜晴呢？证据何在？须知，第二句就晓示分明了，怎么还要求什么"证据"？盖天不放晴，则群鸟不啼。今则倚枕披衣，刚一放目倾听，便闻得满园满树到处鸟鸣，确知是天晴无疑了。

天已放晴，心喜不已——然而，晴是风雨之后的情景，那天晴之前却正是风雨连宵，令人难以安寝。如今风停雨过，却一心系念着那开得正好的名花（海棠？）在风吹雨打之下，不知是怎么样了。

"夜来"，在古今诗词中（地方口语就遗存）是"昨日昨夜"之义，可专指夜，也可兼指日夜。一个"声"字，写尽诗人为情为花而不眠的心境——他正是"听风听雨过清明，愁草瘗花铭"（宋·吴文英《风入松》），满怀心事——这才解说了他为何"贪"眠而"不觉"天晓。原来，他是后来方才渐渐睡"熟"的！

花落知多少？一片悽惜之心。"知多少"，曰"知"，实"不知"也。风雨摧落了繁花，落去有多少？——是落得很厉害，还是幸而尚有存留未尽？

诗词会意

宋女词人李清照的《如梦令》不是也说了吗？"昨夜雨疏风骤，浓睡不消残酒。试问卷帘人，却道海棠依旧。知否，知否？应是绿肥红瘦！"这是"花落知多少"的估量之词也。

诗人词客，惜花叹逝，盖花代之万物之最美，美的毁坏，是他（她）们最关怀的恨事。

相看两不厌
——说李白《独坐敬亭山》

众鸟高飞尽,孤云独去闲。

相看两不厌,只有敬亭山。

李白《独坐敬亭山》

  李白此诗,为人传诵,或叹为"闲适"之作也;"仁者乐山",爱景之情也。——是这样吗?

  此诗愤世嫉俗,语意不恭,而以婉笔出之,令人不觉。他说:鸟皆为友,可是它们都飞得一个不留了;云可作侣,而云连一片都不见了。那么,还剩下谁呢?只好坐对青山一座,彼此无言。

  对山看山,永而不厌,则可知若面对某些人物,即觉其可憎可厌,"不敢向尔",闭口不迭。

  鸟也,云也,山也,皆吾友也,总胜恶俗之辈。它们有高情远致，可以相对交流，若相感应。诗人言此，喜乎？乐乎？苦楚难堪诉，岂诗人秉性怪癖，如此孤独不可亲近乎？

敬亭山，在今安徽宣城市北也。看（kān），读平声。注意"两不厌"的"两"字要紧。盖在诗人意中，山亦憎俗，不愿见那些名利钻营之辈，它独与我对"坐"，亦不憎我——妙哉！

闻说梅花早

——说孟浩然《访袁拾遗不遇》

洛阳访才子,江岭作流人。

闻说梅花早,何如此地春!

孟浩然《访袁拾遗不遇》

  洛阳,古之"东都",诗词中有"京洛"这一特殊的词语,就是把洛阳也当"京都"的泛称了。拾遗,官名,是进言谏议之职。谏官虽负此职责,但也会因直言而触怒皇帝或宰臣,一朝得罪,即贬谪到边远之地,此即诗中"流人"之所在了。流者,"流放"于远方之义。诗人到洛,走访友人,方知已流放到南疆去了,心有所感,故作此篇,表其不平之意。

  江岭,谓云广一带,山有"五岭"之称,而大庾岭以梅花著称于世。此地梅开最早,大约在十月(古历,今曰"农历")即已盛开。因此诗人叹恨而言曰:那儿虽然梅花早放,究竟不如洛阳之名花,牡丹甲于天下——怎能比得了呢?弦外心音,慨然无尽。

咫尺愁风雨
——说钱起《江行望匡庐》

> 咫尺愁风雨，匡庐不可登。
> 只疑云雾窟，犹有六朝僧。
>
> 钱起《江行望匡庐》

咫尺，在此极言其相距之近，语言学者说修辞艺术中存"夸张词"，谓以大喻小。今则以"咫尺"喻甚"短"，不知可谓之"缩约词"否？一笑。"咫尺愁风雨"者，诗人因何而"愁"，已到庐山，偏值风雨，故抱憾不能登临以揽其胜。

既不可登，那么只好付之想象了。然则所想何事？石乎？树乎？洞穴清泉，种种异境乎？俱非，俱非。他只想：若真登上名山，必能觅见一处云遮雾掩的峦洞，还有一位修炼得长生不老的高僧，隐居于此！

辑二　相看两不厌

　　然而，为何又单单要"指定"是六朝之僧？盖诗者乃唐时人，唐人欲想近世之盛事，必先称六朝。君不见小杜之名句云"南朝四百八十寺，多少楼台烟雨中"乎？也是在说"南朝"，南朝即六朝也。

　　诗人想象中，若入匡庐，定逢道者，年高道重，可以共语。这比只看山水景物，更有深味也。

万事干戈里
——说杜甫《倦夜》

竹凉侵卧内，野月满庭隅。
重露成涓滴，稀星乍有无。
暗飞萤自照，水宿鸟相呼。
万事干戈里，空悲清夜徂。

杜甫《倦夜》

此诗题为"倦夜"。何以为倦夜？似乎非"白话翻译"所能回答，比如，"困倦的夜间"或"厌倦黑夜"之类，怕都不太妥当。我们还是先把诗篇细加赏会，然后不答而自明。

竹性最凉，夏天摸摸它，也不像别的东西那么热手，所以说竹簟生凉。成丛的竹子，也是像能"筛"热风的筛子，总是从它那里冒出清凉之气。夏天白日犹然，秋夜里的那种竹气，可就一直透入屋室，侵人衾褥了。无寐之人，此气更是逼他百般思绪。起望庭中，满是茫茫月色在地。此时大约正近月半，浩魄正是倍觉明洁。

然而老杜在"月"上却加了一个"野"字。这实在真奇！似乎寻不见同例。

何者又为野月？这比"倦夜"更难翻译。勉强解说，大约颇近于荒凉之义。心绪不佳之人，怕看此种景象，而它偏偏照满了院子，无可避处。

此时此际，大诗人细察而敏受：静夜之中，万物方籁，一切至极细微的动态，全都来至他的耳边目里，意下心头。夜深了，露珠愈积愈大，终于成一颗大"珠"而滴下叶根。此俯察之所得也。复一仰观，只见月色弥空之间，犹有入眼的数星——正所谓"月明星稀"之稀也，但其光为月夺，不甚明亮，又因气流不定，以至颇有忽隐忽现之感。此"乍有无"三字，简妙之至！

凡此，细之极，实静之极。故千古名句，莫能以其"细"而可轻也。

以上颈联，纯为大自然现象，与人无关。以下腹联，乃及于虫鸟，似与人无关，而实非无关。盖萤飞于幽暗，微明犹能自照；禽宿于水边，护伴尚解相呼：是"独"与"群"之际，动物亦知有以自处之道，而诗人自抚，其以诗光自照，约略如萤，伤心于处境之暗也；野塘茅舍，踽踽独行，犹不如水禽之有伴可以互慰也。

以此心境，而察物境，故觉竹气之森凉，月光之荒野。

至于篇末结联，则一归本旨：诗人之所处，乃"不眠忧战伐，无力正乾坤"之世也，故时时愤慨兵满天地间，民居水火里。在遍地干

诗词会意

戈之际,万事皆不可问,故无由为之写照,无力为之拨正,是以空悲清夜之徂,流水之逝,而此悲之深,宜不可量也。

一"悲"字,一"徂"字,如闻老杜呜咽之音,令人酸楚悲感而不可自抑。其诗之所以为圣者,他家万万难及者,岂不由此等境界略窥端绪乎?

辑三

诗词杂话

诗词杂话

选字重要

选字,乃诗词功夫一大关捩,未可以"末节"而忽之。宋人诗云"楼外残雷气未平",不朽之名句也。然雷何谓残?岂有"全雷"之说乎?故知残非残缺不完之义,即是残余未尽之谓耳。然则何不径作"楼外余雷"?岂不清白通顺有加乎?岂知倘若如此,声调意志皆败矣。清人论范石湖使金过汴京绝句"父老年年等驾回",谓用"等"字,不避俗语为首创,是矣,然其故何也?试思倘作"盼驾回""望驾回""待驾回""候驾回",神情语味,皆黯然无复精彩可言矣。此中消息,宜细参寻。此条专论常言中之义同、义近、义似诸字之选择,与辞章家所谓"炼字"一义有别,不可混为一谈。炼字易知,选字难晓。论两宋词人者,多赏其炼字功夫,而不知其选字尤精,宜有细心人详为抉示。复有流传之"改字"故事,如"小窗深""小窗明",等等。自改也,亦是一种选字法,特与音律相关。至南渡太学生俞国宝《风入松》,本曰"明日重携残酒,来寻陌上花钿",佳句也,正以其全是本色,而皇帝见之,以为"寒酸",乃赐"御改",易为"重扶残醉",而人争颂其高焉。余即不然。携残酒,穷士子以一日之游作两日之赏会耳,贵在本色如实而写之。在上者挥霍不尽,日费数万,自不屑"残酒"之"重携",然而隔夜而犹"扶"其"残醉",而来游陌上,是何恶态?直不可向迩,而谓之"高"乎?此种直是"改意""改神",已与选字无关,偶复牵连及之,为一笑之资可耳。

天阙

老杜《游龙门奉先寺》:"天阙象纬逼,云卧衣裳冷。"注者解"天阙"异说最多,亦有改字为"天""天阅"者。余按今论者多附会龙门本有阙门一义,而不思杜律最细,此诗则仄韵之五律也,颔颈两联,最忌句法类同,如解"阙"为名物词,则与上一联之"阴壑""月林"皆以实字起句,岂其可乎?故知"阅"虽未必然,然以为此字当是动词,实为有见。按《天问》集注引《列子》:"……故天阙西北,日月星辰就焉。"《淮南子》作"天倾""移焉",意同。盖少陵于高处远望夜空,见西北星辰繁密,故曰"象纬逼",逼正谓"就焉",而"阙(缺)"字实用古本《列子》。必以"天阙"定指阙门,则"云卧"又有何地可以牵合?少陵句法不应草草如此。

奇在何处

长吉诗："女娲炼石补天处，石破天惊逗秋雨。"东坡诗："十日春寒不出门，不知江柳已摇村。"试问哪个是奇句？人莫不曰：长吉奇，东坡此处平常句耳。我说：君未之思也。石破天惊，似奇实不奇，何则？文从而字顺，不奇也。江柳摇村，似无奇而实奇，似文从字顺而自创之新语言也。试问"江柳"者何耶？与"山桃""水荇"语例同乎？不同也。与"湖莲""海藻"语例同乎？亦不同也。然则"江柳"已奇。然犹未至奇也，至奇者"摇村"也。试问何者为摇村？讲常语"语法"者（大抵从西方语法套来的），必曰：摇，及物动词也；村，宾词（旧云"受事"）也。如是则江柳摇动了村庄也。西洋学生学汉语，如此理解，不足为奇；若中国人而如此讲说，是说相声的"歪讲逗哈"了。于是乃悟，东坡造语奇于长吉，恃人不觉耳。此类甚多，不遑枚举。曰诗人之奇也，固无不可。究其实际，则吾夏语文之奇也。少游词："碧水惊秋，黄云凝暮。"试看"惊"字、"凝"字，是何神力！若于此等字之极精至奇处漠然无所感受，可去而学剑，莫来问津诗词。然而试问"惊秋"者又何耶？依"语法"，是"惊动了秋季"，还是"惊讶秋景"？皆不是也。"凝暮"者又何耶？你试试看，或者改成"白话"说上一说。此少游之奇乎，当然也是他的一奇，然而究其实际，亦吾夏语文之奇也。飞卿名句："鸡声茅店月，人迹板桥霜。"若按字译成西文，不成句法之莫名其妙的糊涂的零字汇凑在一处者也，而自吾夏韵语之标准言之，乃极精妙传神之诗也。盖西文者，离开主词、宾词、联介词、转折词……一步不能走，一句不能成者也，譬如

诗词会意

若律"鸡声茅店月",必须"寻找"谁是"句主",谁是"谓语";又鸡声与茅店之间,是何"关系",用何"介词",弄清之后,又要"研究"那店之与月有何"关系",若谓无关系,焉能连着说来?然则"茅店的月"乎?"茅店的'上面'或'旁边'之月"乎?如此等等,若弄不清,则半句也译不成也。然而到他弄"清"译"成"时,已是一个毫无韵致神味的死句子了,"诗"已不复存在。故余尝谓:如此等例,觉汉字好像火车车厢,前后有"钩",一撞就可连上,初无待什么"介词"之类也。你看奇与不奇?此天下之至奇也!而唯于吾夏语文中见之。醉心"洋化"者,连洋文也是"最高级"的,想使祖国语文也像他一般"慕化"于洋文,而不识吾夏语文方为真正最高级、最进化的语文,良可悲也。而言诗者,多不知吾国诗之许多特色,无不根源于吾国语文之特点也,其诗句中诸字,自有其特殊的"组联法则"。上来所举三类,如"江柳摇村",如"碧水惊秋",如"鸡声茅店月",犹不足以开某些只慕洋化者之柴塞乎?以上只论"句法""字法"。至若历来讲"神韵",讲"意趣",讲"兴象",讲"意境",讲"格调",亦皆不知从源头上说起,多是"半路出家"之功行也。此源头为何?曰:无他,仍然只是吾夏语文的极大特点特色有以致之。试思:倘非汉语四声韵部,其音节声调之美何由而来?有音节声调之美,始有律韵声情之美;有律韵声情之美,始有韵味神致随之以出。是之间,复有吾夏语文之形、音、义三者之微妙之关系在,聆音而味义,睹形而兴思,种种艺术的丰富联想与心理活动,亦俱由此而发生极为复杂的精神创造与感受(包括享受),此与纯音符的语文所唤起于人的头脑心灵者,迥然异趣。故讲神韵,讲兴象,讲意境,离开吾夏语文之极大特点特色(即其极高级的进化的语文特质特性），皆为无根之游谈矣，为玄虚神秘矣。其实有根有柢，不玄不秘。大诗人大词人，皆最极精通自己民族语文的艺术大师也。是以居今之日，欲使学子热爱祖国民族诗歌，必须先使之热爱吾国语文。且诗歌乃是民族传统的，具有极大特色的，呼之为"古典""古代"，已是不讲科学，更目之为"旧体"，岂非导引后代子孙轻藐自己的文化精华的"名目"乎？

晏小山词笔之妙

诗词者，说话的艺术也。俗语有云："一样子话，百样子说。"学诗习词，最宜有味乎斯言。譬如相思苦念之情怀，写者多矣，"思君令人老"，直抒胸臆，由来尚矣，而"一日不见，如三秋兮"，则从另一角度、另一方式而言之。倘加搜集而分类编列，当成类书之异品，艺苑之奇观。然至北宋词人晏小山，有十四字二句，堪称空前，其词有云："……云渺渺，水茫茫，征人归路许多长。相思本是无凭语，莫向花笺费泪行。"相思极苦之人，无可慰藉，忽得一纸音书，珍逾拱璧，其书之来也，写之以彩笺，诉之以深忆，直切吾心，若神药之医患，甘露之溉烦……故置之怀袖，一日百遍循诵矣。若此种种，词人一字不写，翻曰书中虽诉相思，而口笔只为空话，真乎假乎？思极而虑生，既对来书流泪以读之百遍，乃唱叹而言曰：花笺写诉相思，岂为准据，流泪以读，将无徒然乎？曰"本是"，曰"莫向"，言辞明决之至矣，而其相思相忆之苦情，千回百转之心境，方始跃然于纸上，而百世之下，犹令吾人为之荡气回肠，泫然欲涕。说话的艺术之高超,可谓至矣尽矣。然非至情过人,文心绝世,安能有此哉?论者常言:文似看山不喜平。是也,然此指通篇铺次布局贵有起伏变化,忌平衍板呆耳;若吾所举,乃篇外笔前,另有一番"不平",纸上不见铺叙,而以一笔束括千回百转之无限意致与笔致者,尤为诗词家所难所贵,特宜标举,庶几不负才人之灵心慧性。

东坡与"豪放"无涉

世传坡公自云,柳三变词,当令十七八女郎唱"晓风残月",至于己作,宜关西大汉铁板铜琶唱"大江东去"云云。历来征引,以为"佳话"。余效《红楼梦》中宝玉之言曰:全是"混账话"。坡公何等高人,出语断不至如此浅薄庸陋。此种最易入人,故最害人。浅识者最赏此等话头。于是有误以为使气骂座、恣肆叫嚣为"豪放",又并真豪放之意气亦无一点儿,只以剑拔弩张之种种作态以充作之,满身气,满纸"客"气,而又时时捉襟见肘,吾读之浑身起栗,犹自谓我学东坡"豪放"也,岂不糟踢坡公至尽,无以复加乎!故"豪放""婉约"二名一立,其弊遂滋。于此,当服王静安,解道:"读东坡、稼轩词,须观其雅量高致。"豪放云乎哉。余读东坡韵语,有一种感觉,即其五衷之内,悲感最深,而世人以为东坡"旷达"者,皮相之论也。盖东坡之为人,情至深,义至重,于宇宙人生万物,感受极敏锐,见理极深透,而才质过人,常以潇洒之笔写之,如不着力而成。潇洒者,才人风流之一种表现,与"豪"、与"放",两无交涉,而浅人误认为一耳。其所为诗词,读之常令人恻然心动,愈作旷达超脱语,愈觉其悲感之深,何尝有所谓豪、所谓放哉？其《读孟郊诗》所云"诗从肺腑出，出辄愁肺腑"，移以评坡自为诗，最恰至切之"第一句子"也。抑犹有一义：坡公情最深至，故处世最多不可堪，其苦痛亦最甚，无以为遣，则从"思致"为解，亦即其自谓"胜之以不战"者是也。故坡之诗文，多具哲理意味。《赤壁赋》之变与不变；《水调歌头》之不求长聚，但愿千里明月能共；《洞仙歌》之屈指只盼西风，不道流年偷换……随处而可遭矣。其惜花、守岁、别弟、念友，无往而不深情至恋，至于无可奈何处，乃聊以自创之哲理自解之，斯殆静安所谓雅量，于是貌似旷达超脱，群以"豪放"目之，此事之益可悲者。而坡笔之潇洒，则高致所由生。余谓雅量尚可陶冶以企望之，独笔之潇洒最难学致。此则欲不归之于天赋，又何所归乎？世又每言坡有仙气，称之曰坡仙，以吾论之，亦即其潇洒之笔，高致生焉，迥异庸陋尘俗，有是者即仙之所类矣。然仙者遗世而独立，无复执着人间、热爱人生之至情，故亦无复忧世悯俗之深悲，而坡则异是，恰相反也。以此言之，坡公至深极厚之人间情种也，仙于何有？故名实之际，表里之间，自昔为难事，而于赏会诗词，益可见焉。近世有专为他人"贴标签"之月旦专家，则不知又为坡公准备下何等名色，呼牛唤马，坡公一笑领之矣。

清新俊逸四难

少陵于诗许人者二语四字，曰"清新庾开府，俊逸鲍参军"。诗而至于清新俊逸四者备，能事尽矣。清者何？声之清也。故曰"清歌一曲断人肠"，故曰"雏凤清于老凤声"，故曰"清词丽句必为邻"。清庙之瑟,朱弦疏越,一唱三叹,其声清也。新者何?意趣之新也。故曰"诗清立意新",故曰"新诗改罢自长吟"。此新,非旧作新篇之谓,意趣新也。俊者何?神俊。逸者何?气逸。声清意新,易辨;神俊气逸,难知。须精音律,具"音乐耳",方能声清。须富感受,具"诗心""诗眼",方能意新。须天赋好,人品高,方能神采飘逸,才思颖发。是以四者难并,兼二已为中上之选矣。俊逸之义,六朝人始大发明而崇尚之,论人讲神观(俊)特,论文讲风气遒举,即于《世说》一书中已可备见。故少陵既标清新,复悬俊逸,而后者尤难。如晚唐诗,牧之独富磊落英多之气,是俊逸也。南宋诗,唯石湖特有俊爽奔逸之致,是俊逸也。然常论不知及此。至今诗歌艺术论,术语概念,多假自西方,"形象"也,"性格"也,"修辞"也,"技巧"也,"描写"也,"刻画"也,非谓吾夏诗歌艺术中无是,然而以为即此足尽我国民族传统诗词之能事,则宁不令人生数典忘祖、取粗舍精之叹者乎?或曰:清新俊逸,是足尚矣,然何以不及字法句法?岂不讲哉?古来以此乃前提,乃必然之基本功,并此而不能,复何与于诗歌之事?岂不讲哉?早"讲过"而超越了也。知此而后可与语中国诗。

诗词中的代字

王静安论词极恶代字,何其弗思也。代字者,吾国汉字文学发展之必然结果,其根源端在汉文字形、音、义之极其丰富精微,此乃吾民族文化之最极宝贵处也。依静安,则"树头树底觅残红"为不可,必曰"觅余花"始克称佳矣。循此以推，"落红成阵"固非名句，即"林花谢了春红"亦有"语病"。试问"碧落"者何耶？"黄泉"者又何耶？必令白傅改其诗句为"上穷天空下穷地"，无代字矣，而岂复成语，遑论为诗乎？地，仄声也，而词人某句某律当用平，始曰："平沙""平芜"；草，仄声也，而词人于某句某律当用平，始曰"芦莎""碧茵"。反之，平声"花"，觅"萼"以为代；"芦"，觅"荻"以为代。依静安皆大忌。信如此，岂独无诗，必将吾夏高度进化之语文变为最简单之低级语文而后止。至昔人谓咏桃不可直说破桃字，当云"刘郎"；咏柳不可直说破柳字，当云"章台"……此则另是一事，辞意俱陋，静安非之，吾亦非之。然《人间词话》所举非此类也。况复由此而立一成见，悬一禁条，作诗填词，必不可用代字，则贤者失言，愚者学语，弊将何极？吾于静安，不能不有所商略者，非好辩也，求于心安与不安而已。

岳飞《满江红》真伪

传世岳武穆《满江红》，论者以为于宋元无可考，始见于明人所编遗文集，当出伪托。又云贺兰山在西北，与金人无涉，方位乖舛，足见其为伪词。余曰：此词真伪，固难断言，第就质疑者所论而察之，明人有《永乐大典》中所收昔贤遗集，清代多不复存世，则安在明人必不能得一传写本乎？若南北宋之间词家每言西北，如"西北有神州"，如"西北欃枪未灭"（赵鼎《花心动·江月初升》），此等不一而足。擅自南渡人士而言，"北望长安应不见，抛却关西半壁"（胡世将《酹江月·秋夕兴元使院作用东坡赤壁韵》），正其地理观念也。若谓"贺兰"不能借用，乃伪作者之马脚，则张元幹固亦云"要斩楼兰三尺剑，遗恨琵琶旧语"（《贺新郎·寄李伯纪丞相》），亦不得用西域国名为喻，亦为伪词矣？论词恐不宜如此胶瑟。余以为此词有真气，非伪托者所易追拟，又上阕"三十功名""八千里路"一联，归到"莫等闲，白了少年头，空悲切！"慷慨风流，悲壮深婉，一时俱到，亦不似明人所能到。胡世将词又云："阃外何人，回首处、铁骑千群都灭。拜将台欹，怀贤阁杳，空指冲冠发。阑杆拍遍，独对中天明月。"思致神理，皆当时名将之真实写照。即其"塞马晨嘶，胡笳夕引，赢得头如雪"，亦尚觉不逮"三十功名尘与土，八千里路云和月，莫等闲、白了少年头，空悲切"之空际传神也，而可轻议岳词为明人手笔耶？反证不足立，何如宁信其真，亦不至为鄂王面上涂墨，若误夺真词，压良为贱，始真是涂黑矣。

论王国维"境界"说

王静安云："……然沧浪所谓'兴趣'，阮亭所谓'神韵'，犹不过道其面目，不若鄙人拈出'境界'二字为探其本也。"谓兴趣、神韵为"面目"，已奇。又云："言气质，言神韵，不如言境界。有境界，本也；气质、神韵，末也。有境界而二者随之矣。"又云："词以境界为最上。有境界，则自成高格，自有名句。"这三则，道出了王先生以境界为本、为体，而历来论者所提的诸说为末、为貌。至其论姜、陆时，说："古今词人，格调之高无如白石，惜不于意境上用力，故觉无言外之味，弦外之响，终不能与于第一流之作者也。""南宋词人，白石有格而无情，剑南有气而乏韵。"至此，静安于力主"境界最上"之时，仍不能承认"情韵不匮"之高级标准（六朝刘彦和语也）。更奇者，静安既言所标境界为"最上"，有境界则一切随之，而当他评苏、辛时，却又说"读东坡、稼轩词，须观其雅量高致，有伯夷、柳下惠之风；白石虽似蝉蜕尘埃，然终不免局促辕下"。信如是，则所谓"高致"者，是否境界之外另一标准？抑有了"境界"而高致亦即"随之"自生？假若有境界者自应都能随生高致，何以又独于苏、辛"须观其高致"？若并不能有境界即有高致，又毕竟以何标准为"最上"？境界？高致？如曰二者宜悉具，则境界不可为"最上"矣。要之，静安之词论，自有甚高价值，但若仔细推敲，也还是有很多问题尚待分晓，未必探本之极致耳。静安有时又有逻辑不周密之失，如以白香山与吴梅村对比高下，以为虽皆歌行能手，一不隶事，故高；一多隶事，故下。我不禁要问：王先生亦知梅村所处何世，所咏何事乎？易代之际，难言之隐，切骨之痛，而欲于避忌百端、形势难测之时言之，隶事借古，以避时祸，犹不知如何，而王先生欲其与白傅之历史条件等量而硬比之，宁不可异？南宋词之所以为南宋词，种种缺陷，诚如静安之所指摘，盍亦一论其时与势之去北宋已远乎。故古今贤哲，必以通论为难，有以也。

中华要典有"葩经"

本文题目特举"葩经"一名,这是指哪一部经典呢?年轻一些的学子恐怕就未必都知道了,原来这个"葩经"就是指《诗经》而言。唐代文学家韩愈有一篇《进学解》,其中有云:"《诗》正而葩。"由此,喜欢典雅而又新鲜的词句者就把"葩"和经连在一起,创造了这个《诗经》的别名。

那么"葩"又是何义呢?若查字典、词典之类,那非常之简单:"葩"者,花也,又华也。别无二说可云。但是这么一来,有趣的事情就发生了,有人会说:既然《诗经》可以别称为"葩经","葩"字即是花者,美的意思,而逻辑推理立刻得出一个结论,即《诗经》也可以称为"花经"或"华经"——这可有趣极了。刚才说的那种推理逻辑,意思不错,但从古至今也未曾出现过什么"花经""华经"这种怪名称,因为这样称呼《诗经》根本不成个意思,没有人肯予接受。如此方可悟到学习中华汉字可不是一件简单浅薄的小事。有很多汉字,你查字典,不止一个同义词,但又绝不可以随便互借替代。我举的这个"葩经"就是一个最好的例子。

如果你认为"葩经"二字连在一起作名称,还是可以领会而能接受,那么若把"葩"字单独作一个形容词来用,恐怕就不行了吧?我答:非也,你又推断错了。我举一个最好的例子,就说明"葩"字能够单独作为形容词来运用。明代的大剧作家汤显祖作了四部名剧,人称"临川四梦",而四梦中最为流行的就是《牡丹亭》,这部名作至今还能在舞台上看到演出。其中除了《游园》《惊梦》两折之外,还有一折叫作《春香闹学》,演的是杜丽娘小姐的家塾里请了一位老师名叫陈最良,他给小姐丽娘和丫鬟春香讲课,以《诗经》为基本教材,授课时,他以一支曲子把这部经书概括了一番,那支曲子名叫《油葫芦》,开头就唱道:论六经,《诗经》最葩。你看这陈老师不就正是把"葩"字作为一个单字的形容词来用的吗?

这句话应该怎么讲呢?如若译成今日的白话,就只能是"《诗经》最为华美"的意思吧。但正因如此,问题就来了:你让青年学子这样认识《诗经》,以为它是世上最华美的书籍,那可就差之毫厘、失之千里了!所以这个"葩"字用来形容《诗经》,就不是那么容易的事情了。你就要问我:既然如此,又该怎么翻译呢?我答:依我拙见,大约应该说成是:《诗经》最有文采。

到此,你又定会质问于我:《诗经》最"葩",我听不懂,你又来了一个"文采",我就更觉糊涂了,那"文采"又是什么呀?

你看,我们的讨论真是层层切入,正如古人所说是"渐入佳境"。原来我们中华的诗圣杜少陵(甫)有一篇《丹青引》,是咏叹与他同世的大画家曹霸的名篇。杜少陵(甫)称之为曹将军,那是一种古代的虚衔,凡文官都要带一个武职的空名。这曹霸者,乃是魏武帝曹操的后代子孙,杜少陵(甫)慨叹曹霸的生平命运时说过这么几句话:"将军魏武之子孙,于今为庶为青门。英雄割据虽已矣,文采风流今尚存。"可见从汉末魏朝以来,写诗写得最好的就属"三曹",即曹操、曹植、曹丕。他们的诗的最大特点就是富有文采。这文采者,是文化修养内发之光彩,而不是仅靠打磨字句,用上一堆好听好看的字眼的表皮外相。

陈最良老师开头就说:《诗经》最葩。六经后来把《乐经》亡佚了,只剩了五经。老先生追溯本源,还称六经。他说《诗经》最有文采,就是说《诗经》若和《书经》《礼经》等相比起来,那些经书的词句都是平铺直叙,文学艺术性不多。所以说《诗经》最葩,是一点儿也不错的。然而陈老先生那支曲子的下文又说:《诗经》是"洗净铅华",即没有一点儿涂脂抹粉的外表打扮。这一点正和"葩"字相比相对,如不理会这个重要的分别,那必然把某些字面华丽而并无思想感情的诗词之类,误称为"葩"了。

讲求中华汉字诗实在并非一件容易的事情,就如本文用意是想说明,我们的诗从古以来就得符合这个"葩"字的本色特点,既富有文采,而又不做外表装饰的高级品格。

从本文来看,我已经费了不少言辞来讲解,可是连我自己也还是深感不能通透,更谈不上恰切精微,仍然是一种开端引绪的浅讲粗论而已。

关于古典诗词的鉴赏

（一）

我们要谈的这个问题是一个牵涉面很广的问题，确实不好谈。大家都晓得，讲到我们的古典诗词，常常有这样的话说：可意会而不可言传。如果这样，那咱们在这干吗呢？咱们都意会吧，一言不发，都去参禅。当然，你会说这怎么行呢？是不行。但是，完全用语言文字来表达，有的地方的确也不行。所以我只能讲粗的一面，精微的地方更多地要靠各人自己去体会、理解。

首先谈一谈名称。现在习惯的称呼叫"古典诗歌""旧体诗词"，又古又旧，这东西大概应该进博物馆了。万物都要发展、创新，为什么还要保留这么一套东西，还要学习鉴赏？是不是有人会有这种"先入为主"的感觉？

诗词会意

"古典"这个名词,本来是指一种艺术流派。如果把它理解为一顶"帽子",恐怕有的同志往往一提到"古""旧"就跟"新"对立起来。这样的认识对吗?其实我们的古人作诗填词最讲新,老杜就说,"诗清立意新""清新庾开府",可是他又说,"颇学阴何苦用心"(学阴铿、何逊),"不薄今人爱古人"。可见,他们的创新并不是要把老的一齐打倒、丢掉,不是一提创新就跟传统对立起来,说那个都不该要了,完全另搞一套。这样来理解创新难免不发生种种弊病,这是一个认识问题。

我们来看看古人又是如何看待、认识新和旧、传统和创新的关系的。清代有位诗人叫赵翼,他在《论诗五绝》中说了两句话:"预支五百年新意,到了千年又觉陈。"可见,那个时候的人不是不注意而是非常注意新,才会发出这样的感慨。他那里说的是,要做到"新",可用的体格、语言、文辞,仍然是我们中华民族传统的,他并不抛弃这个,而是要在笔法、意法、表现法、表达方式方面寻求一个新的路子。所以说,要新,首先要意新,不是什么别的新。赵翼对新和旧的关系说得是很辩证的:把新意像从银行开支票一样把五百年后的都预支出来,够新了吧!可是到了千年以后再回顾这个新意,又觉得陈旧了。

在我们历史文化的长河中,数不清的文学艺术大师,每天都在那里创造、积累,那经验之丰富,水平之高超,真是无以为喻,提起来我总是佩服得"五体投地"。对于这样宝贵的文学艺术财富,每一代人都有他的新贡献。正因此故,我们中华民族传统诗词的生命力才非常旺盛,并没有死亡,甚至连衰老、僵化都还不能说。它还在我们的日常生活中、文化生活中生存、生长，而且还有发展。所以不能用"古""旧"二字就把他们制住、否定掉了。因为我们的民族传统，实际上原本就是无数层次的创新的积累的总和。把传统和创新机械地对立起来，甚至盲目地崇新排旧，不问实质，只看现象表皮，就会把似新而实旧的东西奉为奇珍异宝了。

（二）

接下来，我想提出的是：写诗需要表达什么东西？怎样表达？

诗人为什么会是诗人，这在于他的眼，他的头脑，他的心灵，他的观察能力、理解能力、感受能力、欣赏审美能力，都与我们常人有所不同。比如，我们常人一般看见每天日常生活里边无数的现象，认为可以视而不见，不值得看，不值得谈，也不去想，可是到了诗人眼里就不同了，他从最平凡、最普遍的事物中，发现一个点、一个方面，觉得有新的体会、感受，新的见解，他发生了"新意"，把这种新意传达给我们，而我们一看：是这个样子呀！我也曾这样感受过，可没有好好想就丢下了。就是想了一下，你要我表达，我也不会，而诗人好像是替我说出来了，而且说得那么好，使我产生共鸣，得到一种文学艺术上的享受。因此，我们会觉得诗人很不简单，他是真有神奇本领。这个本领其实就叫作会表达，会传达。一件事情，如果用我们一般人的普通的话来说，可能毫无意味，但他用了另一种方式说出来后，特别好，听听，悦耳，唤起我们很丰富的艺术上的想象。所以我说诗人是属于最会讲话这样一种类型的人。北方有句俗话，"一样

诗词会意

子话,百样子说",就是这个意思。

举个最普通的例子来作为"会说话"的说明,小山词人晏几道的《鹧鸪天·醉拍春衫惜旧香》是一首小令,除了开头两句是点明主题"天将离恨恼疏狂"之外,接着款款地写来,说道是:"年年陌上生秋草,日日楼中到夕阳。 云渺渺,水茫茫,征人归路许多长。相思本是无凭语,莫向花笺费泪行。""相思"在此表示某先生和某女士有互相倾慕和思念的感情,"相思"二字是我们中华民族的传统词语,高雅,有意味,有情致。今天,什么叫"相思"呀?这个话几乎已经绝迹了。学中国文学,特别是诗,要对汉语下苦功夫,比如这个"相思",要懂,要领受,要体会。这一关过不去,什么都不要谈,后边还要具体些讲讲这一点。我们从整体上来看,这说的是一位女士接到了她心上人的信,读罢,感情上那个波澜、那个曲折。古时的交通不像现在,两人分隔两地,投个航空信或打个电报,很快就可以知道对方的情况。那时经年累月才盼得一纸来书,接到打开一看,噢,是花笺写就的(花笺是古代的薛涛纸,带彩色,带花纹,美极了),上面写着相思怀念的种种情怀。我们完全可推想出是写得非常真挚热切的。她起先看时很高兴,再一想,又怀疑起来。感情到了真处,反会生出许多疑念:他纸上写的那么多思念的话,有凭据吗?什么都不能说明,"相思"本来就是无凭之话。那么自从打开信,我对着它反复地读,一直流着泪,我这样激动,是对还是不对呢?我不要再对着这些无凭之语枉费我的泪行吧——你真的相信这个看信人是彻底怀疑,不再相信心上人不是真正思念她吗?她看透了,因而说我不再啼哭,我要欢乐,等等。你若如此理解领会,你就成了世界上头脑最简

辑三 诗词杂话

单的人了!怎么能学文学,怎么能鉴赏我们的"古"诗词呢?这是一种表达方式,是作者超妙的手法。你应该看到的是:这写的是一种至深至切的真感情,即分隔两地,不胜思慕的情怀。这结尾两句,哪里是什么"看透了""想开了"的"悟语",这分明是一种千回百转、千锤百炼的痛苦感情的曲折传达或表现!

我举这两句,只为说明表达手法。若讲更高级的境界,则又不可忘掉"年年陌上生秋草,日日楼中到夕阳"十四个字。这写的是日日盼,年年盼,日日从早盼到日下西山,年年盼到路荒秋草(不见车辙人迹到来)。两地远离之情,长年渴念之意,只用了十四个字,写尽了这种情景和心境。

所以,谈鉴赏,要懂古人的笔法,也要懂古代的情况。比如,上面说的通信难,你认为那算什么,八分邮票一贴搁在邮筒里不就得了!连这么一些基本的都不知道,要去"鉴赏",能"鉴赏"出什么呢?

古人常用情致、意趣、韵味、境界这四个词来谈诗词,这些都是我们自己的"东西",用西方的文艺名词和概念来套是用处不大的。你读罢一首诗或词,往往给你的是多方面的享受,一、二、三、四……在美学上可以数出几点,但对四个词要想每个给它下一个具体简切的定义,恐怕就大是困难。

宋代诗人梅尧臣"总结"好的、优秀的诗词的长处,说了两句话:"状难写之景,如在目前;含不尽之意,见于言外。"这里说的景不仅仅是自然的山、水,一张桌子,一个凳子,不限于这么具体,但总是有迹可循,可捉摸的。"状",今天的话叫"形容""描写",很难"状"的东西,高手诗人能够写得"如在目前",这不是

辑三　诗词杂话

"自然主义"复印机式的"再现"于眼皮底下,我们的祖宗丝毫没有这个意思,他是说对那个精神意态、对那个景象的领会、感受。然而,只有"如在目前"远不够,如果仅仅如此,我干吗要来读你的诗词呀?去看真东西,比你这个直接,也会有自己的领会、感受,是吧?所以,这只是事物的一面,还有一面就是"含不尽之意,见于言外"。好的诗词内容都很丰厚,一首七言绝句,四七二十八个字,叫你体味半天也许还没体味尽。作家不把话都说出来,进行"解释",都说出来,都解释,那叫一篇"论文",不叫诗。"含不尽之意,见于言外",所以才发生情致、意趣、韵味、境界这样一些我们中华民族诗词上特殊的光辉的美学特色。

(三)

古典诗词的语言(当然主要指的是汉语文,尽管我们是多民族国家,但几千年来文学史上还是以汉语为主)有许多独特的地方,要多下功夫去学,去领会,去运用。

比如,上面提到的晏几道词里的"相思"二字,现在不用这样的话了,是"爱""恋爱"了,这东西从哪来?大概是西方的"进口货",与"相思"的意味有所不同。西方的文化传统不同,民族特点不同,历史背景不同,因而他们对事物的看法不同,表现方法也不同。记得好像鲁迅先生在谈小说时说过一种意思:"现在叫'爱',过去不叫'爱',叫'倾慕'。"我们的祖宗将爱说成"倾慕","倾慕"可以是单方面的,你看见了一位女士,或许就会"倾慕"。大家都熟悉的

诗词会意

《红楼梦》，曹雪芹在宝黛感情上是用了"相思"还是"倾慕"？都不用，"爱"更不用了。所以今天西方很多人看完译过去的《红楼梦》，说真不懂宝黛为什么要费这么大的事，你就直截了当表示说"我爱你"得了，万事大吉。在他们的感觉里，这个事天经地义，简单无比，你干吗要这么曲曲折折、千回百转？他们不能理解。

举例而言，汉语里有许多两个字的联绵形容词。比如"苍茫"，天快黑了，好像空间慢慢地生出一种似烟似雾的暮霭，自远而近，缓缓弥漫到眼前，事物越来越看不清，夜色越来越浓，是吧？这"苍茫"好像都懂，我国唐代最伟大的诗人杜甫写了两句诗："此身饮罢无归处，独立苍茫自咏诗。"这里的"苍茫"是什么意思？不能说仅仅就是暮霭吧？这个意境，你在最好的词典中找来的定义，能适合吗？我们得用脑子、心灵，还得用相当深厚的语言、文化背景等知识上的基本功，才能够体味像杜甫的"苍茫"这样的辞意。汉英辞典与"苍茫"对应的英文是"Indistinct"，意思是不清楚，看不清。这原不算错，但汉语里类似"不清楚"的，不仅仅是"苍茫"，还有"迷离""朦胧""缥缈""依稀""隐约""仿佛""微茫""恍惚""杳冥"……多着哩。你去查汉英或汉什么辞典，解释统统都是"不清楚"。在西方只能用一个"不清楚"来对应我们中国那么多词语，这可不是个小问题。这说明我们这个民族对客观世界的观察与体会、领受，与西方大不相同，精微得多。我们的语言创造是不是最伟大的智慧创造之一？在我们的语言运用中，每一个都不能代替另一个，因为各自的意味，唤起你美学上的感受完全不同，也就是情致、意趣、韵味都不同。我国一位第一流的自然科学家在一篇还未发表的文章里说："汉语是世界上最高、最先进的语言。"如果认为汉语是老掉牙、陈旧了的东西,将来都是要改造的,那么还是再进行一些考察研究,然后再做结论。上面举的例子就说明,中文的那么多"不清楚",在西方语言里就没有能够完全对应得上的词。几何学上,两个圆直径相同,往一起一套,完全吻合,变成了一个,英文是"Co-incidence"。中国的词语和西方的词语,有很多都是不能"Co-incide"的。文学的"工具"就是语言,对它并无深知,怎么讲"文学"欣赏呢?

(四)

跟诗联系在一起的汉语还有第二个特色,我称之为"汉语词语组联法",我不懂语言学,就杜撰出这个名词。

每一个汉字都是一个独立体,当它们两个或几个连在一起就成了一个词语,然后由若干词语再连在一起就成了话,就成了句。这就是语言的构成。现在教古汉语要教语法,我觉得这里边可能也借鉴了外语语法的分析办法和一些名词概念。比如,主、谓、宾语连在一起,这才叫一句完整的语言,不合这个组合就是"非法""不通"的。如果是散文、白话,用这个规律来要求大部分还是可以的,但对于诗,就不一定行。我曾接到过一位中学同学的来信,上边说:"我学了汉语语法,就按照这个规律去分析诗,可是常常搞不懂哪是主语,哪是宾语,哪是谓语,我用语法分析来分析去,就是搞不懂。"他提的问题令人深思。这是个什么问题?我们还是用实际例子来看看。

唐人崔涂写了一首《除夜有怀》,这首五言律诗有这样两句:

诗词会意

"乱山残雪夜,孤烛异乡人。"古人旅行极其不方便,况且我们中国人乡土观念很浓,历史造成的,往往一辈子都不离乡土,没有出过家门一步,但为了谋求生路,而必须出门在外,抛家背井,骨肉离异,那就很可能会有像这两句诗所写的感情。千里之外,孤身一人,历尽了风霜、辛苦、种种困难和危险,极其思念家乡、亲人。你看,这个游子独自一人,也不知是在哪里,正赶上"除夕"这一个应该是全家团圆的夜晚,本来千里万里也要千方百计赶回去,大家吃一顿团圆饭,但他赶不回去,自个儿蹲在一个地方,四周围一看,骤然入眼的是"乱山",下了一个"乱"字,已经就不太是味了,接着还来个"残雪",这完全是心里极其难过时的一种反映。有这么一句常被引用的诗:"文似看山不喜平。"从这句诗我们看出,人在常态时,心情愉快时,山越乱,越是峰峦起伏,有着种种势态,看的时候就越有味,越有兴趣:哎呀!这山真奇,真不一般!的确也是,平平的山有什么看头?但同样的奇山,心里难过时看上去的感觉就完全不一样。意思讲明了,再看语句。"乱山残雪夜",一句话,这里找得到主、谓语吗?下一句"孤独异乡人",五个字,主、谓在哪里?本来,点着许多蜡烛,灯火辉煌下全家聚在一起,这是除夕夜的一大特色,但在异地的游子只能一个人和一盏孤灯做伴,非常凄凉孤独地熬着这一夜。这样的感情境界,五个字,分不出什么主、谓、宾语,却表达得异常精彩。

"乱、残、孤、异"四个形容词,"山、雪、夜、烛、乡、人"六个名词,被诗人巧妙地一排列,组成两句话,表现了十分丰富、言而不尽的内容。这,就是我们中华民族传统诗词词语组联法的一大特色。多么富于表现力!如果你用语法的知识来分析这种表现法,

辑三　诗词杂话

永远分析不出道理来。语法上我们借鉴西方的，未必就证明西方语言比我们的先进。西方语言也有它死的一面，一点儿不灵活。我早年写过一篇序文，笑话式地谈到这个问题。我说"英文先生"是个瘸子，他离开"介词""转折词""连接词"等这些"拐杖"就寸步难行。英文词和词之间必须有一个表示二者之间关系的词，没有，这前后两个词就互不相干。比如说："我在街上正在看着橱窗。""I am looking into a shop window on the street.""看，look"当中必须有一个"into"，你才"看得进去"，不然，"英文先生"就说这不是话。汉语就可以没有这样一些"拐杖"。这里再举一例，唐人温庭筠《商山早行》中的"鸡声茅店月，人迹板桥霜"。跟崔涂那两句比较比较，内容上有同也有不同的地方，这个不去说它，要说的是两人在"词语组联法"上也有同与不同的地方。相同的地方在于，他们的每一句的每一个词都好像是一节火车厢，前有钩后有钩，本来毫无联系的车厢在轨道上一走，轻轻一撞就连接在一起了。汉字浑身都有好些无形的钩，诗人让它们"走在轨道上"，一碰，就连在一起，发生了极特异的艺术效果，根本不要什么介词之类。这是诗人的功劳，他做了极巧妙的组联。所不同的是，温庭筠的十个字都是名词，或许你会说那个"鸡、茅、人、板"不是形容词吗？不，它们不像崔涂诗里的"残、乱、孤、异"一样本身就是形容状态感受的形容词，而是经过组联之后，才能够形容后边那个词。你不能脑子里先有"只有形容词才能形容名词"的死条文，汉语没有这种清规戒律，汉语的"词性"，随组联的不同，可以是变化万端的。

"汉语词语组联法"在诗歌中的运用时时都有所见，遇到这种情况，我们要细细体味诗人是怎样运用我们汉语词语的，体味为什么这样一组联后就会产生那么好的艺术效果。

（五）

谈古诗词，不能不牵涉到音节问题。

谈到音节，当然首先就会碰到"断句"，也就是打标点符号的问题。传统的诗好像标点比较容易，要是五言、七言诗就更容易，不要什么高深的修养，数数就行，五或七个字，然后点一点或撇一撇，这个事情太简单了，会算术就行。所以，现在有些选本，五言、七言诗断句大概错不了，然而一遇到词、曲，问题就出来了。原因就在于他往往是用现代的标点使用法和语法观念为前提来给我们古人的音乐文学断句。

音乐文学有它很强的节奏性，断句跟文意的停顿可以说大部分相合。词，本来是指给固定的曲调作新词，所以叫填词，填好了马上就能唱。你设想设想看，你填好了新词，旁边有人吹笛弹琶什么的，立刻就唱给你听，这是多大的享受啊！音乐的节奏和诗词的节奏结合在一起的时候，音乐美是最重要的。如果你用散文的句法给音乐文学点句子，往往会读都读不通，比如赵翼那句，你该读成"预支——五百——年新——意"，听的人很可能会被你搞糊涂，丈二金刚摸不着头脑，然而那样才是诗的节奏，即"抑扬顿挫"。

唐人郑谷《淮上与友人别》头两句："扬子江头杨柳春，杨花愁杀渡江人。"这本是明白如话的诗，如果你用语法知识来分析，说哪是名词、哪是动词呀？噢，有名词："扬子江"就是长江，地理的基

辑三　诗词杂话

本知识嘛！有了这个概念在先，或许你读给别人听就会是这样："扬子江——头——杨柳春"，毫不客气地破坏了这首诗的音节，也就破坏了这首诗的韵律和味道，别人也就难欣赏它的美了。古代读诗要吟咏，那本身就是很美的曲调旋律。吟咏与朗诵给人的审美享受就不一样。

还有平仄，也要简单说说。平仄组织，就是四声在诗词中的变换规律。你要是会读，并且有音乐的耳朵，那就能够欣赏它的美。我们学习古典诗词，还得要训练自己有音乐的耳朵，体味汉语音韵上独特的美。西方的诗也有音节、音律，但很简单，通常是凭着轻读与重读的交替构成诗的格律。

正是由于四声交换规则，所以你读诗词的时候，会看到许许多多"莫名其妙"的字法与句法，其实就是随音节变化律而被诗人选用、变化的。比如，要说"天空"，在该用平声字的时候，他可以用"青空"，但是遇到格律应当用仄声的地方怎么办？他不能违反规律破坏音乐美，他要找一个仄声字来代替，于是就说成"碧落"。白居易《长恨歌》句"上穷碧落下黄泉"，这里"碧落"与"黄泉"还构成一种对仗关系，颜色的对仗，音节的对仗，方位的对仗。如果他写成"上穷太空下地层"就不是味了。一切都不对，也就不是诗了。所以诗人是很善于用丰富的词汇"代字"去变换，以构成诗的节律。比如，"地"字是仄声，却须用平声表述，就换用平川（这个川不是水）、平芜、平沙。芜的本意是草，这地方重点不在草，它指的是一望平地，无边碧草；沙，不要以为是沙漠，小石头粒的堆积，完全不是。再比如，一个"红"，关于这颜色有多少字？红、朱、殷、绛、绯、茜、彤、丹、赤等，你用的时候这么多中选一个，要适合你的情

诗词会意

景、境界,主观上要创造的艺术效果,选了以后还得同别的汉字配合融为一体,不然这个字就根本站不住脚,不但不美,反而很怪。"代字"法具体运用的情况又是复杂的。"绛帐",这是古代先生讲授时所设的帐子。这时你不能说"赤帐"或别的什么帐。《红楼梦》里有"茜纱公子""茜纱窗",如果你说"红纱公子""朱纱公子",就完全成了笑话。这个道理要好好想一想,有的字能代,有的字又不能代,代了后就发生完全相反的效果。所以诗人善于选用"代字",但也不是随心所欲任意性的,以为只要合韵律就"行"了。

也许你会说我说了这么些琐琐细细的"规矩",不都是人为的吗?为什么要给艺术制造这么多枷锁?不是,这不是枷锁,而是古代艺术家们经过千百年的思索、研求、实践才获得的。比如音节,六朝时对音节的运用还没有达到极高的完美程度,六朝末期已经相当完美了,到了唐初,这种音律艺术才达到顶峰,从此以后没有变化,因为那时已经把这个道理吃透了,运用到最好的地步了。而这个东西是由于我们汉语本身的特色而发生的,不是人为的。汉语本身没有这个特色,你"人为"也"人为"不了的。

末后,我还想着重指出一点:中国诗词最讲究神韵、韵味,这毕竟是个什么"东西"?它的构成很复杂,但很多人不知道原来那"神秘"的韵味,有相当大的一部分因素是汉语音律的特色和它的高超的运用。这个问题极值得深入探讨,不过今天我们时间有限,不可能有详细的解说了。

1987年12月津沽李华年记

谈唐宋词的鉴赏

近年来,中国出版界出现的诸般特色之一,是很多诗词鉴赏一类书籍相继印行。这是一个新兴的可喜的现象。它并非只是一种"风气"。由于历史的原因,向来极少这类著作问世,几乎形成了一个文化方面的空白,而读者却非常需要这些个人撰写的或集众家合编的赏析讲解的书物,来解决他们在欣赏唐宋名篇时所遇到的困难,提高他们的欣赏能力。本辞典的编纂,正是这一历史要求背景下的一部具有规模的鸿篇巨制。

唐诗宋词,并列对举,各极其美,各臻其盛,是中外闻名的,而喜爱词的人,似乎比喜欢诗的人更为多夥,这包括写作和诵读来说,都是如此。原因何在,必非无故。广义的"诗"(今习称"诗歌"者是),包括了词;词之于诗,以体裁言,实为后起,并且被视为诗之旁支别流,因而有"诗余"的别号。从这一角度来说,欣赏词的要点，应该在诗之鉴赏专著中早就有所总结和抉示了，因为二者有其共同质性。但词作为唐末宋初时代新兴的正式文学新体制，又有它自己的很多、很大的特点特色。如今若要谈说如何欣赏词的纲要与关键，我想理应针对上述的后一方面多加注意讨论才是，换言之，对如何欣赏诗（无论是广义的，还是狭义的）的事情，应当估计作为已有的基础知识（例如比兴、言志、以意逆志、诗无达诂……），而不必在此过多地重复赘说。

基于这一认识，我拟乘此撰序之便，将个人的一些愚见，贡献于本辞典的读者。

我想叙及的，约有以下几点：

第一，永远不要忘记，我国诗词是中华民族的汉字文学的高级形式，它们的一切特点特色，都必须溯源于汉语文的极大的特点特色，忘记了这一要点，诗词的很多的艺术欣赏问题都将无法理解，也无从谈起。

汉语文有很多特点，首先就是它具有四声（姑不论及如再加深求，汉字语音还有更细的分声法，如四声又各有阴、阳、清、浊之分）。四声（平、上、去、入）归纳成为平声（阴平、阳平）和仄声（上、去、入）两大声类，而这就是构成诗文学的最基本的音调声律的重要因子。

汉语本身从来具有的这一"内在特质"四声平仄，经过了长期的文学大师们的运用实践，加上了六朝时代佛经翻译工作的盛行，由梵文的声韵之学的启示，使得汉文的声韵学有了长足的发展，于是诗人们开始自觉地、有意识地将诗的格律安排，逐步达到了一个高度的进展阶段——格律诗（五七言绝句、律诗）。格律诗的真正臻于完美，是齐梁以至隋唐之间的事情。这完全是一种学术和艺术的历史发展的结果，极为重要，把它看成人为的"形式主义"，是一种反科学的错觉。

至唐末期，诗的音律美的发展既达到最高点，再要发展，若仍在五、七言句法以内去寻索新境地，已不可能，于是借助于音乐曲调艺术的繁荣，便生发开扩而产生出词这一新的诗文学体裁。我们历史上的无数语言音律艺术大师们，从此得到了一个崭新的天地，于中可以驰骋他们的才华智慧。这就可以理解，词乃是汉语诗文学发展的最高形式。（元曲与宋词，其实都是"曲子词"，不过宋以"词"为名，元以"曲"为名，本质原是一个；所不同者，元曲发展了衬字法，将原来宋词调中个别的平仄的合押法普遍化，采用了联套法和代言体，因而趋向"散文化"，铺叙成分加重，将宋之雅词体变为俗曲体，俗语俚谚，大量运用；谐笑调谑，亦所包容，是其特色。但从汉语诗文学格律美的发展上讲，元曲并没有超越宋词的高度、精度，或者说，曲对词并未有像词对诗那样的格律发展。）

明了了上述脉络，就会懂得要讲词的欣赏，首先要从格律美的角度去领略赏会。离开这一点而侈谈词的艺术，很容易流为肤辞泛语。

众多词调的格律，千变万化，一字不能随意增减，不能错用四声平仄，因为它是歌唱文学，按谱制词，所以叫作"填词"。填好了立付乐手歌喉，循声按拍。假使一字错填，音律有乖，那么立见"荒腔倒字"，倒字就是唱出来那字音听起来是另外的字了，比如，"春红"唱出来却像是"蠢哄"，"兰音"唱出来却成了"滥饮"……这个问题今天唱京戏、鼓书、弹词,也仍然是一个重要问题。名艺人有学识的,就不让自己发生这种错误,因为那是闹笑话呢。

即此可见,格律的规定十分严格,词人作家第一就要精于审音辨字。这就决定了他每一句每一字的遣词选字的运筹,正是在这种精严的规定下见出了他的驾驭语文音律的真实功夫。

正因此故,"青山""碧峰""翠峦""黛岫"这些变换的词语才被词人们创组和选用,不懂这一道理,见了"落日""夕曛""晚照""斜阳""余晖",也会觉得奇怪,以为这不过是墨客骚人的"习气",天生好"玩弄"文字,王国维曾批评词人喜用"代字",对周美成写元宵节景,不直说月照房宇,却说"桂华流瓦",颇有不取之辞,大约就是忘记了词人铸词选字之际,要考虑许多艺术要求,而所谓"代字"原本是由字音、乐律的精微配合关系所产生的汉字文学艺术中的一大特色。

然后,还要懂得,由音定字,变化组联,又生无穷奇致妙趣。"青霄""碧落",意味不同;"征雁""飞鸿",神情自异。"落英"缤纷,并非等同于"断红"狼藉;"霜娥"幽独,绝不相似乎"桂魄"高寒。如此类推,专编可勒,汉字的含义渊繁,联想丰富,使得我们的诗词极变化多姿之能事。我们要讲欣赏,应该细心玩味其间的极为精微的分合同异。"含英咀华"与"咬文嚼字",虽然造语雅俗有分,却是道着了赏会汉字文学的最为关键的精神命脉。

第二,要讲诗词欣赏,并且已然懂得了汉字文学的声律关系之重要了,还须深明它的"组联法则"的很多独特之点。辛稼轩的词有一句说是:"用之可以尊中国。"末三字怎么讲?相当多的人会认

辑三　诗词杂话

为,就是"尊敬中国"嘛,这又何待设问。他们不知道稼轩词人是说:像某某这样的大才,你让他得到了真正的任用,他能使中国的国威大为提高,使别国对她倍增尊重!曹雪芹写警幻仙子时,说是她"应惭西子,实愧王嫱"。那么这是说这位仙姑生得远远不及西施、昭君美丽了?正相反,他说的是警幻之美,使得西施、昭君都要自惭弗及!苏东坡的诗说:"十日春寒不出门,不知江柳已摇村。"是否那"江柳"竟然"动摇"了一座村庄?范石湖的诗说:"药炉汤鼎煮孤灯。"难道是把灯放在药锅里煎煮?秦少游的词说:"碧水惊秋,黄云凝暮。"怎么是"惊秋"?是"惊动"了秋天?是"震惊"于秋季?都不是的。这样的把"惊"字与"秋"字紧接的组联法,你用一般"语法"(特别是从西方语文的语法概念移植来的办法)来解释这种汉字的"诗的语言",一定会大为吃惊,大感困惑,然而这对诗词欣赏,却是十分重要的事情。我们的诗家词客,讲究"炼字"。字怎么能炼?又如何去炼?炼的结果是什么?这些问题似乎是艺术范畴,殊不知不从汉语文的特点去理解体会,也就无从说个清白,甚至还会误当作是文人之"故习"、笔墨之"游戏"的小道而加以轻蔑,"批判"之辞也会随之而来了。如此,欣赏云云,也岂不全成了空话和妄言?因此,务宜认真玩索其中很多的语文艺术的高深道理。

至于现代语法上讲的词性分类法,诸如名词、动词等,名目甚多,而我们旧日诗家只讲"实字""虚字"之一大分别而已。这听起来自然很不科学,没有精密度。但也要思索,其故安在?为什么又认为连虚实也是可以转化的?比如,石湖诗云:"目瞢浮珠佩,声尘籁玉箫。""浮"是动词,一目了然,但"籁"应是"名词"吧?何以又与"浮"对？可知它在此实为动字性质。汉字运用的奇妙之趣，表现在诗词文学上，更是登峰造极，因而自然也是留心欣赏者的必应措意之一端。其实这无须多举奇句警字，只消拿李后主的"自是人生长恨水长东"来作例即可看得甚清：譬如若问"东"是什么词性词类，答案恐怕是状词或形容词等。然而你看"水长东"的东，正如"吾欲东""吾道东"，到底该是什么词？深明汉字妙处，读欧阳词"飞絮濛濛，垂柳阑干尽日风"之句，方不致为"词性分析"所贻，以为"风"自然是名词。假使如此，便是"将活龙打作死蛇弄"了。又如语法家主张必须有个动词，方能成一句话，但是温飞卿的"鸡声茅店月，人迹板桥霜"一联名句，那动词又在何处？它成不成"句"？如果你细玩这十个字的"组联法"，于诗词之道，思过半矣。

第三，要讲欣赏，须看诗词人"说话"的艺术。唐人诗句："圣主恩深汉文帝，怜君不遣到长沙。"不说皇帝之贬谪正人是该批评的，却说"圣""恩"超过了汉文帝，没有像他贬谪贾谊，远斥于长沙卑湿之地。你看这是何等的"会讲话"的艺术本领！如果你以为，这是涉及政治的议论性的诗了，于抒情关系嫌远了，那么，李义山的《锦瑟》说："此情可待成追忆，只是当时已惘然。"他不说如今追忆，惘然之情，令人不可为怀，却说何待追忆，即在当时已是惘然不胜了。如此，不但惘然之情加一倍托出，而且宛转低回，余味无尽。晏小山作《鹧鸪天》，写道：

　　醉拍青衫惜旧香，天将离恨恼疏狂。年年陌上生秋草，

辑三 诗词杂话

日日楼中到夕阳。　　云渺渺，水茫茫，征人归路许多长。相思本是无凭语，莫向花笺费泪行。

此词写怀人念远，离恨无穷，年复一年，日复一日，而归信无凭，空对来书，流泪循诵。此本相思之极致也，而词人偏曰：来书纸上诉说相思，何能为据？莫如丢开，勿效抱柱之痴，枉费伤心之泪。话似豁达，实则加几倍写相思之挚、相忆之苦，其字字皆从千回百转后得来，方能令人回肠荡气，长吟击节！这就是"说话的艺术"。如果一味直言白讲"我如何如何相思呀"，岂但不能感人，抑且根本不成艺术了。

第四，要讲词的欣赏，不能不提到"境界"的艺术理论问题。"境界"一词，虽非王国维所创，但专用它来讲究词学的，自以他为代表。他认为，词有境界便佳，否则反是。后来他又以"意境"一词与之互用。其说认为，像宋祁的"红杏枝头春意闹"，着一"闹"字而境界全出矣，欧公的"绿杨楼外出秋千"，着一"出"字而境界全出矣。这乍看很像"炼字"之说了。细按时，"闹"写春花怒放的艳阳景色的气氛，"出"写秋千高现于绿柳朱楼、粉墙白壁之间，因春风而倍增驰宕的神情意态。究其实际，仍然是我们中华文学艺术美学观念中的那个"传神"的事情，并非别有异义。我们讲诗时，最尚者是神韵与高情远韵。神者何？精气不灭者是。韵者何？余味不尽者是。有神，方有容光焕发，故曰"神采"。有韵，方有言外之味，故曰"韵味"。试思，神与绘画密切相关，韵本音乐声律之事，可知无论"写境"（如实写照）、"造境"（艺术虚构），都必须先有高度的文化素养造诣，否则安能有神韵之可言？由是而观，不难悟及：只标境界，并非最高之准则理想，盖境界本身自有高下雅俗美丑之分，怎能说只要一有境界，便成好词呢？龚自珍尝笑不学之俗流也要作诗，开口便说是"柳绿桃红三月天"，以为俗不可耐，可使诗人笑倒！但是，难道能说那七言一句就没有境界吗？不能的，它还是自有它的境界。问题何在？就在于没有高情远韵，没有神采飘逸。可知这种道理，还须探本寻源，莫以"境界"为极则，也不要把诗词二者用鸿沟划断。比如，东坡对于同时代词人柳永，特赏其《八声甘州·对潇潇暮雨洒江天》，"渐霜风凄紧，关河冷落，残照当楼"，以为高处"不减唐人"。这"高处"何指？不是说他柳耆卿只写出了那个"境界"，而是说那词句极有神韵。境界有时是个"死"的境界，神韵却永是活的。这个分别是不容忽视的分别。

　　第五，如上所云，已不难领悟，要讲词的欣赏，须稍稍懂得我们自己民族的文学艺术上的事情。如果只会用一些"形象的塑造""性格的刻画""语言的生动"等语词和概念去讲我们的词曲，良恐不免要弄成取粗遗精的后果。因此，我们文学历史上的一些掌故、佳话、用语、风尚，不能都当作"陈言往事"而一概弃之不顾，要深思其中的道理。杜甫称赞李白，只两句话："清新庾开府，俊逸鲍参军。"还有人硬说这是"贬"词（真是以小人之心度君子之腹了）。这实是诗圣老杜拈出的一个最高标准，析言之，即声清、意新、神俊、气逸。这是从魏晋六朝开始，经无数诗人摸索而得的一项总结性的高度概括的理论表述。如果我们对这些一无所知，又怎能谈到"欣赏"二字呢？

大者如上述。细者如古人因一字一句之精彩，传为盛事佳话，惊动朝野，到处歌吟，这种民族文化传统，不是不值得引以为自豪和珍重的。"山抹微云秦学士，露花倒影柳屯田。"人谓是"微词"，我看这正说明了"脍炙人口"这一诗词艺术问题。

至于古人讲炼字，讲遣词，讲过脉，讲摇曳，讲跌宕……种种手法章法，术语概念，也不能毫无所知而空谈欣赏。那样就是犯了一个错觉，以为千百年来无数艺术大师创造积累的宝贵经验心得，都比不上我们自己目前的这么一点儿学识之所能达到的"高"度。

词从唐五代起，历北宋至南宋，由小令到中、长调慢词，其风格、手法确有差异。大抵早期多呈大方自然、隽朗高秀一路，而后期走向精严凝练、绮密深沉。论者只可举示差异，何必强人以爱憎。但既然风格、手法不同，欣赏之集中注意点，自应随之而转移，岂宜胶柱而鼓瑟？所应指出的，倒是词至末流，渐乏生气，饾饤堆砌、藻绘涂饰者多，又极易流入尖新纤巧、轻薄侧艳一派，实为恶道。因此清末词家至有标举词要"重、拙、大"的主张（与轻、巧、琐为针对）。这种历史知识，也宜略明，因为它与欣赏的目光不是毫无关系的。

1985年12月12日

（原文为《唐宋词鉴赏辞典》序言，略有删节）

诗词韵语在小说中的意义

诗词韵语,包括"四六文"式的骈句、联语等文体而言(因韵不单指韵脚,也指句中声律),常见于中国古代或近人所作古典风格的小说中,这是在西方小说中并不存在的一种特色。这些韵语之出现于以叙述为主体的小说作品中,其作用或意义何在?是否累赘多余,有"混杂""失调"之病?在欣赏和研究中国小说时,是不容不细加思索领会的课题。

对此课题如欲有所理解晓悟,只从"体裁""形式"的观念中去寻求答案是不行的。这必须从中国小说史的脉络和中国韵语本身的性质来索解,方能获得它的真正的意义(作用、价值)之所在。

中国小说的本质是史的一个支流,故有"野史""稗史""外史""外传(史传)"等别称,即"正史"以外的史书之义。然从形式发展上讲,它除了本身是"叙述体"之外,还接受了佛门宣讲的巨大影响，即僧人自早是以讲说佛经故事为形式而宣扬教义的办法，而那是以叙说与韵语（偈颂）相间、交织而进行的，古称"转变"（今通称"变文"），"转"本义即是"唱经"的意思（也称"转读"）。因此民间说书艺术就借鉴参采了变文的优点，也以叙说与韵语相间而组成之。后世统以"小说"为名的通俗文学，所以有"平话"与"词话"之两大派系，亦由于此：前者是纯叙述体为主，后者则叙、韵交织，亦即"说唱文学"的名目之所指了。

平话，后来写作"评"，流变为"说评书"的评。疑心古时"平"本含有"不夹以转唱"的意思。而"词话"的词，实际也是广义的韵语的一种代词。

"说唱"形式所以盛行，是由于这能避免只说只唱的单一感，而起到变换、调剂、丰富的作用，给听众以更多的美学享受。这就是它最大的优点，亦即其独特的艺术价值。近世与现世小说，则因受了西方小说的观念与形态的影响，逐渐变为纯叙述体，完全抛弃了早先的传统民族特点。

"转""唱"部分，本来是为了"听"众而设计的，而不像后世是单为了"看"小说那样，因而它的内容（或"性质"）也与后世不能全同，比如，有的唱的部分乃是一种"重述"，即以韵语再一次撮叙方才讲过的那段情节。但印刷术发达之后，"听"说唱必然逐步分出一大支是"看"说唱，于是那韵语部分内容与性质也就向适合"看"的方面发展起来。"重述""撮叙"日益减少了，诗词韵语的"本等"日益彰显了，即抒情是它的本色，于是叙述部分过后，随即加上了抒情的部分——慨叹、赞美、讽刺、警戒、评议……便是很多

诗词会意

小说中韵语部分的内容了。

这种抒情的"唱"的遗痕或变相,也可分为两类:一类如《三国演义》,其大多数诗句咏叹,"后人有诗叹曰"等,是采自前人的现成篇什;另一类则是出自小说作者本人的同一手笔。

除了咏叹性的诗篇韵语,还有人物出场时对他(她)的形貌、风度等总括题咏的,或战斗场面的写照的,都能使景象、气氛、精神倍出,给单纯叙述增添了神采。再如《西游记》,相间的韵语骈文特多,尤其是在一段精彩的故事("七十二难"之一难)结束后,师徒一行重新上路,于是夹以一篇,常常是远远望见一座山林,一个去处,景色如何,吉凶待晓……立刻将读者引入新的想象,将"取经"的路程进展,时空的推迁,美巧地显示于字里行间,取得了极大的艺术效果。这就绝非"白话""讲说"所能比拟,更难代替。

另一类就是作者代书中人物安排的"作品"了。这类尤以"佳人才子"派的唱和、题咏等为特多。正如曹雪芹所说,当时流行的俗套小说,甚至本无故事情节可言可观,而只是为了先作了几首"艳诗"而后才编造小说的。这类除个别极少数高手而外,价值大抵是不大的。

这一类中,应该特别提出《红楼梦》,曹雪芹为人物代拟的那些诗、词、曲、谜语、酒令,不但文学价值高,每篇切合每人身份、性情、口吻,而且没有一篇不是字面意义的深层又兼具为后文伏线的巧妙作用的。因此,这种诗词韵语就更是全书的一个有机组成部分,其性质不但与"说书人"的咏叹是绝不相同,而且与"佳人才子"书里的"淫诗艳赋"更是不可相提并论了。

辑三　诗词杂话

　　还有一种非文人作品，如说书艺人的开篇时常念一首《西江月》或"四句提纲"（绝句诗）等形式，本来是"序引""总括"的意思，但后来也有很多小说每回回首或回中都有诗词，只是一种"引用"的点缀，往往世态人情，悲欢哀乐，无所不可，而与本回情节却无必要的联系了。这种，或出于艺人，或出于下层文士之手，文学水平不一定十分高明，但常常别具风格、意味，反映当时政治明暗、社会情状、人际关系、道德风尚……虽然可省可删，不妨害正文的完整，但亦仍有其独特的地位，未可尽贬。

　　总的来看，中国小说与诗词韵语的渊源关系非常久远深切，是一种极大的民族文艺的重要特色，性质不一，内涵丰富，作用多般，具有美学价值，是西方小说所没有的宝贵成分。近现代的小说作者因为本身对民族文学体裁形式不熟悉了，对诗词韵语的写作甚至是不懂了，以致完全仿效西方纯叙述体而丢弃了自己的民族传统特点特色，这确实是一个值得研究讨论的重要问题。

1993年5月

（原文为《中国古典小说卷中国诗词鉴赏》代序）

高中读词杂记

  高中的同学已经够忙了,七八门的科目,每天每科,都要留些功课、题目给你做,再稍稍做些课外活动,休息休息,谈谈闲话,弄弄乐器,一天便很快地度过去了,能够另外找几本书看的——尤其是旧诗词——实在不多见。有的同学喜欢文学,听到人家讲一首词,也喜爱得了不得,可是临到自己去研究,有时会因为种种关系中止的,譬如字句的古僻啦,意思的空洞啦,一提不到它的中心思想,便感不到趣味,于是,渐渐地停止了他的阅读!

  不过我以为,词这种优美的文学,大多数同学却没有充分的机会去欣赏它,实在是可惜的事情!

  最初,我是酷爱着旧诗的,诗的专集杂选,都被我急切地搜罗着,那时我以为天下最好的文学要算诗了。它的韵调、风格,读起来是多么优美啊!后来从同学处得到一部《燕子笺》传奇,读了一遍,

辑三　诗词杂话

觉得曲的韵调、风格,别有风味!记得当时最爱"风吹雨过百花残,香闺春梦寒"的一阕《醉桃源》。于是那几本有名的曲子,像《长生殿》《牡丹亭》《桃花扇》《西厢记》等,又做了我的新朋友。

后来又知道了曲前还有词,读了几首,觉得词比诗、曲更别有情趣,深恨相知之晚,又笑以前自己的见闻太少了,除了诗以外,却有这些好的东西留待我们去鉴赏!

心情是由爱曲转变到爱词了,于是又像迷症似的向多方面搜寻词集、词话之类。结果,种下了我对词喜爱最深的根子,一直到现在。——诗、词、曲的爱好,像走马灯一样地萦回在我的心头,但总是爱词的程度最深刻!所以读的词要比诗、曲多一些。

词虽然读得不少,但是因为贪多却发生了毛病:就是读的方法不彻底,大率是走马观花,看两遍就算!很少细细地推究词里用字遣词的妙处。有时觉得这是名句,也不过暂时心头一动,以后便漠然了。所以早就想把那暂时心头的感念记下来,只是迄今未果。

现在好了,一面我为了把读词的兴趣介绍给同学起见,一面又得完成上面所想做的工作,在闲散时候,便把那霎时思潮一转的影像捉住,集成了一篇不大像话的东西,目的在专和新与词发生兴趣或还未曾与词发生兴趣的同学讨论。

不过我们现在的造诣太浅,知道的东西极有限,从来谈词,所见到的,无非是些浅陋的地方,至于词的深意,字的妙处,我们还未能窥透,所以我只是竭力避免用些空洞渺茫的形容词假作解人,来乱人观听,遮人耳目,真实地写自己的私见,以为初进的同学的参考,并求先进的同学们指正!

辑三　诗词杂话

因为我的目的是偏重于对初学的同学们谈话，所以我不得不从头至尾地把词的全体介绍出来，使初进的同学对于词有一个清楚的认识。

现在请先言何谓词。

什么叫作词呢？词是上承诗、下启曲的一种文体，《词选》序里说："词者……其缘情造端，兴于微言，以相感动，极命风谣。里巷男女，哀乐以道。贤人君子幽约怨悱，不能自言之情。低徊要眇，以喻其致。盖《诗》之比兴，变风之义，骚人之歌，则近之矣。"

诸位看了以上一段话，便可大概明白词是怎样一种文艺了。

词便是文章中的一种特别体裁，好像赋之与诗，诗之与散文一样，各有它的特点：格式、韵调。那么词、诗之间有什么不同呢？

一、诗有定句、定字，词则无定，此仅相对而言。若绝对地说：词每调有一定的字句（诗每体有一定的字句）。

二、诗最普通的形式分四、五、七、六言四种，各句字数相等（杂言诗除外）；又分绝句、律诗、排律、古体等。词则有若干调，调皆有名，各调字句数目，皆不相同，变化多体。

三、诗韵平仄皆单押。词则平、入，独押；上、去，通押；有时平、上、去亦通押（如《西江月》）。

四、诗韵严，词韵宽，可通诗数韵为一部相叶。

五、诗可平起仄起，相对而言，全句平仄无定，如"仄仄平平仄，平平仄仄平"可起作"平平平仄仄，仄仄仄平平"，并不限定首句或某句必为"仄仄平平仄，平平仄仄平"是也。绝对而言，每句平仄一定，如"平平平仄仄"却不可作"平仄平仄仄"是也。词

诗词会意

则必须按谱填字,平仄绝对固定,不能擅自更改(除可平可仄之字不计外)。

简单地说:诗、词是同种异形的文章。或者说词是诗的一种,诗的别体,也可以。此后诸位看的词多了,便知道词究竟是怎样一种东西。

词的正式确立,是在中唐时候,但词的渊源,却渺不可索。有人把"平林漠漠烟如织"的《菩萨蛮》和"秦娥梦断秦楼月"的《忆秦娥》拿来作为词的鼻祖,并且托为李白所作,这种不可靠的传说,前人已驳辩无遗了。我的意见是李白生时恐怕还没有"词"的名字产生,可是词的雏形在老早以前就有胚胎了。本来长短句之生成,我们无法断定它绝对是从哪一方面来的,前人固执己说,分歧不一,实在都没有充分的理由,我们不能硬指词是生于什么方面,只能认为它是从多方面自然地逐渐演变而成的。大概韵文最初是仅于末字韵脚的调叶注意,却不计句子的长短;后来为求音调优美,才有整齐的等字句子生出。这两种句子同时进展着,但整齐的句子——诗句——成熟比较早些,于是当它盛极一时的当儿,没有人注意到长短句的作品,可是长短句的势力却随时随地地潜伏着,并未消灭。一旦诗被人玩腻了,它的势力便完全崩溃,于是作品的趋向纷纷转到长短句的方面,于是"词"才渐渐确立,有了它的地位。

譬如前人主张词出于诗,以词为"诗余",后来有赞同的,也有反驳的,却没有一个能以充分的理由来推倒"词为诗余"说之必为不通,或咬定必为可通者。近人胡云翼论词以为此说——词出于诗——为大谬,且主张词出于"音乐的变迁",他说:"……词的起源,并不是哪一个人凭空创造出来的,也不能说是源于哪一篇词。词的起源,只能这样说:唐玄宗的时代,外国乐(胡乐)传到中国来,与中国古代的残乐结合,成为一种新的音乐,最初是只用音乐来配合歌辞,因为乐辞难协,后来即倚声以制辞。这种歌辞是长短句的——是协乐有韵律的,是词的起源。"他的理由非常充足,使我们觉得此说近情理,合实际,值得我们真诚的内心的佩服!

他又曾引过汪森序《词综》的话作反驳"词为诗余"的证据:"古诗之于乐府,近体('近体诗'之简称)之于词,分镳并驰,非有先后,谓诗降为词,以词为诗之余,殆非通论矣。"这段话非常有价值,细品起来,立论至当,见地独到,可是古诗与乐府、近体诗与词"怎样"地"分镳并驰,非有先后"呢?汪森没有细给解释,胡先生也没引申。如果不细想,不易使人心服。并且胡先生主张词出于音乐的变迁,也明明说起初绝句入乐,后来因新调发展,不易协乐,乃把那些泛声、散声、和声的地方,都填以实字,才成长短句,如此说来,词之与诗,究竟有无关系呢?词出于诗之说也有一些理由没有呢?

我这样说:谓词不尽源于诗则可,谓词与诗了无关系则不可。谓词为诗之变则或可,谓词为诗之余则绝不可!如词之体制往尚未脱诗之本型可为一证。好在这问题,并不关重大,留待异日研究吧。

次再谈到,词为什么到了宋代那样兴盛起来呢?顾亭林说历代诗文之变乃"势也":"《三百篇》之不能不降而《楚辞》,《楚辞》之不能不降而汉魏(当指乐府),汉魏之不能不降而六朝(骈文),六朝之不能不降而唐(诗)也,势也。……诗文之所以代变,有不

诗词会意

得不变者……"说得最好！大概经过唐代，诗之盛已达极点，极乃及衰，自然之势也！为什么呢？唐朝偌长的年代，全是诗得意的时候，不算不长久了，所以及入晚唐，诗之盛已不复再增高了。到了宋初，文人对于诗已渐渐感到厌了。加以诗字句太死板，繁复的情怀，不易充分的表现，调的长短句，恰能补足这种缺点，又以当时有一二爱好者，风气所趋，众归如聚，所以文人都走向这条路上去了。

又说：唐代诗风极盛，名家百出，各立门户，竞求古奥，越来越和平民们暌隔，这种文学不复为平民所知了。于是一般平民们才走向长短句的方面去，以抒发他们的"里巷风谣，男女哀乐，幽约怨悱不能自道之情"。当时倡伎家都善于歌唱小词来取悦于人，那时的文人有很多是风流放荡的，天天生活在"舞低杨柳楼心月，歌尽桃花扇底风"中，于是词才流到了文人手里，试看《花间集》十卷，哪一首不是浓艳妖丽地描写歌舞流连的生活？可为明证。这也就是词的本色！直至后来众家蜂起，或清新，或隽永，或凄婉，或豪放，格调才为之大变，词也就大盛起来！

话又转回来说，表面上看词对诗的格式、规律，好像是解放的，实际却大不然！因为诗句仅求平仄的调适，而词却除了平仄的固定外，还要讲求五声，以求协律，才能入乐。简单地说：如上声、去声字都属于"仄"，可是有的字要用去而不用上；甲、乙两个字都是上声字，但有时宜用甲而不要乙，以求协音律。诸如此类，十分难辨，原来音律是最难精通的学问，历代精通音律的文人，恐怕只有少数的几个！连苏轼绝顶聪明的学者，他的词也往往以不谐律贻世讥！陆游曾经引晁以道的话，以为苏公会自歌《南阳关》，便算懂音律，恐

辑三　诗词杂话

怕那也是替苏轼掩饰的话，也许苏轼恰只会唱《南阳关》一调，否则，为什么不再有别的记载说他又会唱什么"今阳关"呢？又如李清照说晏殊、欧阳修等"学际天人……往往不协音律"，可见音律之难通了！

但是词——某首词，未必不能入唱，可是这首词的作者当时却不一定为入唱才作此词的——往往是如此情形！衍到后来，词变为一种纯粹抒情的文学，不拿它入乐了。所以协律一事，渐不为人所注意！我的意思也是词既然入唱的少了，只要达到抒情的目的就算够了，何必拘拘于音律，妨及作品的性灵！譬如前人会为协律，把"琐窗深"改为"琐窗明"，这样意思完全相反，他竟不计较及此！请问这多没意思！

胡适曾说："音律与古典压死了天才与情感，词的末运已不可挽救了！"

旧说词有小令、中调、长调的分别，这种以字数分长短的法子，有许多人反对，我们也不去管它，只问什么样子的是小令呢？有的说五十八字以内的为小令，有的说不出六十字才是小令，总之，我以为篇幅不长的就算它小令好了，因为小令、中调之间，实在没有一个划然的界线。我最爱的是小令，我常常拿小令比作诗里的绝句。绝句是最能整个表现浑凝的诗感的，不像律诗为了腹部两个对联的砌凑，而破坏了浑凝的诗感，小令恰如绝句，能够恰好表现出词的性灵来。中调、长调则是因为"言之不足，故长言之"的缘故才有的，它们的风格却哀怨潇洒，如泣如诉，与小令的风格不同，但我觉得它们字太多，太累赘，不宜介绍给初学的同学们。所以我这里所讲到的，只是几首老生常谈的、短些的词。

至于这篇文谈词的时候用什么体裁，有的同学劝我效俞平伯的《读词偶得》。俞先生才高力深，文字古雅，语多玄妙！我们怎敢望其项背，如果真个效法起来，恐怕如"邯郸学步"，不但未学会走路，反而站立不住，一动一跌了！

有的同学提议把所要谈的词都敷衍成文——描写的美文。我以前也曾这样试过，觉得这种工作太繁重，太没意思，费力不讨好，实在冤枉，好像今人拿"洋文"译《红楼梦》，简直不像话！林妹妹变成了"Lin Meimei"，岂不大煞风景？因为有的地方只能意会，不可言传，勉强费九牛二虎之力，把它翻成白话，不但妙处完全未能表出，并且往往弄巧成拙，点金成铁，不值读者一笑！所以我也绝不想做那样的傻瓜；只是信口道来，用不着谈什么体裁。……

一、南歌子

凤髻金泥带，龙纹玉掌梳。走来窗下笑相扶。爱道："画眉深浅入时无？" 弄笔偎人久，描花试手初。等闲妨了绣工夫。笑问："鸳鸯两字怎生书？"

《南歌子》便是这首词的名字，又名《南柯子》《望秦州》《风蝶令》。它们命名的意义，除《南柯子》是用南柯梦故事外，其余（又疑《南柯子》系《南歌子》之误）已无从得知了。全词共五十二字，分前后两段，各三韵四句，完全相同，如今且把它的平仄格式写

辑三　诗词杂话

下（注：不按正谱，只按此词现在所用的字的平仄写来，以备少数还不懂平仄的同学，按字悉索，容易悟会，非敢规缕也。可平可仄之字再注明，初入韵之句字，其下注一"韵"字，以后每逢再押韵的字句，其下注一"叶"字）。

仄仄平平仄，平平仄仄平_韵。仄平平仄仄平平_叶。仄仄，仄_{可平}平_{可仄}仄仄平平_叶。　　仄仄平平仄，平平仄仄平_叶。仄平平仄仄平平_叶。仄平_{可仄}，平平仄_{可平}仄仄平平_叶。

本词用的韵部，相当于诗韵的"六鱼""七虞"通用，都是ㄨ、ㄩ韵里的字。譬如本词用的字，如梳、扶、无、初、夫、书，却都是ㄨ韵的字，所以读起来非常"顺口"好听。但如果遇到ㄩ韵的字，它也是和ㄨ韵字相叶的，如果仍读你平常的音，便不好听，如居、虚、竽等字，平常都读作ㄐㄩ、ㄒㄩ、ㄩ等音的，却当读作ㄗㄨ、ㄒㄨ、ㄧㄨ等音以求相叶，这一点应当注意！

本词的作者是欧阳修，所谓六一居士者。诸位早就知道他是大名鼎鼎的唐宋八大家之一，一听到他的名字，便立刻会联想到一位面孔板板的道学老先生，专会做些"之乎者也""丁丁当当"之类的文章，可是你如果读了这首词，便知道欧阳永叔先生绝不"道学"，非但不道学，而且非常善于谈爱情！

或者有人以为这真是滑稽的事情！就是前人也不相信欧阳修那样一个严正的古文家，会作出这许多浮艳的小词，所以常常疑惑有人伪托，而替欧阳公饰掩。有的说："欧公一代儒宗，风流自命，词章窈

诗词会意

眇,世所矜式。乃小人或作艳曲,谬为公词。"有的说:"欧阳公词多有与《花间》《阳春》相混,亦有鄙亵之语厕其中,当是仇人无名子所为也。"其实都没道理,小人作艳语,何不托一有名的词人易于传诵,而反"谬为"一个不易为人所信的欧阳修呢?便是仇人相谤,也不会从这小处着想,便尔如此,当时词风当盛,人多以己词能传诵为可喜或因此反抬高身价,绝不会因为两首小词遽损身价,盖当时并不以此为讥的。

须知"儿女古今情",有谁生来就面孔板板地做道学先生呢?欧阳公何尝不然,他生时正是古文流毒很深的时候,所以他不得不跟着做些"之乎者也"的东西,可是他在古文里不能说的情绪,遂完全裸露于这些小词里面了。有什么可以疑惑呢?

话又扯远了。我们赶快看这词的内容。我开首写这词的动机,乃是因为那天周孝若先生在国文班上怕我们精神苦闷而写出给我们醒脾的这首词,我也正在那里为难不知把哪一首放在头里好!现在正好把它作为先行!

起首"凤髻金泥带,龙纹玉掌梳",便是一联很工整的对偶句。凤髻、龙纹都是描写头发的。"金泥"是什么意思呢?我们先按泥字的解释看:泥是"物之研细调匀者",又"泥即涂饰也"。照此说来,"金泥带"何尝不可解作现在的"泥金带"呢!又,我以为"带"与"梳"对,这"带"字我不妨勉强说它有些动词的性质在内。总之,首二句是追写一个女郎梳妆的情形。第三句便已入正式叙述,"走来窗下笑相扶"已是妆成后的动作了。"走来"有的册子做"去来",未知何意,我以为还是"走"字好得多!因"走"来得

辑三　诗词杂话

多么生动！把一个新妆成的女郎莲步姗姗走过来的神情活逼出来了！如果做"去来"，"去"是动词，则"来"为语助词，那么这句便好像第三者叙述词中两个人的行动，但我们从各方面看来，实在不是那样，所以"走来"比"去来"强。

这时是清晨呢？是傍午呢？不是傍午！因为没有将近十二点才梳洗的女子——但现代的女郎们我无法断定——但也绝不像清晨！因为，我想：像词中那样和乐的人儿，过着美满的生活，绝不会像我们现在上早操，六点二十分就会爬起来！而"弄妆梳洗迟"也要耽搁一部分时光的。再串下文，还有描花刺绣，我想也绝不会清晨便忙着做女红的。所以，我假设：这时总会是太阳已高高地升起了。窗外的"有情芍药含春泪"，想春泪已尽笑脸双生了；想"无力蔷薇卧晓枝"也春高卧起，娇挺如新了，一个明媚的天气！

"笑相扶"！这个"笑相扶"的"笑"字下得极神，一派娇媚情深的神度，翩然活跃！"相扶"，请你注意，不是互相扶，也不是人扶这梳妆者，乃是这新妆成的女郎扶人，不要闹糊涂！这时他或是趁她梳妆的空儿在窗下写字了？当她巧笑盈盈地扶住他，他的神情如何呢？

底下接着说："爱道：'画眉深浅入时无？'"这便是妆成的女郎问他："你看我这番画的眉好看不好看呢？""爱"字据周先生讲做"好（读去声）怎么样"的"好"字，"爱道"便是喜好说什么，但我以为"爱"字不是那个"好"字的意思，乃是爱悦、爱情的"爱"字，那便是说：女郎问话的时候是亲爱而问，不是"赌气子"问的。请你仔细体会这"爱"字下得也妙！——请自理会"爱"字的意思，我不事絮辨了。

"入时无"三字，请再细述："无"字就是"否"字，译为白话便是："入时不入时呢？"再说句俗气话便是："时髦不时髦呢？"更说句讨厌的话便成了："摩登不摩登呢？"所以这"无"字在诗词里面用作"否"字时最多，在散文里却极少见——简直可以说没有。其余若"恁"字，即"那么样的"之意；"争"（怎）字，"底"字——即"何"字意，"无那"——即"无奈"，等等。皆与此类，好像是为词所专利的字样。

原来"画眉深浅入时无"这七个字是全盘用的成句——唐朱庆馀的一句诗。今并将全诗引于下：

洞房昨夜停红烛，待晓堂前拜舅姑。
妆罢低声问夫婿，画眉深浅入时无。

在这诗里的情景是不大和这词相同的，可是被欧公用得来，直如天衣无缝，了绝痕迹！我们不但不以他用前人的句子为病，反而佩服他巧拾善缀，妙手天成！并且由此可悟，善用古人成句和抄袭堆凑是根本两样事！

下阕起首仍是练句对仗的联，口气和上阕相接，描画一个不会书画的女郎"初"学玩弄笔墨，娇憨天真之态如见。"偎人久"遥遥呼应着上面的"笑相扶"，脉络了然可寻。

再下是"等闲妨了绣工夫"，这句非常妙！等闲，不留意也。这是作词者站在客观的立场上为他们俩打算——或者说作者就是词里的"檀郎"也可。——这句为什么妙呢?因为它正面是说怕妨了绣工夫,而反面正是说"无妨"妨了这绣工夫,来相笑相扶的,这"弄笔偎人久"时两个人的心情,刚好被这一句反衬出来,请看这是多么巧妙的句子!如何不使我们倾倒呢?

"笑问鸳鸯两字怎生书",或作"笑问双鸳鸯字怎生书",我以前者不如后者雅隽,而后者却未能如前者读起来顺当,也许这就是所谓音律的关系?且莫管它。

为什么女郎会突然问出这样一句话来呢?或者有的同学以为无头无尾,上下不接,来得突兀吧?其实仔细想来,何尝突兀?这正是全篇最精彩的句子。盖由词句里,我们可理会到那是一对极相爱悦的妙人,恰有"愿作鸳鸯不羡仙"之概。女郎在弄笔时,相依相笑,由不得想起——或者院中荷塘有——"鸳鸯"两字来,这是郎心中蓦然起的感触,然而并不是无因的。可以说全篇都偏重外表之叙述,独这尾句是内心的描写,为全篇生色不少,试将此句易以他句,则未必能有这样的力量了,所以这句不但不突兀,而且是全篇最精彩的句子,细细想过后,你一定不会否认我的话。

现在逐字逐句已分析完了。再总括起来说说:这首词的目注为"闺情",全篇除了首二句用了些修饰的字眼外,通是轻描淡写地把一对夫妻相亲相爱、温柔体贴的动作、心情,烘染出来,绝不艳丽!绝不纤巧!因为他思路甚隽,措辞婉雅,而信手铺叙,便能如初写《黄庭》,恰到好处,这自是旁人所不能及的。

有人还以为这首词伤于刻露,请问欧阳修的《浣溪沙》:

相见休言有泪珠,酒阑重得叙欢娱。凤屏鸳枕宿金铺。
兰麝细香闻喘息,绮罗纤缕见肌肤。此时还恨薄情无?

这是不是好词呢?这是不是刻露呢?要之,我们后人评窥以前文人之笔墨,要真实的欣赏,平心的理论,不要专事吹毛求疵,这个思涉于邪,那个格苦于卑;这个犹带有市井风,那个尚未脱闺阁气!然则还有好的没有呢?这辈强作解人以哗众取宠之流,真没有什么出息!

最后,我再介绍几首欧词——比较出名的——以见其作风之概,而为此段文之结束。

采桑子

群芳过后西湖好,狼藉残红。飞絮濛濛,垂柳阑干尽日风。
笙歌散尽游人去,始觉春空。垂下帘栊,双燕归来细雨中。

诉衷情

清晨帘幕卷轻霜,呵手试梅妆。都缘自有离恨,故画作远山长。　　思往事,惜流光,易成伤。拟歌先敛,欲笑还颦,最断人肠。

蝶恋花

庭院深深深几许?杨柳堆烟,帘幕无重数。玉勒雕鞍游冶处,楼高不见章台路。　　雨横风狂三月暮,门掩黄昏,

辑三　诗词杂话

无计留春住。泪眼问花花不语,乱红飞过秋千去。

浣溪沙

堤上游人逐画船,拍堤春水四垂天。绿杨楼外出秋千。
白发戴花君莫笑,六幺催拍盏频传。人生何处似尊前?

蝶恋花

越女采莲秋水畔,窄袖轻罗,暗露双金钏。照影摘花花似面。芳心只共丝争乱。　鸂鶒滩头风浪晚,雾重烟轻,不见来时伴。隐隐歌声归棹远。离愁引著江南岸。

临江仙

柳外轻雷池上雨,雨声滴碎荷声。小楼西角断虹明,阑干倚处,待得月华生。　燕子飞来窥画栋,玉钩垂下帘旌。凉波不动簟纹平。水精双枕,傍有堕钗横。

二、阮郎归

南园春半踏青时,风和闻马嘶。青梅如豆柳如眉,日长蝴蝶飞。　花露重,草烟低。人家帘幕垂。秋千慵困解罗衣,画堂双燕归。

《阮郎归》又名《碧桃春》《醉桃源》,大概是本《续齐谐记》

诗词会意

阮肇入天台采药遇仙女的故事起的名。是一个四十七字的小词，前段四句，后段五句，共八韵。其平仄格式如下：

平可仄平平可仄仄仄平平韵，平可仄平平可仄平叶。平可仄平平可仄仄仄平平叶，仄可平平可仄平叶。　　平仄仄，仄平平叶。平可仄平平可仄仄仄平叶。平可仄平平仄仄平平叶，仄可平平可仄平叶。

这首词的作者是冯延巳，但有些本子作欧阳修，这我们无法断定究竟是谁的词。记得胡适之先生说："这时代（南唐北宋）的词还有一个特征，就是大家都接近平民文学，都采用乐工倡女的声口，所以作者个性都不充分表现，所以彼此的作品容易混乱。冯延巳的词往往混作欧阳修的词……"

这话是对的。加以那些人的词集，都是后人代他收罗起来的，稍一不慎，便会弄错。他们一错，我们也便跟着错下去，结果越传越分不清了。好在我们是欣赏词，不是研究词人的，且不必深去计较他，就算冯延巳的作品好了。现在把冯的简单略历提一提：

正中其字，延巳其名。先人居彭城（今江苏铜山），唐末南渡，始家于新安（县名，有四，此当系指今广州宝安）。南唐李氏建国，延巳与其弟延鲁均得信任。延巳曾做到宰相，他的词集《阳春集》的序子里说："金陵盛时，内外无事，朋僚亲旧，或当燕集，多运藻思，为乐府新词……"他这种生活环境，可使我们想象到他的作风了，且引两首来看看：

  风乍起,吹皱一池春水。闲引鸳鸯香径里,手挼红杏蕊。 斗鸭阑干独倚,碧玉搔头斜坠。终日望君君不至,举头闻鹊喜。

——《谒金门》

  欹鬟堕髻摇双桨,采莲晚出清江上。顾影约流萍,楚歌娇未成。 相逢颦翠黛,笑把珠珰解。家住柳阴中,画桥东复东。

——《菩萨蛮》

  《柳塘词话》说他:"思深语丽,韵逸调新。"足以当之。
如今且看《阮郎归》的内容:

  首句"南园春半踏青时"告诉了我们地点、时间和动作,十分清楚。粗看起来,这句平铺直叙,未见好处,实在他坦白地叙来,不事雕饰,非但有开门见山之概,而踏春的活泼泼的兴致却被"踏青时"的一个"时"字表现无遗!我们很可从这句中想象出在一个花明柳媚、蝶酣莺娇的春日,那春衫薄薄游春的人儿的兴致和风度了!同时,这句为全篇主脑,领起下文。

  "风和闻马嘶"紧接着把上句的意思或语气补足了,神境翩然。"风和"当是写天气的明媚。"马嘶"不知意之所指,词中常用之于离别时的点缀,眼前的句子,如"无寐,无寐!门外马嘶人起"(秦少游《如梦令·遥夜沉沉如水》),其余若"门外草萋萋,送君闻马嘶"(温庭筠《菩萨蛮·玉楼明月长相忆》),"马嘶残雨春芜湿"(牛峤《望江怨·东风急》),"骊驹应解恼人情,欲出重城嘶不歇"（张子野《木兰花·林钟商》），"明朝残梦，马嘶南陌"（范成大《秦楼月·寒食日湖南提举胡元高家席上闻琴》），等等，俯拾即是，一时也举不尽许多，都是写别离时才用的字眼，但本词此处是不是指别离呢？也许刚好踏青时听见马鸣声，想起当此良辰美景，尚且有别离的人们，心中感触才记下这一句来？但我的私见，总以为如果此处指离别，细看上下文的语气、意思、境味，实在有些不合！我常常想此句的"马嘶"乃是指一般王孙公子美少年们骑着金鞍玉辔的白马，在那绿杨夹道的大路上驰骋踏青呢，正好有着"大道直如发，春日佳气多。五陵贵公子，双双鸣玉珂"的意味。不知怎的，我总以为这样比解作"离别"要好得多。

"青梅如豆柳如眉"，这正是春半时候，和首句相合。北方梅少，恐怕北方同学见过长在树上的梅子的也不多，但很可留心春天刚结的小桃子，也正有"如豆"的意思。柳为什么如眉呢？白居易《长恨歌》中有"太液芙蓉未央柳""芙蓉如面柳如眉"句子，他也说到"柳如眉"，大概初展的柳叶儿，两端尖尖，正像一个美人的眉毛，所以他们都喻作眉。"柳如眉"或作"柳如丝"。"眉"虽不如"丝"生动，但"眉"却新颖有情趣，我从"眉"。

"日长蝴蝶飞"，我最爱这一句，每一读它便感到春日融融，莺花欲醉的意味。"日长"两字里面便寓着"融融"的味道，不信细读便知！"蝴蝶飞"三字也非常平易，只简单地把三字摆在那里，我们读起来，便觉得春日芳和的意境，如置身其中，这种表现"意境"的神力，只有在我们优美的文学——诗——中找得出！

"花露重，草烟低。人家帘幕垂。"这句又恰有"日长蝴蝶飞"

的好处，足以表现一个艳阳天气的静穆的美！人家是谁家呢？正好用"门外秋千，墙头红粉，深院谁家"的句子来引申它。帘幕低垂，大概帘内人也感觉"困人天气日初长"在那里伤春吧！

底下"秋千慵困解罗衣，画堂双燕归"两句却有两种说法，有人说是游春人自己在"南园"里，戏秋千戏罢，轻解罗衣，正在休息，蓦然"倏"的一双如剪的春燕，归来画堂中。有人说"南园"好像是指春郊，不是花园之类，那么郊中便没有秋千，而踏春人如何能在那里戏秋千呢？所以这句是承着上句，说那帘幕低垂的人家，这踏春人看见那家人儿秋千戏罢，娇慵细细，这时蓦然"倏"的一双春燕飞入那人家的画堂中去，同时这踏春人儿是对了良辰美景，归燕双双，心中起了怅然的情绪！

我以为第二种解释，"无限情深"，差强于第一说。

（同时我们看冯延巳的小词，爱用"双燕"，譬如《罗敷艳歌》的"双燕归来画阁中"，又"玉堂香暖珠帘卷，双燕来归"。《清平乐·雨晴烟晚》："双燕飞来垂杨院，小阁画帘高卷。"《鹊踏枝·几日行云何处去》："双燕飞来，陌上相逢否？""穿帘海燕惊飞去。"除掉最后两例外，都与"画堂双燕归"的语法颇相似，有没有别的深意呢？只好待质高明，恕我浅陋吧！）

末句或作"画堂双燕栖"，我以为不如双燕"归"，有那"倏"的神气好。

这首春游词确够得上称为"美"的词了，从字面上、意思里、字调、字韵各面讲，没有一面不是美的！字面和意思刚才细说过，诸君读后，是不是觉得它美？

诗词会意

    且看这词调子的构造是九句八韵，如果第五、六句不是六字两顿，也合为七字一句，那么便是七、五，七、五的句子循环四次。那样，读起来便觉得非常单调少顿挫、波折。及第五、第六两句改为"×××，×××"时，读起来便非常有意思，只觉得风流潇洒，神韵无极！一同和平美丽的调子！

    其次是韵的美。本词用字韵平声第三部，即诗韵之"四支""五微""八齐""十灰半"通用，如果按国音字分起来应该是ㄓ、ㄔ、ㄖ、ㄗ、ㄘ、ㄙ、ㄧ、ㄟ等韵的字（ㄟ韵的字母读起来也应落ㄧ韵才好：如"飞"字今音都读作ㄈㄟ，但实在转读作ㄈㄧㄞ对，同样"归"字应读作ㄍㄨㄧ，余可类推）。这韵最幽深美丽。不信我再引一首吴文英的《阮郎归·会饮丰乐楼》：

    翠阴浓合晓莺堤，春如日坠西。画图新展远山齐，花深十二梯。　　风絮晚，醉魂迷，隔城闻马嘶。落红微沁绣鸳泥，秋千教放低。

    诸君读后以为如何？是否比"东""阳""尤"等响韵别有风趣？

    冯此词名为写景，但总不免有情含于内，正所谓"寓情于景"，有人说词即抒情诗，确有些道理！

    或者有人问：你只举了两首词，第一首写夫妻私情，第二首好好的踏青，偏涉遐思。这词岂不是专谈些风花雪月，轻薄事体？岂不闻"非礼勿言"欤？词乎休矣！

    我在前面曾说过的，词之本色，原是如此。沈伯时说："作词与诗不同,纵是花草之类,亦须略用情意,或要入闺房之意。"正是此意!

读苏词"大江东去",觉得它并非不佳,只是这种口调,放入词内,究非本色。《介存斋论词杂著》说:"人赏东坡粗豪,吾赏东坡韶秀,韶秀是东坡佳处,粗豪则病也。"亏他敢这样大胆说话,正合我意。

尤其是辛弃疾的《沁园春·将止酒戒酒杯使勿近》:"杯!汝前来!老子今朝,点检形骸……"请问这像什么?!有人还赏他这词的豪放气势,我以为如果爱豪放,不妨找几个粗大汉,憋着嗓子,喊一阵!何苦将他填入词里,岂不大煞风景!

依我说苏公不妨多作几首"花褪残红青杏小。燕子飞时,绿水人家绕",辛公也正不妨多作几首"少年不识愁滋味,爱上层楼。爱上层楼,为赋新词强说愁"等小词,来得好些。

我这大胆的偏见,恐怕有人骂我眼光如豆,只爱些情词,而不知豪放为何物,"小子无行,小子无教"!

其实这也没有什么,正所谓"仁者见仁,智者见智"而已!

话又说回来了,《诗》有三百,那一般迂儒腐士捧了"文以载道"的金科玉律,无法摆置这三百首诗,硬加上什么"美君,美后,刺君,刺时"的美名。但无论你怎样解释,总不能说《诗》三百不是恋爱诗。稍为开通点儿的人,见了这些怪名目,必定笑这群傻瓜在那里欺人自欺!甚至吾夫子仲尼有言曰:"《诗》三百,一言以蔽之,曰:思无邪。"他老人家把我闹得迷迷糊糊,请问那些"窈窕淑女,君子好逑",以至"寤寐求之""求之不得",又以至"辗转反

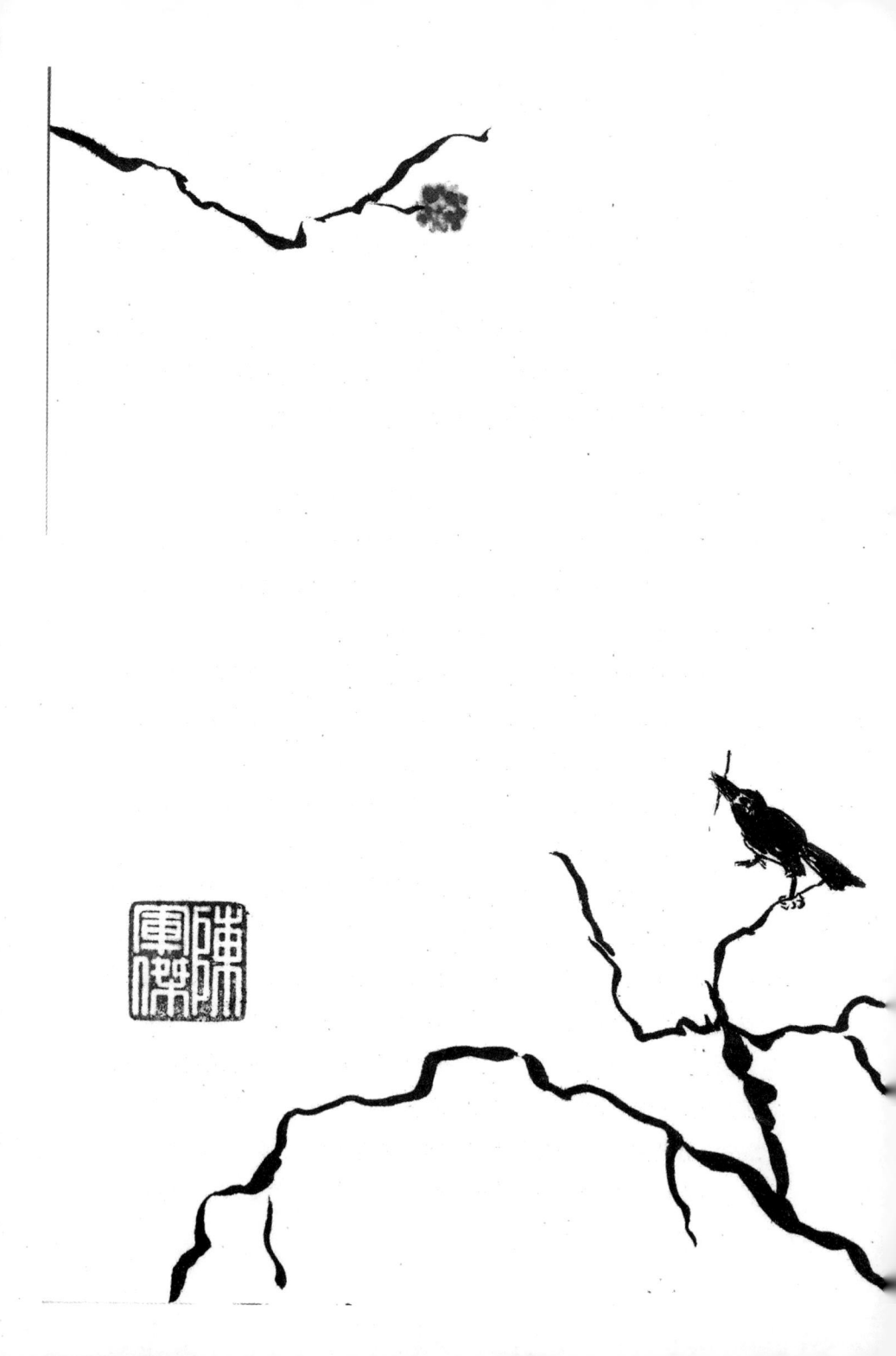

辑三　诗词杂话

侧"，什么"有女怀春，吉士诱之"都是思无邪，但不知怎样才是思有"邪"呢？天晓得！

屈原作楚辞，固然他的愤天怨人，是无可讳言，但"美人香草"，至少不会是"载道"的文章！

《古诗十九首》也硬拉来做"思君"之作，如今举一首请看：

> 青青河畔草，郁郁园中柳。
> 盈盈楼上女，皎皎当窗牖。
> 娥娥红粉妆，纤纤出素手。
> 昔为倡家女，今为荡子妇。
> 荡子行不归，空床难独守。

如果这也是思君之作，那么这些"妓女悲秋""妓女思客"等调子，不也是很地道的思君之作吗？这未免太滑稽了！前人之说，直如梦呓！

男女相悦，本出人之至性，没有什么大了不得，但高喊大唱为礼教所不允，无由发抒，怎样办呢？遂不得不寄之于诗歌、乐府、小词之中，所以那些言情的诗词，是最能见真性情的。前人大胆地作，我们便大胆地鉴赏，不必学前人那些梦呓，欺人自欺！

但有许多人竟敢目这些东西为"淫"词！他们这不是以文学眼光来鉴赏文学，简直近于谩骂，唐突文人笔墨，实在罪过！

这些个问题——前人的迂论与我自己的意见，常在我心里打仗，而常常是我的主张战胜，但苦于我的势力太孤单，不易找到前人与我意相合的议论以长我的威风。不意昨日看《宇宙风》，周作人先生介绍给我们的《古南余话》有一段说得痛快淋漓，如出自我肺腑，亟录其略，以快人心！

仲实问：诗余小词自唐宋以迄元明可谓灿备，鲜有不借径儿女相思之情者，冬烘往往腹诽之，谓恐有妨于学道，其说然欤？余曰：天有风月，地有花柳，与人之歌舞其理相近，假使风月下旗鼓角逐，花柳中呵导排衙，不煞风景乎？天下不过两种人，非男即女，今必欲删却一种，以一种自说自扮，不成戏也。故虽学如文正公，亦复有儿女相思之句，正所谓曲尽人情，真道学也。……夫道学所以正人心、平天下也，苟好恶不近人情，则心术伪矣，亦恶能得人之情，平人之心？《诗》之教，化行南国始自闺房；《书》之教，协帝重华基于妫汭，理必然也，而况歌词乃导扬和气调变阴阳之理，而顾讳言儿女乎？故自《十九首》以及苏李赠答魏晋乐章，其寓托如出一口，良由发乎性情耳。姑专就小词而论，才如苏公，犹不免"铁板"之诮，谓其逞才气著议论也。词家风趣宁痴勿达，宁纤勿壮，宁小巧勿粗豪，故不忌儿女相思，反不贵英雄豁达，其声哀以思，其义幽以怨，盖变风之流也。

三、浣溪沙

漠漠轻寒上小楼，晓阴无赖似穷秋。淡烟流水画屏幽。

辑三　诗词杂话

自在飞花轻似梦，无边丝雨细如愁。宝帘闲挂小银钩。

《浣溪沙》是一个单调小令的词调名，沙或作纱，或作《浣溪纱》，别名《小庭花》，是摘张泌《浣溪沙》"露浓香泛小庭花"句而成；其余有《满院春》《东风寒》《醉木犀》《霜菊黄》《广寒枝》《拭香罗》《清和风》《怨啼鹃》等名字，类皆采于词人本调之名句；又名《减字浣溪沙》，以别于《摊破浣溪沙》。另有一长九十三字的《浣溪沙》，又称为《浣溪沙慢》，与本调大异。

全词长四十二字，每句七字，六句五韵，分两段，前段三韵，后段二韵。平仄格式如下：

仄可平仄平可平仄可平仄平韵，仄可平平平可仄仄平平叶。仄可平平平可仄仄仄平平叶。　　仄可平仄平可仄平平仄仄韵，平可仄平平可仄仄平平叶。仄可平平平可仄仄平平叶。

有首句不入韵的，如此则成为双调小词了，但不可效，看本调的体制，还离七律不远，亦可见词为诗余之说有根据。

本词作者为秦观，观字少游，宋扬州高邮人。初举进士，元祐初，苏轼以贤良方正荐之于朝。除太学博士，迁正字，兼国史院编修官。绍圣初坐党籍削秩监处州酒税，徙郴州，放横州编管，更徙至雷州。徽宗朝放还，至藤州（今广西县名）醉卧光化亭，忽索水饮，家人进水，含笑视之而逝。著有《淮海词》三卷，故世称为秦淮海，为北宋词坛极有名的人物。其作风婉约新丽，远祖温韦，近步柳七，看

诗词会意

看一般对他的批评：

蔡伯世："子瞻（苏）辞胜乎情，耆卿（柳永）情胜乎辞，辞情相称者，惟少游而已。"

张綖："少游多婉约，子瞻多豪放，当以婉约为主。"

冯梦华："淮海……古之伤心人也。其淡语皆有味，浅语皆有致。"

晋卿："少游正以平易近人，故用力者终不能到。"

良卿："少游词如花含苞，故不甚见其力量，其实后来作手，无不胚胎于此。"

陈廷焯："秦少游自是作手，近开美成（周邦彦，北宋词人），导其先路；远祖温（庭筠）韦（庄），取其神不袭其貌，词至是乃一变焉。"

刘熙载："少游词有小晏（几道）之妍，其幽趣则过之。"

推崇之至，可见一斑，唯李易安说他："秦即专主情致，而少故实，譬如贫家美女，虽极妍丽丰逸，而终乏富贵态。"要亦是吹毛之语，在清照眼中除了她自己，早已无人了。但少游气格之疵，亦有不可掩处。

引几首他的词：

莺嘴啄花红溜，燕尾点波绿皱。指冷玉笙寒，吹彻小梅春透。依旧，依旧，人与绿杨俱瘦。

——《如梦令》

辑三　诗词杂话

门外鸦啼杨柳，春色著人如酒。睡起熨沉香，玉腕不胜金斗。消瘦，消瘦，还是褪花时候。

——《如梦令》

萋萋芳草忆王孙，柳外楼高空断魂，杜宇声声不忍闻。欲黄昏，雨打梨花深闭门。

——《忆王孙》

西城杨柳弄春柔，动离忧，泪难收。独记多情，曾为系归舟。碧野朱桥当日事，人不见，水空流。　韶华不为少年留，恨悠悠，几时休？飞絮落花时候、一登楼。便作春江都是泪，流不尽，许多愁。

——《江城子》

雾失楼台，月迷津渡，桃源望断无寻处。可堪孤馆闭春寒，杜鹃声里斜阳暮。　驿寄梅花，鱼传尺素，砌成此恨无重数。郴江幸自绕郴山，为谁流下潇湘去。

——《踏莎行》

山抹微云，天连衰草，画角声断谯门。暂停征棹，聊共引离尊。多少蓬莱旧事，空回首、烟霭纷纷。斜阳外，寒鸦数点，流水绕孤村。　销魂。当此际，香囊暗解，罗带轻分。谩赢得青楼、薄幸名存。此去何时见也？襟袖上、空惹

诗词会意

啼痕。伤情处，高城望断，灯火已黄昏。

——《满庭芳》

晓色云开，春随人意，骤雨才过还晴。古台芳榭，飞燕蹴红英。舞困榆钱自落，秋千外、绿水桥平。东风里，朱门映柳，低按小秦筝。　　多情，行乐处，珠钿翠盖，玉辔红缨。渐酒空金榼，花困蓬瀛。豆蔻梢头旧恨，十年梦、屈指堪惊。凭阑久，疏烟淡日，寂寞下芜城。

——《满庭芳》

梅英疏淡，冰澌溶泄，东风暗换年华。金谷俊游，铜驼巷陌，新晴细履平沙。长记误随车。正絮翻蝶舞，芳思交加。柳下桃蹊，乱分春色到人家。　　西园夜饮鸣笳，有华灯碍月，飞盖妨花。兰苑未空，行人渐老，重来是事堪嗟。烟暝酒旗斜。但倚楼极目，时见栖鸦。无奈归心，暗随流水到天涯。

——《望海潮》

东风吹柳日初长，雨余芳草斜阳。杏花零落燕泥香，睡损红妆。　　宝篆烟消龙凤，画屏云锁潇湘。暮寒微透薄罗裳，无限思量。

——《画堂春》

作风婉约清丽，可见其概。

现在看《浣溪沙》的词句："漠漠轻寒上小楼。"漠漠，无声也，质言之，寂寞也。一种莫名的无情感的东西，都可以"漠漠"来形容它，如北风漠漠是。这句和李后主的"无言独上西楼"绝相似，大概词人们一愁便要上楼了，或者说一上楼便要愁了。如"暝色入高楼，有人楼上愁""宿妆惆怅倚高阁，千里云影薄""独倚危楼风细细，望极春愁，黯黯生天际""芳草有情，夕阳无语，雁横南浦，人倚西楼""怕上层楼，十日九风雨""空怀感，有斜阳处，却怕登楼"。本来登临极目，难免感慨系之，所以一涉登楼非愁怀即怨思，非断肠即惆怅，连杨贵妃也"西宫渺不见，肠断一登楼"呢。

"晓阴无赖似穷秋"，时候是清晨，天气是阴暗的，全句早已伏于"漠漠轻寒"四字了。"无赖"本是说晓阴的，可以想象晓阴如无赖子似的袭罩着人，无计摆脱，但一方面却是写人的主观感情所触，在晦淡的早晨，那一副百无聊赖的心情如见。天气是最易改变人的心情的。譬如风和日丽人都欣欣怡怡，一霎乌云笼罩大地，则鼓舞心情，立如冰解。目之所触，皆是惨淡的景物。离愁闲恨，一时都会勾起。我最怕阴天，它常会使我诅咒老天的。楼上人这时的心情，也正如是。"穷秋"的"穷"字，本可以解作"深"（如老杜的诗"穷冬急风水"），但我以为那样解乏味，便解作贫穷的"穷"正好，虽然秋不必穷，然而细味秋确有些穷；又这"穷"字正是为"晓阴"而下。

"淡烟流水画屏幽"，"淡"字也由"阴"字生出。"画屏"是指春山，不然屏风上怎会跑出流水来（山和屏常可以互相代替而用，如温飞卿词"小山重叠金明灭"，小山却是指屏风）？这句写临楼而见的景物。"幽",隐也,微也,深远也,黑色也,风景清胜也,无解不功,而以后二意为上。

下阕起句:首二句照例多是一联,作者亦多于此处见工,本词尤著。

"自在飞花轻似梦,无边丝雨细如愁",何等刻丽!且绝不落纤巧。"自在",任意也,无约束也。落红成阵,悠然荡起,端的轻悠如梦。梦怎么"轻"呢?真个的!梦是轻的,尤其是"春梦",更轻。苏轼诗:"事如春梦了无痕。""无痕"二字,真把"轻"字恰恰扣住。陈克有《菩萨蛮》词:"绿芜墙绕青苔院,中庭日淡芭蕉卷。蝴蝶上阶飞,风帘自在垂。玉钩双语燕,宝甃杨花转。几处簸钱声,绿窗春梦轻。"

他的结句,更可以给你一个深切的春梦轻的意境。

飞花是容易使人惆怅的!花事阑珊,韶光憔悴,足令人黯然销魂,"花落水流红,闲愁万种"句,"落花无语怨东风"句,想见其意味。更有毛熙震的《清平乐》,可以引为本词写照:

春光欲暮,寂寞闲庭户。粉蝶双双穿槛舞,帘卷晚天疏雨。　含愁独倚闺帏,玉炉烟断香微。正是销魂时节,东风满院花飞。

结句凄怨已极!飞花感人,亦已深矣!

"春雨润如酥""细雨湿流光""做冷欺花,将烟困柳,千里偷催春暮。尽日冥迷,愁里欲飞还住"。小雨蒙蒙,凄迷欲死,"无

辑三 诗词杂话

边"是楼上所见语,恰是千里偷催春暮,小雨固"细",但小雨自己不愁,却是人愁,和晓阴"无赖"如出一轨。"细如愁",新颖之甚!

上三句写完了登楼的景色,却转回到楼上的"宝帘闲挂小银钩"来,究竟是帘卷帘垂?说得十分含糊,如果说实在闲挂着无事,便是帘在放下了。"闲"字陪着上面的"无赖"二字。

帘和词人的关系也很密切,好像登楼一样,愁时方涉及之。"天上人间何处去,旧欢新梦觉来时。黄昏微雨画帘垂。""香雾薄,透帘幕,惆怅谢家池阁。红烛背,绣帘垂,梦长君不知。""往事只堪哀,对景难排。秋风庭院藓侵阶。一任珠帘闲不卷,终日谁来。""睡起卷帘无一事,匀面了,没心情。""小院深深门掩亚。寂寞珠帘,画阁重重下。""梦后楼台高锁,酒醒帘幕低垂。""欲减罗衣寒未去。不卷珠帘,人在深深处。""生怕卷珠帘,尺五春阴,压得眉尖重。"全是借帘以写心情的。

总之,全词六句,句句写景,却句句写心情,而以末句为最力。写天气,写山水,写飞花,写丝雨,写帘钩,句句无我之境也,然则何以知句句写我?全在首句"上小楼"之一"上"字矣,故首句最要紧,要如春云初展,须笼罩得住。《词旨》:"对句好,可得;起句好,难得。收拾全藉出场。"即专重起句。刘熙载:"大抵起句非渐引,即顿入,其妙在笔未到而气已吞。"亦言首句宜全篇都照管得到。沈义父:"大抵起句便见所咏之意,不可泛入闲事,方入主意。"是言首句要开门见山,不可空泛。且词之起句率多写景,此独写动。全词乃能流利俊逸以递出。

第二句须紧承起句，毫不能扯远。第三句便如金井辘轳，疾转直下，又须戛然而住，读之要无拖泥带水之感。

过片一联，应水流花开，拈手成趣。意思要如异军突起，而有藕断丝连之妙。"不欲全脱，不欲明黏，如画家开阖之法，须一气而成。"结句要收得住，却须余意不尽，最忌尽于言！《乐府指迷》："结句须要放开，含有余不尽之意，以景结情最好……"《词绎》："词起结最难，而结尤难于起……须结得有'不愁明月尽，自有夜珠来'之妙。"《艺概》："收句非绕回，即宕开，其妙在言虽止而意无尽。"沈谦："填词结句，或以动荡见奇，或以迷离称胜，著一实语，败矣！"以上旨致，本词均得之。而"宝帘闲挂小银钩"句如品苦茗，回味无穷。

"漠漠""无赖""穷秋""淡烟流水""幽""自在""轻似梦""细如愁""闲挂""小"皆穷极状字之工，无一硬字，无一纤字，语语新俊，语语无镂琢痕，斯乃为贵，学词者于此等处悉心体摩之，庶几可近。

小令本宜婉怨，以述旖旎之怀，缠绵之意。迥异长调慢词之一唱三叹，如泣如诉。《浣溪沙》调间架本玲珑，加以少游之句，毫无滞境，真为上品！

词以意境为贵，意境高格自高。温庭筠小词《菩萨蛮》擅场，生平酷爱其"江上柳如烟，雁飞残月天"，直凄惘欲绝，脱尽烟火气。读之神志瞑迷，不知所主，感人之句，无过此者。"人远泪阑干，燕飞春又残""花落子规啼，绿窗残梦迷""花露月明残，罗衾知晓寒"次之，然毕竟妙！余子无论矣！唯毛滂《临江仙》"玉皇开碧落，银界失黄昏""酒浓春入梦，窗破月寻人"独佳，后二句尤卓绝一世！

本词佳在意境，读之恍如个中人。"自在飞花轻似梦，无边丝雨细如愁"，真词家佳境也！

韵用"尤侯幽"部，声之响仅次于"江阳""东冬"，而上于"萧肴""寒删""蒸青"等部，读之渊幽。

秦观的词无一首不可入律，叶梦得谓"少游亦善为乐府，语工而入律，知乐者谓之作家歌"。

音律是最难懂的东西。李清照精于此，她说："盖诗文分平侧，而歌词分五音，又分五声，又分六律，又分清浊轻重。"这多么麻烦！可惜我们不懂，只好大概谈谈：

"律吕五音者，音乐之声调也；平仄四声者，文字之声调也。入乐则律吕主之而五音相调；行文则平仄主之而四声迭和。乐在演奏，文则吟诵，事歧理一，故皆可称曰宫商也。"说得最明切。

按平仄，字音高低之分也。仄括有上、去、入三者，合为四声，又各分阴阳，就中以阴阳平最易分。阴平音纵垂，阳平音横平，如"通"为阴平，"同"为阳平，"申"为阴平，"神"为阳平，"风"为阴平，"缝"为阳平等是，多读自知。至于上去之阴阳则甚难辨，或谓字音有收鼻、收喉之别，收喉之音为阴声，收鼻之音为阳声，如此则知"其"为阳上，"府"为阴上，"慢"为阳去，"见"为阴去。阴声率清，阳声率浊，要非精于此者不能细辨析。

不过关于四声之分阴阳，有一点值得我们特别注意，就是平声分阴阳与仄声分阴阳之分法标准迥乎不同！平声分阴阳是按字音高低而定,而仄声阴阳之分却是按字音清浊而分,而且二者是绝不相通的,如果要用平声分阴阳的方法去分仄声字,那么用符号表音之方向则平声有↓←二种,上声为↗,去声为↘。平声显然有↓←两种不同方向的音,所以才分↓为阴音,←为阳音,但是仄声的↗↘等音,你能不能将每个更分成二种不同方向的音呢?怎么分阴阳呢?

反过来若以清浊为分音标准的方法去分平声字,则清音不尽为阴平,浊音亦不尽为阳平!例如,"头""浮"并为清音,却是阳平,而"兵""丁"并为浊音,却是阴平,这怎么办呢?"夫子之道,'不'一以贯之!"

四声同为字音之别,为什么阴阳不能用一个方法去分呢?这显而易见:起初平声分阴阳殆出天籁,而仄声分阴阳,却是后人极生硬的牵强!或曰:"仄声分阴阳,在音韵学上看来,实是一种说不通的事,一向把仄声分为阴阳的,不过是依清浊而定,凡属清母字则为阴,凡属浊母字则为阳,然清浊自是清浊,阴阳自是阴阳,万难牵扯成一事的!……即使清浊可定阴阳,我们也不必过问仄声的阴阳……"

余颇是其说!

诗的作法:如果"仄仄平平仄",那么是仄的地方,你随便用上去入声都可。词便大不同了!上声与去声不能乱用,阴声与阳声不能乱用。沈义父说"上声最不可用去声字替",因去声激厉劲远,应高唱,而上声舒徐和软,当低度也,至今昆乱度曲,尚恪此律,如《牡丹亭》中《游园》一折有〔皂罗袍〕最出名的"原来姹紫嫣红开遍,似这般都付与断井颓垣","断井"二字,唱法最著,"断"字谱为

辑三 诗词杂话

"六仕五六",是去声高唱之例;"井"字则唱为"上尺工",是为上声低唱之例,两个音不同的字,曲谱竟差到七个音阶。又京剧《西施》有"水殿风来秋气紧,月照宫门第几层"之句,"水"为上声,即以"四"音出之;"殿"为去声,即以"上"音出之,两者相差,亦至三个音阶,"水"低"殿"高,可为明证。非强以律绳之,务使如此,盖响本天籁,自然须如此也。

所以填词不能不顾上去之分,否则吟哦虽不碍,一经入乐,不成声矣!

至于去声,应用于转折跌宕处,亦应注意,"因三声中上入可作平,去则独异,当用去者,非去则激不起,用入且不可,断勿用平上"。总言之:仄声最应注意,勿因是仄即任用其一——上、去、入,三者大异。又古人"琐窗幽"改"幽"为"明"者,因"幽"阴"明"阳,此阴阳声不可乱之例也。

五音者,读字出音之别也,初分喉、牙、舌、齿、唇,源于反切。至今昆乱家讲五音四呼,五音亦同此(四呼即开、合、齐、撮),后更拆为十类,即牙、舌头、舌上、重唇、轻唇、齿头、正齿、喉——更分深浅,半舌、半齿。北人于此,牙齿未明,喉牙难辨,芒晰毫末,衡正界分,虽博学难免舛误,文学中之精微艰深者,莫过于此。

大概东北人,多念齿音,如读"识"为"死",读"知"为"兹",读"上"为"丧",读"兽"为"廋",十分刺耳。反之北京人多读牙喉音(所谓现在的标准国音),如念"西"为"稀","小"为"晓","清"为"轻","焦"为"交","前"为

"乾","湘"为"香",实际在读音准确的人听起来,也是刺耳。关于这些,约以中州人分得最清,所以旧剧读音取"中州韵",便是为此。他们的"尖团字"犹如这里的"齿牙音",便是剧家内行全分得清的也有限呢!

现在试把《浣溪沙》词分注音类,以见一斑:

漠(重唇)漠(重唇)轻(牙音)寒(浅喉)上(正齿)小(齿头)楼(半舌),晓(浅喉)阴(深喉)无(轻唇)赖(半舌)似(齿头)穷(牙音)秋(齿头)。淡(舌头)烟(深喉)流(半舌)水(正齿)画(浅喉)屏(重唇)幽(深喉)。 自(齿头)在(齿头)飞(轻唇)花(浅喉)轻(牙音)似(齿头)梦(重唇),无(轻唇)边(重唇)丝(齿头)雨(深喉)细(齿头)如(半齿)愁(正齿)。宝(重唇)帘(半舌)闲(浅喉)挂(牙音)小(齿头)银(深喉)钩(牙音)。

"大抵五音之用,最宜相间,双声连用,勿至于三,洪继以纤,轻振以重,然后歌者无拗捩之患,听者得和谐之美",乃是词家用音指鉴。试看本词用音,均和上旨,五音皆相间而用。首句"漠漠"为叠字无论,其余只有"自在"二字均齿头音,而又系双声,可不为病;"晓阴"二喉音,"无边"二唇音,然一浅一深,一轻一重,可以补之;"细如愁"三字虽皆齿音,而"细"为齿头,"愁"为正齿,且中间更隔以半齿音"如"字,益不显其病。至于双声,连用至二处且无,遑论至于三!用字"洪继以纤,轻振以重"之迹更显,勿用赘絮也。

关于填词不能不注意音律一点,我最近才深深信服了,以前我曾咒过人家重音律是没意思,现在才觉得自己太浅陋了。譬如"信宿渔翁还泛泛"句,已为声累!因为"信宿"双声同为齿头音,"渔翁"

同为深喉音，"泛泛"又是叠字。七字之中，有三对同音的，歌者安不拗捩？若至"故国观光君未归"七字之中，六个牙音。"宠臣承宠出重城"竟全是齿音，这样的句子，如果真个入起乐来，歌者佶屈聱牙之概可以想见。非但歌者把唇牙累得生疼，听者也不辨所歌究系何字，大有村僧唱经，四座瞠目之势。

像以上诸句，在诗中尚不为病，若在词中则最应忌免。大概这样句子在精于音律的词人（如秦观、周美成等）的词中，是绝对找不到的。

平仄四声，古无其目，至齐、梁间其用始显，声韵书册亦渐多，梁沈约始撰《四声谱》，自谓独得胸衿，开累千词人不窹之奥，乃"入神之作"。而高祖雅不好焉，尝问周舍曰："何谓四声？"舍对曰："天子圣哲是也。"盖"天子圣哲"四字之音恰是平上去入四者，且次序不紊，语妙双关，机敏无匹。譬如你现要写文言信，为什么说："关河远阻，魂梦为劳！"而不说："关塞远阻，魂梦为惫？"字面如何，姑不论及，平仄不协，读起来不顺口故也！故词究音律，犹文考四声，事殊理一。如果不赞成词讲音律，便该不赞成文讲四声；如果不赞成四声，那只好去读些个"关塞远阻，魂梦为惫"的句子了！学者悟此，思已过半。

"盖语言文字使四声相间成章，则言者分明，听者愉快！而成文朗诵，尤见铿锵！伊古佳篇，多与暗合。"

"人情有喜怒哀乐之分，字音有浮切轻重之异，用之得当则声情相称，不当则声情相乖。……唐人近体诗较古诗调谐多矣；近体乐府较古乐府调谐多矣。词出于近体乐府，则其调谐更为必要可知，否则

诗词会意

成诵尚难,何论入乐?……诗之调谐,字音前后浮切相变而已;词之调谐,则视音乐节奏之抑扬缓急而定之。"

近人也会填词,恐解此语者鲜矣!

最后,附录几首可喜的《浣溪沙》,虽然别人的作品,与本词无涉,但可以多认识认识《浣溪沙》的情调。且吾题为"杂记",正不妨"杂"之。

> 拢鬓新收玉步摇,背灯初解绣裙腰。枕寒衾冷异香焦。
> 深院不关春寂寂,落花和雨夜迢迢。恨情残醉却无聊。
> ——韩偓

> 寂寞流苏冷绣茵,倚屏山枕惹香尘。小庭花露泣浓春。
> 刘阮信非仙洞客,嫦娥终是月中人。此生无路访东邻。
> ——阎选

窃以上词差是朱昆田绝句"每嗟相见太匆匆,一片红笺恨未通。几向小梯行细步,为怜宋玉在墙东"之对照。

> 晚出闲庭看海棠,风流学得内家妆。小钗横戴一枝芳。
> 镂玉梳斜云鬓腻,缕金衣透雪肌香。暗思何事立残阳?
> ——李珣

> 枕障熏炉隔绣帏,二年终日苦相思。杏花明月始应知。

辑三 诗词杂话

天上人间何处去，旧欢新梦觉来时。黄昏微雨画帘垂。
——张曙

晚逐香车入凤城，东风斜揭绣帘轻。慢回娇眼笑盈盈。
消息未通何计是？便须伴醉且随行。依稀闻道："太狂生！"
——张泌

子澄之行也大胆，子澄之笔也复大胆！为之绝倒！试看痴态，好看煞人，好笑煞人！

惆怅梦余山月斜，孤灯照壁背窗纱。小楼高阁谢娘家。
暗想玉容何所似，一枝春雪冻梅花。满身香雾簇朝霞。
——韦端己

帘外三间出寺墙，满街垂柳绿阴长。嫩红轻翠间浓妆。
瞥地见时犹可可，却来闲处暗思量。如今情事隔仙乡。
——薛昭蕴

小市东门欲雪天，众中依约见神仙。蕊黄香画贴金蝉。
饮散黄昏人草草，醉容无语立门前。马嘶尘烘一街烟。
——张泌

半踏长裾宛约行，晚帘疏处见分明。此时堪恨昧平生。

诗词会意

　　早是销魂残烛影，更愁闻著品弦声。杳无消息若为情。

　　　　　　　　　　　　　　　　　　——孙光宪

　　一曲新词酒一杯，去年天气旧亭台。夕阳西下几时回。
　　无可奈何花落去，似曾相识燕归来。小园香径独徘徊。

　　　　　　　　　　　　　　　　　　——晏殊

　　"无可奈何"一联，词中名句也。玩之情致缠绵，音调谐婉。

　　簌簌衣巾落枣花，村南村北响缲车。牛衣古柳卖黄瓜。
　　酒困路长惟欲睡，日高人渴漫思茶。敲门试问野人家。

　　　　　　　　　　　　　　　　　　——苏轼

　　这样的小词，你说它是艳丽？是豪放？素描村落，野趣盎然，真可喜人也。大才人毕竟不凡，无所不能，无所不精，又安能以一二字穷其作风邪？

　　道字娇讹苦未成，未应春阁梦多情。朝来何事绿鬟倾。
　　彩索身轻长趁燕，红窗睡重不闻莺。困人天气近清明。

　　　　　　　　　　　　　　　　　　——苏轼

　　"红窗"一联，字面似未极工而语意实精绝！"子瞻素有铜喉铁板之讥，然'彩索身轻长趁燕，红窗睡重不闻莺'之句，如此风调，设令十七八女郎,按檀板红牙歌之,岂在'晓风残月'之下?"

> 水涨鱼天拍柳桥,云鸠拖雨过江皋。一番春信入东郊。
> 闲碾凤团消短梦,静看燕子垒新巢。又移日影上花梢。
> ——周邦彦

> 香靥凝羞一笑开,柳腰如醉暖相挨。日长春困下楼台。
> 照水有情聊整鬓,倚阑无绪更兜鞋。眼边牵系懒归来。
> ——秦观

> 脚上鞋儿四寸罗,唇边朱粉一樱多。见人无语但回波。
> 料得有心怜宋玉,只应无奈楚襄何。今生有分共伊么?
> ——秦观

> 楼角初绡一缕霞,淡黄杨柳暗栖鸦。玉人和月摘梅花。
> 笑捻粉香归洞户,更垂帘幕护窗纱。东风寒似夜来些。
> ——贺铸

方回《浣溪沙》皆可喜,引一首聊窥其概耳,如欲毕详,请检《东山词》。本词爱其末句,"些"字尤妙(并请读"些"字落了韵以叶)。

> 著酒行行满袂风,草枯霜鹘落晴空。销魂都在夕阳中。

辑三 诗词杂话

恨入四弦人欲老,梦寻千驿意难通。当时何似莫匆匆!

——姜夔

剪碎香罗裛泪痕,鹧鸪声断不堪闻。马嘶人去近黄昏。
整整斜斜杨柳陌,疏疏密密杏花村。一番风月更销魂。

——无名氏

晓日凝妆上翠楼,恼人春色遍枝头。湘帘风细荡银钩。
燕子未归寒恻恻,梅花初落恨悠悠。重门深锁一天愁。

——顾文婉

几日东风倚画楼,碧天清霭半空浮。韶光多半杏梢头。
垂柳有情留夕照,飞花无计却春愁。但凭天气困人休!

——叶小鸾

曲曲阑干绕树遮,半庭花影带帘斜。又看暝色入窗纱。
楼外远山横宝髻,天边明月伴菱花。空教芳草怨年华。

——叶小鸾

上引后面三词系女词者所为,皆清新可喜。第一首间用古人语,巧缀无痕,第三、第末句尤佳。第二、第三两首作者叶小鸾,明人,未嫁卒,其词凄怨,适足以征之。"垂柳有情"一联,两末句并皆佳妙。自是女人声口,而韵不减宋人。

翠浪生纹涨曲池,春深闺阁弄妆迟。弓鞋罗袜踏青时。
　　鸦鬟轻分金缕缕,燕钗低飐玉差差。杏花香雨细如丝。

——彭孙遹

　　彭孙遹,清人,有《延露词》。"其词惊才绝艳,以长调独步江左。其小令啼香怨粉,怯月凄花,亦不减南唐风格。"

　　信手写来,已经有二十余首,佳者仍触目皆是,玩之不忍释手,欲再录下去,恐贻喧宾夺主之讥,无奈只好割爱!好在我不是作词选,诸君有兴,不妨自己翻翻词集。

四、菩萨蛮

　　评第三首词后,夜寐,梦一后生冠长者服,瞪目谓余曰:"方今中原板荡,男儿以投笔从戎为夙志,奈何耽于诗词小道邪?问有此必要否?且尔胸无点墨,假作解人,拾古今牙慧以塞篇,滥新旧文辞而满纸,既乏一言能超俗,又无半解足惊人,读之如鸡肋,品之如嚼蜡,拼若许之时力,撰如此之文章,毋乃为识者笑乎?尔其止之!"余寤而愧,大汗浮身,心怦如鼓,决誓终身不复为此作!

　　次夜,又梦,一老人着儒者裳,谓余曰:"国家有难,人人当自谋之,要谋亦须有时地,焉能因一以废百?况人乃文学之动物,不可一日去文学。读词虽流于闲,尚差强于耽醉乎情场,沉迷于影院者类。於戏!夫词岂小道也哉!倘有作此语者,彼盖未入门墙,不知其中别有洞天也!又乌足与语词!子虽薄识,苦心可嘉。是故意未新不患述旧解而便观摩,词不雅无妨摘陈文以资浏览。便他人之检索,耗一己之时光,亦是善行,又曷可以寻章摘句雕虫篆刻之小技目之。且时下名流,超此轨者有几?勿为惑焉,子其勉之!"余觉而自思,颇以为是,遂毁前誓!于是乎斯文复作。

本来此次继续写下去,是出于同学鼓励。写完了自己看看,真没劲!犹如赵老汉打拳,东一脚,踢到西厢房的屋脊;北一掌,撞在南客厅的台阶,无一手是地处,无一腿够架把,结果累得浑身是汗,却笑坏了几个参观的行家。我写的东西既不是词笺,也不是词注,又不是词话,更不是词诠。我近日颇有改题为"词扯"之意。结果无以自解,遂有了以上的周公之梦。

小引打住,书开正风:

牡丹含露真珠颗,美人折向庭前过。含笑问檀郎:"花强妾貌强?" 檀郎故相恼,须道"花枝好"。一向发娇嗔,碎揆花打人。

唐宣宗大中初,女蛮国入贡,危髻金冠,璎珞被体,号菩萨蛮队,当时倡优,遂制菩萨蛮曲。文士往往谱其词。世多传李白有此词,为百代词曲之祖。年代久远,迷离可疑。别名《重叠金》《子夜歌》《花间意》《梅花句》《花溪碧》《晚云烘日》;或加一"令"字,蛮一作"鬘"。

全词两段共四十四字,前后段各有四句,首二句七字,余皆五字句。四换韵,两仄两平。每句皆叶韵。本词按字注其平仄如下:

诗词会意

平可仄平平可仄仄平平仄仄韵，仄可平仄可仄平平仄叶上仄韵。平可仄仄平平平韵。仄可平平可仄仄平叶上平韵。平可仄平仄本平仄仄韵。仄可仄仄仄平平韵。仄可平平可仄仄平叶上平韵。（"相"字平仄两用。）

首句劈空而来，乍视以为此诗兴也，哪知却是诗之赋也，试看次句即知矣。牡丹引起全词，似亦有写人之意。"美人"便说美人，是情人眼中看得，若代以"蛾眉""婵娟""裙钗"等字眼，岂不令人作呕！"过"非经也，确是"往就"之意。《史记·魏公子列传》中有"臣有客在市屠中，愿枉车骑过之"，最为明显，以后数用"过"字，皆此义。而检于字书，殊无此解，甚可怪也（按"过"亦可读为平声，诗中频见之）。首句只说出牡丹，次句吐出美人，再著一"折"字、一"过"字，便姗姗欲动。

三四句颇似欧仄韵"爱道：'画眉深浅入时无？'"意。自己欲与花王比美，自然会未言先笑。"强"字妙，两用尤妙。由仄韵骤入平韵，韵之音调畅舒无比！有洋洋乎之概，便觉词上人如画。此二句明写美人。

下阕二句明写檀郎，却仍是写美人，与首二句同，不得死看。一"故"字最紧要，不然全词真个成为男女吵打图了。"须"，缓迟也，"须道"便紧贴"故"字。此檀郎亦大是可人，如不故恼而诒之，丑态可憎，令故恼之，乃为妙人，恼之正不恼之，美人亦不厌此恼且爱此恼。愿天下有情少女俱得如此一个识趣之檀郎！

"一向"甚费解，非难解也，不好注释也。思之数日，想不出一个适当释词，直说是"您一向可好"的"一向"，不通！娇嗔此时才

辑三　诗词杂话

发,却是说娇嗔一向惯发的,可以意会。女子总是爱那么撒娇假怒的做作!或作"一面",表面易解,意实陋甚(Poor)!远不如费解的"一向"之味厚多矣!

挼,按揉也,两手相切摩也。"碎挼"是倒装句,词调为仄平之故。此二句写绝世间小儿女一切缱绻缠绵态,真可谓神来之笔!

念这两句时,蓦地想起《红楼梦》的二十三回"西厢记妙词通戏语,牡丹亭艳曲警芳心"来。中间有一段:

……那日正当三月中浣,早饭后,宝玉携了一套《会真记》,走到沁芳闸桥那边桃花底下一块石上坐着,展开《会真记》从头细看。正看到"落红成阵"(原词《寺警》中起首莺莺唱〔混江龙〕:"况是落红成阵,风飘万点正愁人。昨夜池塘梦晓,今朝栏槛辞春。蝶粉乍沾飞絮雪,燕泥已尽落花尘。系春情短柳丝长,隔花人远天涯近。有几多六朝金粉,三楚精神。"),只见一阵风过,树上桃花吹下一大斗来,落得满身,满书,满地,皆是花片。宝玉要抖将下来,恐怕脚步践踏了,只得兜了那花瓣儿,来至池边,抖在池内,那花瓣儿浮在水面,飘飘荡荡,竟流出沁芳闸去了;回来只见地下还有许多花瓣。宝玉正踟蹰间,只听背后有人说道:"你在这里做什么?"宝玉一回头,却是黛玉来了,肩上担着花锄,花锄上挂着纱囊,手内拿着花帚。宝玉笑道:"来的正好!你把这些花瓣儿都扫起来,撂在那水里去罢。我才撂了好些在那里了。"黛玉道:"撂在水里不

诗词会意

好。你看这里的水干净,只一流出去,有人家的地方儿什么没有?仍旧把花糟蹋了。那畸角儿上,我有一个花冢。如今把他扫了,装在这绢袋里,埋在那里,日久随土化了,岂不干净?"宝玉听了,喜不自禁,笑道:"待我放下书,帮你收拾。"黛玉道:"什么书?"宝玉见问,慌的藏了,便说道:"不过是《大学》《中庸》。"黛玉道:"你又在我跟前弄鬼!趁早儿给我瞧瞧,好多着呢!"宝玉道:"妹妹,若论你,我是不怕的,你看了,好歹别告诉人!真是好文章!你要看了,连饭也不想吃呢!"一面说,一面递过去。黛玉把花具放下,接书来瞧,从头看去,越看越爱,不顿饭时,已看了好几出了,但觉词句警人,余香满口,一面看了,只管出神,心内还默默记诵。宝玉笑道:"妹妹,你说好不好?"黛玉笑着点头儿。宝玉笑道:"我就是个'多愁多病'的身,你就是那'倾国倾城'的貌!"(见《西厢记》第四折《闹斋》张生唱〔雁儿落〕。)黛玉听了,不觉带腮连耳的通红了,登时竖起两道似蹙非蹙的眉,瞪了一双似睁非睁的眼,桃腮带怒,薄面含嗔,指着宝玉道:"你这该死的胡说了!好好儿的把这些淫词艳曲弄了来,说这些混账话欺负我,我告诉舅舅、舅母去!"说到"欺负"二字,就把眼圈儿红了,转身就走。宝玉急了,忙向前拦住道:"好妹妹,千万饶我这一遭儿罢!要有心欺负你,明儿我掉在池子里,叫癞头鼋吃了去,变个大王八,等你明儿作了一品夫人,病老归西的时候儿,我往你坟上替你驮一辈子碑去！"说的黛玉扑嗤的一声笑了，一面揉着眼，一面笑道："一般唬的这么个样儿，还只管胡说。呸！原来也是个'银样蜡枪头'！（夫人发现张莺二人窃行，'拷红'后，红娘说服夫人，反仇为姻。红娘喜极，去召张生见夫人，张生吓坏！红娘笑他这痴种是个'银样蜡枪头'。）"

虽然把它引来，实在不伦不类，但是至少可从这一段中体会出前面我所说的二句所以为神来之笔的缘故。这样的妙文，直可同垂不朽！

我初见这首词的时候，惊喜无状！天下竟有这样文章？一洗古往今来词人的镂饰手段，一篇纯性灵的东西！便是妇孺也知是天生好言语的。

有人说："不害羞的拿牡丹和自己的面孔相比！旁人说她不如花，便把花也搓碎了！——打人！简直是一个泼妇或是恶丫头！这样的女人拿来入词真丑劣极了！不想你竟赏他，为人可见！怎不看李清照的《减字木兰花》'卖花担上，买得一枝春欲放。泪染轻匀，犹带彤霞晓露痕。怕郎猜道：奴面不如花面好。云鬟斜簪，徒要教郎比并看'呢？这才雅而好呢！"

我答他："牡丹国色天香，檀心锦萼，其艳其丽，为百花之冠，故其敢拿它相比也。吾知此人必不难看，否则若有钟离春之貌，越东施之容，竟拿花来比自己的俏庞儿，岂不叫人背脊发麻！'碎挼花打人'是用花掷人，也不是提着拳头赶人捶他！何得说是'泼''恶'？本词描画少女最佳是此句，而君所病正是此句，谓为解人，安可得乎？若以为李易安的词妙，固为不坏，然殊不知李词正是偷此首《菩萨蛮》，整个地套下来的。章法完全未改，首以花引起全词，然'卖花担上'，取道已远；'泪染轻匀'，远不如'牡丹含露'；'怕郎猜道'已着实，怎如'含笑问檀郎'的天真流逸；'云鬓斜簪'便涉雕镂矣。人间天上，自有定评；见智见仁，无须哓辩，存乎其人耳。"

或又曰："天下词集浩如烟海，佳词夥矣！曷不赏之，寡读此词？"

余曰："天下词夥矣！然非流于刻饰纤弱，即陷于词意晦涩，竟不能得一'真'字，此词得之，吾故爱之也。"

或曰："然则奈格卑词粗何？"

余曰："白石格高矣，梦窗格高矣！一则砌句，一则堆字。吾宁愿读此格卑之小词，吾不愿钻究其堆砌典实，拆碎下来不成片段之乱套，况格何得谓卑耶？若谓词粗，吾更不知其何说也！《三百篇》汝以为词雅邪？此古之里歌巷谣也。何以古今之民歌皆有大价值？得一'真'字耳！若以故典满纸为雅，吾未敢如焉！"

或有谓余曰："何不赏夫后主词？彼格高而又自然者也。"

余曰："后主前期词，赏之矣。后期词，则吾今年才十九岁，容吾四十以后赏之可耳。"

又曰："词之'真'者，止此一首耶？"

余曰："亦不然。"

又曰："若专赏于此者何？"

余曰："汝何以知我专赏于此！挨着来！"于是客乃退。

本词作者是无名氏，真正可惜！词妙如此，竟不得一传其名！也无从查他的著作集，不知有多少同样的好文章埋没了！有人把他列入女作家之内，也只好成为疑案。

古今关于描写女子的文学，也不知多少！现在此附带大概检讨一下，看它的成绩，比本词如何：

描写的内容，不外心情和动作二者，描写的主笔，可分男人和女人二者，先说男之写女，后说女之写己。

男人向来是欢喜模拟女人的心情的，翻开诗选词集，总可以看见许多"闺思""闺怨""闺情"等题目。"甚至于七八十岁了的老头儿，作起诗词来，也老着面皮来试作娇声"，文人为了描绘女儿的温柔的情态，也煞费了苦心！因为这是受人欢迎的，写得逼真了，自然是好诗词，多少人为之倾倒！于是文人拼命地幻想、模拟。他们描写的方法，亦可分为二：一是自居为旁观者的立场，一是自托为女人声口。

上溯至始，《诗经》为首，国风十五，共存有一百六十篇，诗中有关妇女的已有半数，以写恋爱问题为最多，其次即是描写女性生活或女性美的。"喓喓草虫，趯趯阜螽。未见君子，忧心忡忡。亦既见止，亦既觏止，我心则降。"是写妇人。"将仲子兮，无逾我里，无折我树杞。岂敢爱之？畏我父母。仲可怀也，父母之言，亦可畏也。"是写少女。"手如柔荑，肤如凝脂，领如蝤蛴，齿如瓠犀，螓首蛾眉，巧笑倩兮，美目盼兮。"是写其美。

至于辞赋似乎偏于写表面，谈不到"心情"二字，每篇只是用些"明珰""翠羽""罗衣""兰芷"来泛写。及至于诗，则描写的技能比较进步了，描写的方式也更多了。及至词尤甚！再降至曲，描写的范围、技能、方式，越多了。文人胆子也大了，翻开元曲（不限元，明清一样）小令集，差不多首首全是赤裸裸地刻画入微地写女子心态，其托女人声口者，尤多于诗词——几乎全是！可见其描写方式转变之趋势。

在诗中第一类要算怨诗了，玉阶怨、长门怨、宫怨、杂怨，直把天下怨女心写绝了！怨诗悉止万千，现在只举一首，以见其概：

闲把罗衣泣凤凰，先朝曾教舞霓裳。
春来却羡庭花落，得逐晴风出禁墙。

可谓怨绝！

其余若《子夜歌》，写怀春诗，也悉止万千，只举一二为例：

落日出前门，瞻瞩见子度。
冶容多姿鬓，芳香已盈路。

春林花多媚，春鸟意多哀。
春风复多情，吹我罗裳开。

其余此类诗多如烟雾，无法列举。略录一二，想见其意：

碧玉破瓜时，郎为情颠倒。

> 芙蓉陵霜荣，秋容故尚好。
>
> 碧玉破瓜时，相为情颠倒。
> 感郎不羞赧，回身就郎抱。
>
> 昨夜裙带解，今朝蟢子飞。
> 铅华不可弃，莫是蘽砧归。（蘽砧，夫也。）
>
> 打起黄莺儿，莫教枝上啼。
> 啼时惊妾梦，不得到辽西。

按"慧鸟原无意，渔阳睡里迷。妾心自多梦，不敢怨莺啼"，似更凄怨。

此外如"自君之出矣"，常每人一作数首，用写离思，只引其一：

> 自君之出矣，梁尘静不飞。
> 思君如满月，夜夜减容晖。

"强语戏同伴，图郎闻笑声""独立小桥边，听人道郎好"，皆甚得其真。

> 前生注定好姻缘，彩盒欣将定帖传。

诗词会意

> 私展鸾书偷一笑,个人与我是同年。

> 脉脉春情锁两眉,阿侬刚及破瓜时。
> 人来偶话郎家事,低绣红鞋伴不知。

> 屈指三春是嫁期,几多欢喜更猜疑。
> 闲情闲绪萦心曲,尽在停针倦绣时。

写得传神至极!

关于词者,略举数例:

> 小山重叠金明灭,鬓云欲度香腮雪。懒起画蛾眉,弄妆梳洗迟。 照花前后镜,花面交相映。新帖绣罗襦,双双金鹧鸪。

此写梳妆神情如绘,情思亦溢于言外。

> 牡丹花谢莺声歇,绿杨满院中庭月。相忆梦难成,背窗灯半明。 翠钿金压脸,寂寞香闺掩。人远泪阑干,燕飞春又残。

> 花明月暗笼轻雾,今宵好向郎边去。刬袜步香阶,手提金缕鞋。 画堂南畔见,一晌偎人颤。奴为出来难,教君

辑三　诗词杂话

恣意怜。

碧阑干外小中庭，雨初晴，晓莺声。飞絮落花，时节近清明。　睡起卷帘无一事，匀了面，没心情。

春日游，杏花吹满头。陌上谁家年少，足风流。　妾拟将身嫁与，一生休。纵被无情弃，不能羞。

暖日闲窗映碧纱，小池春水浸晴霞。数树海棠红欲尽，争忍，玉闺深掩遇年华。　独凭绣床方寸乱，肠断，泪珠穿破脸边花。邻舍女郎相借问，音信，教人羞道未还家。

落花铺径水平池，弄晴小雨霏霏。杏园憔悴杜鹃啼，无奈春归。　柳外画楼独上，凭阑手捻花枝。放花无语对斜晖，此恨谁知。

乳鸭池塘水暖，风紧柳花迎面。午妆粉指印窗眼，曲里长眉翠浅。　问知社日停针线，探新燕。宝钗落枕梦春远，帘影参差满院。（注：窗眼，谓眉心也，以粉指印眉心也。）

门外猧儿吠，知是萧郎至。划袜下香阶，冤家今夜醉。扶得入罗帏，不肯脱罗衣。醉则从他醉，还胜独睡时。

诗词会意

按，丹徒赵秋舲曾有小令写一女子说他男人醉归情形，描画入微："等得还家，澹月刚刚上碧纱。亲手递杯茶，软语呼名骂。他！只自眼昏花，脚踪〔儿〕乱躐。问着些儿，半晌无回话。〔偏生要〕靠住侬身似柳斜。"读此可知此曲之风味，及词曲之所以不同。（注：〔〕内之字是所加之衬字。）

南高峰，北高峰，一片湖光烟霭中。春来愁煞侬。郎意浓，妾意浓，油壁车轻郎马骢。相逢九里松。

花满院，飞去飞来双燕，红雨入帘寒不卷。晓屏山六扇。　翠袖玉笙凄断，脉脉两蛾愁浅，消息不知郎近远。一春长梦见。

吹箫人去行云杳，香篝翠被都闲了。叠损缕金衣，是他浑不知。　冷烟寒食夜，淡月梨花下。犹自软心肠，为他烧夜香。

红绳画板柔荑指，东风燕子双双起。夸俊要争高，更将裙系牢。　牙床和困睡，一任金钗坠。推枕起来迟，纱窗月上时。

柳絮风翻高下飞，雨笼晴，香径尚泥。女伴笑，踏青好，凤钗偏，花压鬓垂。　乱莺双燕春情绪，搅愁心，欲

辑三　诗词杂话

诉向谁！人问道：因谁瘦？捻青梅，闲敛黛眉。

　　添麝更衣后，挑朱对镜时。故故弄妆迟。日高牵女伴，折花枝。

　　冷香萦遍红桥梦，梦觉城笳，月上桃花。雨歇春寒燕子家。　　箜篌别后谁能鼓，肠断天涯，暗损韶华。一缕茶烟透碧纱。

　　梨云婀娜柳云斜，闲倚高楼数乱鸦。惆怅王孙天一涯。不归家，风雨年年葬落花。

这就是啼香怨粉，怯月凄花的词人的作品，末句怅极！

　　一春心事付眉尖，小院无人风雨纤，落尽桃花倚绣奁。思淹淹，燕子归来不卷帘。

加上以前引过的有关于此的小词，也不为少，然大多数仍是偏重于描写心情，像本词这样忠实可喜地写动作，实不多见。
至于曲子，只举一二首，聊见一斑而已：

　　门外垂杨水拍堤，儿家家住凤桥西。屈指归宁三日期，两难离——一半儿爹娘一半儿你？

　　　　　　　　　　——《一半儿》

诗词会意

东风吹粉酿梨花，几日相思闷转加。偶闻人语隔窗纱，不觉蓦地浑身乍，〔却原来是〕架上鹦哥——不是他！

——《懒画眉》

倚阑无语揢残花，〔蓦然间〕春色微烘上脸霞。相思薄幸那冤家！临风不敢高声骂，〔只教我〕指定名儿暗咬牙！

——《懒画眉》

曲自是曲，词自为词，欲指词为曲，指曲为词，不可得也。其次便谈到女作家的作品了。

上面的《子夜歌》便是出于女子手，但我疑它难免有男子伪托的，所以硬把它列入上面。

第一说关于诗的，上自《诗经》，已有妇女作品，汉之《房中歌》《陌上桑》《箜篌引》《婕妤怨》《白头吟》，魏晋六朝之《阳春歌》《子夜歌》《懊侬歌》《团扇歌》《桃叶歌》，等等，名目至繁，都有籍可查，概不泛引。现在略看唐代以下女诗人的自诉：

自从消瘦减容光，万转千回懒下床。
不为旁人羞不起，为郎憔悴却羞郎。
不喜秦淮水，生憎江上船。
载儿夫婿去，经岁又经年。
莫作商人妇，金钗当卜钱。
朝朝江口望，错认几人船。

昨日胜今日，今年老去年。
黄河清有日，白发黑无缘。

所谓"如花美眷，似水流年"，人间恨事，莫过于此！

清溪一曲柳千条，二十年前旧板桥。
曾与情人桥上别，恨无消息到今朝。

人道海水深，不抵相思半。
海水尚有涯，相思渺无畔。
携琴上高楼，楼虚月华满。
弹得相思曲，弦肠一时断。

流水阊门外，孤舟日复西。
离情遍芳草，无处不萋萋。
妾梦经吴苑，君行到剡溪。
归来重相访，莫学阮郎迷。

读"郎作十里行，侬作九里送。拔侬头上钗，与郎资路用。有信数寄书，无信心相忆。莫作瓶落井，一去无消息"，其词诚挚已极。

羞日遮罗袖，愁春懒起妆。
易求无价宝，难得有情郎。
枕上潜垂泪，花间暗断肠。

诗词会意

自能窥宋玉,何必恨王昌。

那堪花满枝,翻作两相思。
玉箸垂朝镜,春风知不知?

春来春去几经过,不以今年恨最多。
寂寂海棠枝上月,照人清夜欲如何。

卷帘月挂一钩斜,愁到黄昏转更加。
独立小窗无伴侣,凝情羞对海棠花。

自入春来日日愁,惜花翻作为花羞。
呢喃飞过双双燕,嗔我帘垂不上钩。

春风一面晓妆成,偷折花枝傍水行。
却被内监遥觑见,故将红豆打黄莺。

春雨随风湿粉墙,园花滴滴断人肠。
愁红怨白知多少,流过长沟水亦香。
（言外之音,不可细思。）

小窗今日绣针闲,坐对银蝉整翠鬟。
凡世何曾到天上,月宫依旧似人间。

一绾凤髻绿如云,八字牙梳白似银。
斜倚朱门翘首立,往来多少断肠人。

蝉咽庭槐泣素秋,几行新雁度南楼。
天边莫看如钩月,钓起新愁与旧愁。

啼鸟惊回晓梦醒,起来无力倚银屏。
蛾眉未得张郎画,羞见东风柳眼青。

梨花寂寂斗婵娟,银汉斜临绣户前。
自爱焚香消永夜,从来无事诉青天!

故从反面言之,幽怨之至。

妾住横塘小有天,数枝垂柳绿如烟。
深池浅池俱种藕,要使郎君多见莲。

藕谐"我"音,莲谐"怜"音,是谓廋词,即谐音匿意之谓。诗至此打住。下面转到正题,说女词人的作品:

劝君莫惜金缕衣,劝君惜取少年时。
花开堪折直须折,莫待无花空折枝!

诗词会意

是"韶华不为少年留"之意。

  溪山掩映斜阳里，楼台影动鸳鸯起。隔岸两三家，出墙红杏花。 绿杨堤下路，早晚溪边去。三见柳绵飞，离人犹未归！

  薄雾浓云愁永昼，瑞脑销金兽。佳节又重阳，玉枕纱厨，半夜凉初透。 东篱把酒黄昏后，有暗香盈袖。莫道不销魂，帘卷西风，人比黄花瘦。

末三句读之令人消瘦！

  极目楚天空，云雨无踪。漫留遗恨锁眉峰。自是荷花开较晚，孤负东风。 客馆叹飘蓬，聚散匆匆。扬鞭那忍骤花骢！望断斜阳人不见，满袖啼红。

宋有女子幼卿，少与表兄同砚席，雅有文字之好。未笄，表兄欲与订婚。幼卿父母以其未禄，不许。后幼卿适武弁，表兄亦登甲科仕陕。适幼卿随夫亦至陕，相与邂逅。表兄鞭马而驰，略不相顾！幼卿怀怅极，因赋上词。

  说盟，说誓，说情，说意，动便春愁满纸。多应念得脱空经，是那个先生教底？ 不茶，不饭，不言，不语，一

诗词会意

味供他憔悴。相思已是不曾闲，又那得工夫咒你！

因陆放翁病稍疏其妾，恐其疑，作词解之，妾答此词。语意妙甚，已近小曲风味。

去年元夜时，花市灯如昼。月上柳梢头，人约黄昏后。
今年元夜时，月与灯依旧。不见去年人，泪湿春衫袖。

真是好言语！只因妙词传久，视为常言。有等人一看便说："喝！又是他！"马上翻过去看另一篇，天下好词都被这等人毁尽！这等人也终生看不到好词。

迟迟风日弄轻柔，花径暗香流。清明过了，不堪回首，云锁朱楼。 午窗睡起鹦声巧，何处唤春愁？绿杨影里，海棠亭畔，红杏梢头。

一片冰轮皎洁，十分桂影婆娑，不施方便如何？真是嫦娥妒我！ 虽则青光可爱，奈缘好事多磨！仗谁传与片云呵，遮取霎时则个！

朦胧月影，黯淡花阴，独立等多时。只怕冤家乖约，又恐他侧畔人知。千回作念，万般思想，心下暗猜疑。蓦地得来厮见，风前语，颤声低。 轻移莲步，暗卸罗衣，携手

辑三　诗词杂话

过廊西。正是更阑人静，向粉郎故意矜持。片时云雨，几多欢爱，依旧两分离。报道"情郎且住，待奴儿兜上鞋儿"。

全篇大胆的细腻白描偷会神情。

你侬我侬，忒煞情多，情多处，热似火。把一块泥，捻一个你，塑一个我。将咱两个，一齐打破，用水调和。再捻一个你，再塑一个我。我泥中有你，你泥中有我。我与你生同一个衾，死同一个椁。

此赵松雪夫人之作也。真是绝世妙语！

忆把明珠买妾时，妾起梳头郎画眉。郎今何处妾独在，怕见花间双蝶飞。

香欲冷，雨初残，春事无多怕倚阑。侍女不知愁绝处，却持花片向人看。

燕子未随春去，飞到绣帘深处。软语话多时，莫是要和侬住？延伫，延伫，含笑回他："不许！"

我认为上词是吴藻女士最成功的作品，也就是少女自描的最成功的作品，借燕子引起，和他讲话，末二句情深无极。不是燕子问她，却是她问燕子；不是答燕子，却是要燕子答她，诸君莫被她瞒过！

诗词会意

　　日残春暮，年年抛恨，在花间住。一阵东风，梨花如雪，桃花如雨。　教人没个商量，容易把、韶光放去。只恐来时，殷勤问我："春归何处？"

　　此奇"外"词也，意在弦外。

　　愁！几片飞花过小楼。春归否？尚在柳梢头。

　　一片青铜如月，照出妾颜如雪。雪月两堪夸，胜如花。背地檀郎情顾，恰似鸳鸯两个。含笑倚郎肩，月中仙。

　　几欲把愁推去，却被双眉锁住。细软语情郎："何事千情万绪？"无味，无味，牵惹愁肠如许！

　　总算结束了"词抄"工作，妙诗词介绍的也不算少了。总说一句话："有一首能如本《菩萨蛮》天真的没有？"恐怕没有人否认，余词无论描写艺术手段如何，大半都是涉于造作的！

　　《菩萨蛮》是四换韵的调子。从仄韵骤转入平韵，便觉首二句言多而气促，次二句语短而情长。关于换韵的词调，就所知可分三类。如本调，《虞美人》《减字木兰花》等，都每二句一换，平仄读相间。《醉公子》《清平乐》等调，则两换韵，首片仄韵，过片平韵。第三类如《定风波》《南乡子》等，平韵句之间间用二字以叶句末之仄韵，但后句仍归平韵。还有如《调笑令》，除换韵外更就着一句的

辑三　诗词杂话

末二字翻过来作一句,再后叶他的仄韵;又如《西江月》,每片末句改仄亦是一种。总之凡是换韵的调子,读起来总特别有趣。(各调约见散于前所录词内,不再举例。)

本词第五句第三字作仄声字,按字谱不能用仄。此是作者疏忽处,我们不能借口援例以乱格。因本句第四字是"相"字,他本来当仄声用的,但我们往往念作平声,故不甚显。

此外,张先(子野,宋吴兴人,有《安陆词》,与柳永齐名,有"三影"名句,以"云破月来花弄影"为著)有《菩萨蛮》词,与此略同,唯第二句"庭"作"帘",第六句"须"作"刚",末二句作:"花若胜如奴,花还解语无?"奇甚,未知是谁抄谁的,"刚"字不佳。且末二句美人以自己能"解语"与花争宠,意实陋甚!不如"碎挼花打人"远甚矣。

1936年5月2日灯下十一时半

「思无邪」辨义

《论语》引孔子的话:"《诗》三百,一言以蔽之,曰:思无邪。"

这是文学诗学常识。其"新式标点"的办法大多如上所示。如此,读来似甚顺畅,意旨分明。孔圣是以"无邪"二字来解《诗》,来训徒,亦即孔门"诗教"的由来与依据。

翻成今日"白话",大约就是:《诗经》共计三百首之多,但可以用一句话来概括,就是"内容思想要纯正,不许走歪路,胡思乱想,想入非非"。

大致如此,向来的文学史论等,也无大异议。就连戏文,也有好例证,试听《牡丹亭·闹学》这出戏里老塾师陈最良唱的一支《油葫芦》,曲子道是:

辑三　诗词杂话

> 论六经，《诗经》最葩。……不忌妒，后妃贤达。更有那咏鸡鸣，伤燕羽，泣江皋，思汉广，洗净铅华。……没多些，只这"无邪"两字，付与儿家！

老师把"一言"明白地改成"两字"，用于教导女学生杜丽娘和小丫鬟春香。语义很委婉，却又严格，就是你们读《诗》不可思入淫邪。

至于"窈窕淑女，君子好逑"呢，那不属于"邪"，又淑又贤又君，都"正"得很呀。如此等等。

是这样子吗？我怀疑。因何有疑？请听拙议。

第一，孔圣明言是"一言"可蔽全旨，而"思无邪"实为"三言"。何也？

第二，人人皆知"桑间濮上""郑风淫"皆在"三百"之内，笺诗者直言不讳，如何可谓之"无邪"？

第三，孔圣教训己子鲤儿，说：孩子，你为何不去学《诗》？学《诗》可以兴，可以观，可以群，可以怨，还顺带着可以多识草木鸟兽之名，何乐而不为？

他列举了四大作用，四之末就是怨。人们习知：《诗经》的笺注家自古对诗篇的意旨、解说就有"美也"（赞颂、感念）和"刺也"（批评、讽谏）之分，那么怨，岂不就与解《诗》者所指的"美也""刺也"的"刺"相联？这怨刺难道都合乎"正"吗？孔圣在另一场合说："唯小人与女子为难养也，近之则不逊，远之则怨。"他这能会是赞成"怨"？能会是以"怨"为正吗？肯定在他的礼教中

诗词会意

"怨"属于"邪"思,如何又说"可以怨",而又"思无邪"?

第四,也是尽人皆知的,古训讲诗是"诗言志",是"诗者志之所之也"。"志"既是思之所向所趋,故曰"志向""志趣(趋)"。夫既"士各有志""匹夫不可夺志","志"乃各人自怀自定而不受外势所屈者也。那么,又为何只说"诗言志""志之所之"而不言"志无邪"?志有万趋,各随其思,岂能都合乎儒门之"正"?

以上是我所疑,我以为讲之不通。然则,若依拙见,又当怎样去确解那原文本义呢?关键是在于两个字上:一是"言",二是"邪"。

原来,我们祖先之所谓"言",本有以一句为一言和以一字为一言的两种用法。据清道光时名学者王引之所校正重刊本《康熙字典》,所引《左传》"赵简子曰……夫子语我九言"为例,九言指"九句"话。引《战国策》"臣请三言而已矣……曰:海大鱼";《汉书·东方朔传》"凡臣朔固已诵四十四万言",此二例之"言",皆即多少字的字数,正如四言诗、五言绝句、七言律诗之用法,也同于现今还说的著作有数十万言的"言"。

那么"一言以蔽之"的言,究当何者呢?

《康熙字典》恰好也举了它,可是归于《左传》"九言"(九句)之下,意即解为"一句",亦即指"思无邪"为一个整句了,是遵循相沿的传统解法。

但以"思无邪"三字为"一言",可疑诸点已见上述,不可通也。

那么,极通的一个解义就落到了一点上:那"一言"是指"一个字"。这一个字是什么?就是"思"。

如此,孔子原话是:"《诗》三百,一言以蔽之,曰思——无邪。"这不是"诗言志"的同一语义,本无异旨。

至此,人必来问:那"无邪"又如何?虽然将"思"与"无邪"分开读了,实际又有何异?还不是教训人"别走歪路""勿兴邪思"吗?

我说,非也。

邪与耶,古为同字。耶即后来的"爺"(今简作爷)字,古乐府有《上邪》篇,邪是对天的尊称。宝剑名铸师有莫邪,溪有若邪,郡有郎邪,皆无"不正""淫邪"义。

"邪"不但无坏义,而且有"吉庆有余"的"余"义,证据是:

《史记·历书》"归邪于终",注云:邪,余分也;终,闰月也。故《集韵》"邪"字下异读音"余",义为"余也"(还有"蛇"音、"宜"音等异读)。

准此,乃悟孔子原话是说:《诗经》虽富有三百篇,但可用一个字而总括之,即"思"——除此而外没有余义——勿妄作别解也。

"三百"与"一言"紧对,"诗"与"思"也紧对。思才是"一言"的真正所指。"无邪"是附加着重语,而一向误会为"防止"或"告诫"语了。

至此亦可悟知,陆机《文赋》名句"诗缘情而绮靡",其所谓"情",亦即"言志"的"志",亦即"一言"的"思",皆指人的内心、感情、精神上的感发抒写,而下语的目的只在说清诗的"本质"而已,这儿并不赘连着一个什么"教训"的尾巴。

（在古代天文学上管瑞星叫"归邪"。说如星非星,如云非云,名曰归邪,即今所谓之"星云"了。汉代匈奴王名叫呼韩邪,大约正如后世"张爷""李爷"之义,绝非一见"邪"字就想起"邪魔外道""淫乱奸邪"。此虽似题外之义,但也能消除一些牢固难破的沿讹袭误,附说于此。）

一篇《锦瑟》解人难

李商隐这篇《锦瑟》诗,历来都被人认为是难解之作。再加上元好问的《论诗三十首》之十二特别提出了"望帝春心托杜鹃,佳人锦瑟怨华年。诗家总爱西昆好,独恨无人作郑笺",王士禛也跟着起哄,说:"獭祭曾惊博奥殚,一篇《锦瑟》解人难。……"于是它就成了大家猜测的目标。自宋以后诸家的解释,聚讼纷纭,凭空给这首诗增添了无限的神秘和奥妙。

其实,若论难解,义山集中尽有许多诗比它难解得多。对待这种本身有一定的困难而多半是由人哄起来的"难诗",我们却有一个办法,就是力求摆脱那些先入为主的众说,去独立思考,而且应该首先把它看得"平实"些,先不要疑神见鬼,忙着索隐钩深,这样,事情或者会"有好转"。

下面谈我个人对这首诗的理解。

诗词会意

"无端",犹言"没来由""平白无故地",这是诗人的"痴语",不讲道理、硬怪别人的话。那张瑟,本来就依定制要有那么些条弦,好好的,没有什么"不是"或"错误",而诗人忽然来埋怨它:锦瑟啊,你为何有这么多弦!"五十弦",是玉谿写瑟惯用的泛语,他在《和郑愚赠汝阳王孙家筝妓二十韵》中说"因令五十丝,中道分宫徵"(旧注说明筝是由五十弦的瑟"分争"而"破"成的),在《七月二十八日夜与王郑二秀才听雨后梦作》中说"雨打湘灵五十弦"(《楚辞·远游》:"使湘灵鼓瑟兮")可以为证。

"一弦一柱",犹言"一音一节",声声使人感动。承上面用"五十弦",特从瑟的古制而言(后来的瑟只有二十五弦、十七弦),不过是为了制造气氛,以见"华年"往事的丰富、感情的复杂。有人以为:"弦五十,柱亦五十,盖言无端而忽已行年五十,因年五十而思华年之事。"(屈复《玉谿生诗意》)这样讲诗则是未免"胶柱鼓瑟"了(且慢说玉谿根本没有活到五十)。

"庄周梦为蝴蝶"的典故,无待繁引。这句是说瑟曲感人,不复成寐。何以证?玉谿在《偶成转韵七十二句赠四同舍》中说"怜我秋斋梦蝴蝶",在《秋日晚思》中说"枕寒庄蝶去",在《回中牡丹为雨所败二首》之二中说"锦瑟惊弦破梦频"。"庄生晓梦迷蝴蝶",正是"庄蝶"之"去"(迷失,离去,不至),正是"惊弦破梦"所致。

"蝴蝶"的形象和它所引起的一切联想,在此所起的作用,都恰到好处。与李同时齐名的诗人杜牧,在《寄浙东韩乂评事》篇中也写过"梦寐几回迷蛱蝶,文章应广《畔牢愁》"的句子,但从上下文的配合关系来比较，就可看出杜句运用同一典故的效果远逊于玉谿了。

"望帝春心托杜鹃"，只要知道"蜀魄"典故的，这句更无甚难懂处。问题是：这是怎样接下来的？又和瑟有何关系？关系是有的。单看他的《哀筝》，其颈联说："湘波无限泪，蜀魄有余冤！"就非常明白了。固然由于筝瑟之曲本多哀怨之音，另方面也正是因为弹奏者把他（她）苦痛的"春心"寄托在曲调里面了，故此才把它比喻为子规的啼血。苦情可见。

他在《银河吹笙》篇中，曾说："……重衾幽梦他年断，别树羁雌昨夜惊。……不须浪作缑山意，湘瑟秦箫自有情。"大可参看。"重衾"一联的意思，分明和"庄生"这一联是一个类似的思路。

旧日作律诗，多讲究"起承转合"。提起这个，或许有人嗤笑，以为这是陈腐已久的陋规了，何必再加拈举？可是看问题最好两面看。这"陋规"是全由人的空想制造而有的吗？绝非如此。事实上它也是在艺术创作上的一种分析、归纳、概括的结果，其所以成为陋规，另有缘故。仅仅按照这条陋规去作诗文，自然不能保证文章准好，可能很坏，可是好文章却不一定非要脱离、违反这个"规"不可，许多实例证明好诗好文的章法有时竟然就是符合"起承转合"的。明白这一道理，对分析、欣赏古典文学作品，或者也不无些小帮助。

"锦瑟""华年"，不待说，是"起"；"晓梦""春心"，接着说进一层去，这正就是所谓"承"了。那么下面呢？如果此诗的章法也符合"起承转合"的规律，就应该到"转"。转，落在律诗的腹联上，很像词里的"过片"或"换头"。到这里，大抵前面文章达到小小一顿，似结非结，含意待申；下面就重新落笔，或异峰突起，或

诗词会意

藕断丝连，或推笔宕开，或明缓暗紧……手法尽管不同，神理脉络，却是始终贯注的。

解《锦瑟》这首诗，夸张它的困难，是不必要的，但若说连一点儿困难也无有，那也不是平情之论。这首诗，我以为，若有难解之处，端属腹联两句——但也只有这两句。其余的，如已说的头四句和不待说的末尾两结句，都很好懂，实在不应该落个"晦涩"的批评。

这"转"，这"过片"，却实在有些迷离恍惚了。它到底讲些什么呢？理解它，乃成为理解全篇的关键。

古典韵文，格律严整的文体中，往往有"情生文，文生情"的复杂、错综的辩证关系，这又是一种不容忽视或否认的现象。

"沧海""蓝田"，山水并举。蓝田是山名，不是地图上的县名，这一点要清楚。朱注说明："《长安志》：蓝田山，在长安县东南三十里，其山产玉，亦名玉山。"这是很对的，冯注削去此条，不允。杜甫诗："未试囊中餐玉法，明朝且入蓝田山。"（《去矣行》）就是指此了。文字学家讲过，从"仓"得音义的字，如"苍""苓""沧"，都指青碧色。沧海和蓝田正是对仗极工的例子。

"沧海"和"月"和"珠"的关系很密切，玉谿自己的诗曾说："只将沧海月，长压赤城霞。"（《病中闻河东公乐营置酒口占寄上》）又曾说："今来沧海欲求珠。"（《送臻师》）是例。"月明"之境和瑟的关系又是很密切的，钱起诗曾说："二十五弦弹夜月，不胜清怨却飞来。"陈季《湘灵鼓瑟》诗曾说："一弹新月白，数曲暮山青。"是例。"月""珠"互喻，诗中例最多，不烦列

辑三　诗词杂话

举，然后，"海"中鲛人泣"泪"为"珠"的想象，加入进来。于是"月"也、"珠"也、"泪"也，是三是一，几于难辨，于是产生出"沧海月明珠有泪"这一名句，是瑟曲之境界？是春心之苦情？也复是二是一，几于难辨。此所谓"情生文"。

照情理推测，似乎是先有了"沧海月明"这句，而下联是对出来的。此所谓"文生情"。作律诗，这种情况很普通，有点经验的作者都能承认，毋庸讳言。也许不足为训，但事实却是事实。

由"沧海生珠"这个典故和意念，很容易想到它的对子应归到"石韫玉而山辉，水怀珠而川媚"（陆机《文赋》语）这类意思上去。作者可能是由此决定用"蓝田产玉"来作对仗。比玉谿稍晚的司空图记下过早先诗人戴叔伦的话："诗家之景，如蓝田日暖，良玉生烟，可望而不可置于眉睫之前也。"从这来看，可知中晚唐的诗人都知道这个典故和它的含义（这典故的最初出处现在已经迷失了）。作者用来，正好表达了他的"春心"的一面：所谓"刘郎已恨蓬山远，更隔蓬山一万重"，正是一种可望而不可即、可即而不可得的痛苦之情。作者写这一苦情的句子，集中屡见不一，也不烦列举。虽然心似灵犀，只恨身非彩凤，"一寸相思一寸灰"，正都是这种苦情。

此所谓"情生文""文生情""情文相生"。

情文相生的结果，往往比作者原先初步所构思的，就要更丰富些。例如刚才说过，这一联主要由"水怀珠""石韫玉"这一副简单而且合掌的对仗启发、生发而构成，可是写成之后，由于诗人天才的想象、联想，巧妙的结合、酿制，那效果作用就大大的不同了。这里的关键，却又转而落到"月明"和"日暖"两个迥然不同的境界上去，而其终究，则依然是为一个主题服务。他的《曲池》诗曾说明："日下繁香不自持，月中（犹言月光之下）流艳与谁期？"正也是在于说明：境界虽殊，痛苦则一。再参看他"荷叶生时春恨生，荷叶枯时秋恨成"（《暮秋独游曲江》）的话，词语各不相蒙，而消息却可合参。他自叙其"拙诗"时也说："晓用云添句，寒将雪命篇。良辰多自感，作者岂皆然？……题时长不展，得处定应偏。……星势寒垂地，河声晓上天。夫君自有恨，聊借此中传。"（《谢先辈防记念拙诗甚多异日偶有此寄》）这些如果能结合起来体会，对于理解"沧海""蓝田"一联，就有不少的帮助。

一结，是"合"，归结到"起"；"华年"之"思"，亦即"此情"之"忆"。"可"，意与"何"同，诗中常通用，"可待"即"何待""哪待"。说此情岂待今朝追忆才无穷怅恨，即在当时已是不胜惘然了。然则，此际的追忆，其令人难以为怀的程度，就更可想而知了！两句话，却有几个层次。

瑟类乐曲最容易引起诗人感情上的激动，玉谿自己说得好："庾信生多感，杨朱死有情。弦危中妇瑟，甲冷想夫筝。"（《送千牛李将军赴阙五十韵》）《锦瑟》这首诗虽然绝不是咏"锦瑟"这件"物"，却实是写听瑟曲而引起的情怀。

情怀，情怀，到底作者是写什么样的"情怀"，何等的"春心"呢？总要有个大概的答复，还是请作者自己来说，更为明白。请看下面的句子：

辑三　诗词杂话

泪续浅深绠，肠危高下弦。
红颜无定所，得失在当年！

——《晓坐》

柔情终未达，遥妒已先深。
……
蜡花长递泪，筝柱镇移心。
觅使嵩云暮，回头灞岸阴。
……

——《独居有怀》

声名佳句在，身世玉琴张。
……
骅骝忧老大，鸀鸟妒芬芳。
……

——《崇让宅东亭醉后沔然有作》

　　他这些话，可说都是本篇最好的注脚。"得失在当年"，正就是"一弦一柱思华年"和"只是当时已惘然"。他是"多感""有情"的人，可是任你"声名佳句在"，终究无济于"身世玉琴张"，因此他就感叹"多情真命薄，容易即回肠"（《属疾》）了。所谓"青楼有美人，颜色如玫瑰。歌声入青云，所痛无良媒。少年苦不久，顾慕良难哉"（《戏题枢言草阁三十二韵》），这就是他一生的心事。我

193

想，这都是足够明白的诗句。

从这来理解《锦瑟》（乃至他的许多《无题》诗），并没有了不起的难处，旧来的"咏物""悼亡""忧国""令狐青衣""适怨清和""自比文才"等穿凿附会之说，也自然不辩自消了。

李商隐的艺术手法是非常高超的。他最善于制造气氛，传达境界；他最善于运用形象，以实写虚，很少概念化；他最擅长"比兴"手法，不多用"赋"（直陈，平叙），他的想象、联想都非常的丰富、精妙，他的表达方式十分深婉曲折，出语有味，耐人咀嚼；他的作品的音乐性非常强，格律精，音乐美；他继承了《离骚》的"美人香草"的传统，创造了别人所绝无的一种芳馨悱恻之风，精深华妙之格，最富有一唱三叹的韵味。这于《锦瑟》中可窥一斑。

普通的印象，往往以为李商隐是一位"艳体"诗人，他的风格是"缛丽""纤丽""浓丽""艳丽"。这如果不是一个严重的错觉，也是一个老大的误会。假使定要下两个字，那么我觉得还是《旧唐书》所下的"清丽"二字比较接近实际些。试从这篇诗看，他的风格确是清而且丽的。他的词采，是落落大方的家数，也不是纤细。

李商隐并不是一位只有词采，没有内容的作家，他的词采、技巧都是配合他的思想感情而为之服务的。

当然，所谓他的词采、技巧是为他的思想感情服务，并不等于说他的思想感情一概是可取的。要讨论他的思想感情，牵涉遂广，不是本文的目的，但有一点可以附带指出，李商隐这个"虚负凌云万丈才，一生襟抱未曾开"（崔珏《哭李商隐》）的诗人，感情丰富而真挚，绝不同于某些"风流侧艳""轻薄佻达"的庸俗作家那样令人不可向迩。单是他屡屡托于"杜鹃"以表春心，已足见他的心情是何等沉痛！这岂是儇薄轻浮的人所能具有的感情？"春蚕到死丝方尽，蜡炬成灰泪始干！""深知身在情长在，怅望江头江水声！"这种感情的确是一种可以唤起读者的同情，使读者深受感动的感情。

从这些点来看，李商隐也不像是一个"无行"的文人，像有些人把他说成"轻躁浮华，偷合反复"那样。因为我们知道，一个作家的作品的风格，也就是他的人格、性格的一种反映。

再论周美成上元词

美成《解语花》上元词，全以"因念"二字为过脉，实境、虚境交相映照。以章法论，非罕见也，但美成写来格外出色，今之语所谓"有代表性"是也。何以独取上元为题？盖此节日最是人民生活中头等太平乐事。及时世既移，年华不再，心境惘然，追念昔年岁时节序之欢，辄怅怏不能为怀，故词家多谱此事，非学步效颦也，不谋而合也，亦即人人所有之情怀，有不得已于言者也。故美成此篇用笔绮丽，而主眼只在"年光是也，唯只见，旧情衰谢"两句耳。寻其参证，随手拈举，若向子諲，自"紫禁烟花一万重""人物嬉游陆海中"写起，至"而今白发三千丈，愁对寒灯数点红"（《鹧鸪天·紫禁烟花一万重》）煞拍。若毛滂，上言"闻道长安灯夜好，雕车宝马如云。……玉皇开碧落，银界失黄昏"，下便云"谁见江南憔悴客，端忧懒步芳尘。……酒浓春入梦，窗破月寻人。"（《临江仙·都城元夕》）章法全同，而前后两联特胜。又若李易安之《永遇乐·落日熔金》，脍炙人口，其上阕先写谢绝游侣，无心随赏之意，出笔特与众异。下阕另起追忆，曰"中州盛日，闺门多暇，记得偏重三五。铺翠冠儿，捻金雪柳，簇带争济楚。如今憔悴，风鬟霜鬓，怕见夜间出去。不如向、帘儿底下，听人笑语。"笔墨不同，而章法神理与美成一也。姜白石云："芙蓉影暗三更后，卧听（tīng）邻娃笑语归。"情境亦一也。吴梦窗独标异彩，乃云："卷尽愁云，素娥临夜新梳洗。暗尘不起，酥润凌波地。辇路重来，仿佛灯前事。情如水，小楼熏被，春梦笙歌里。"（《点绛唇·试灯夜初晴》）其笔墨超妙，境味清绮，手法又别，而细按之，实际之怅然怀抱，其致亦一也。至旷达如坡老，宜于此事不同流辈，然其在密州值元夕，亦不禁今昔之情，至云："灯火钱塘三五夜。明月如霜，照见人如画。帐底吹笙香吐麝，此般风味应无价。"写境界又与美成暗合。下云："寂寞山城人老也。击鼓吹箫，乍入农桑社。火冷灯稀霜露下，昏昏雪意云垂野。"两相比照，读之令人不胜悲慨。

如是种种，足见上元风俗，关系于吾民族之诗心画境与夫物华人事之感叹者，为何如耶，岂可以为小事而不深思哉。至于欧公之"不见去年人，泪湿青衫袖"（《生查子·元夕》），稼轩之"众里寻他千百度，蓦然回首，那人却在，灯火阑珊处"，又令情痴情种为之泪尽心绝者，然美成"钿车罗帕"一韵，亦已隐隐包之。梦窗最富才藻，而"素娥"一处亦不脱美成思路。美成所以为大家，于此参之。又白石词，世竞赏其《暗香》《疏影》，静安已有微词，但白石《鹧鸪天》诸曲，专写岁时节序者，无一篇不佳。如"隔篱灯影贺年人"，如"卧听邻娃笑语归"，皆其最佳之作，顾世人绝少选录称赏，信乎谈艺之难欤。

宋人绝句评赏

太宗——赐陈抟

曾向前朝号白云，后来消息杳无闻。
如今若肯随征召，总把三峰乞与君。

赵匡义继匡胤为太宗，史家评议之，京戏搬演之，非此处所论，此则论其能诗，非复乃兄武人矣。陈抟者隐于"山中白云"，得道之人，民间俗称"老祖"，相传《太极图》是他之作。陈祖乃自"五代"（梁、唐、晋、汉、周）入宋之人，而宋太宗欲召之，以光新朝贤政。"三峰"，武当山、华山、少华山。乞与，即今言给予。乞音去声如"气"，其义正与"求"反。此汉字正反双义词之妙例也。范石湖诗："乞汝青铜买酒回"，是说打发那下乡索钱的胥吏之辈，"送你几文钱喝酒吧"，应付之词也，乞字用法正同。（而某名家注

范诗竟以为是"农家向来人"索钱,失之远矣。)

帝王口吻,而语气和婉。征召,非真欲道者服官,只要"进京面圣",表示归顺而不作"骄",带一新封号回山,一切大吉祥了,亦是"善诱",不敢"势逼"。

有宋一代,诗是"大业",不逊于唐。做皇帝也须会作诗。思之有味于吾心。

徽宗——赐燕帅王安中荔枝

保和殿下荔枝丹,文武衣冠被百蛮。
思与廷臣同此味,红尘飞鞚过燕山。

读徽宗此诗,令人感喟百端,非复文字间细故可比。盖燕山本宋之一府,重镇河朔,以控辽金者也,而卒陷于金,另为燕京,即今北京之地是矣。是故,句中"百蛮"与南疆无涉,即借喻北方少数民族之眈眈于中原者。赐荔枝于燕帅,重北镇也,而意中又暗与唐玄宗相较比:玄宗飞马致荔枝,只为宠一杨太真耳,故句用"一骑(jì)红尘妃子笑,无人知是荔枝来"也。谁料,日后燕山沦亡,徽、钦二帝亦被掳而东系,国亡身辱,百代兴嗟。

"衣冠",教化之喻词,故曰"被",即梁贤周兴嗣《千字文》所谓"化被草木,赖及万方",被是"衣冠"(动词)"及于"之义。王维《和贾至舍人早朝大明宫之作》名句:"万国衣冠拜冕旒",此衣冠又一用法。

过,到、至、诣……也,如"过从""过访""过我小饮"……

皆"来到"之意也,勿与今日俗语"经过"相混。鞁,去声。古代由数千里外致鲜果,只靠飞马狂奔,不惜人马疲顿至死,本虐政耳。"红尘",特指京都繁华最盛之地。

徽宗——赵昌江梅山茶

赵昌下笔摘韶光,一轴黄金满斛量。
借我圭田三百亩,真须买取作花王。

题画诗,不贵拘拘于所绘何花何叶,但脱题而写意,方见风流文采。赵昌最工于花鸟,得其幅,名贵之至,可抵黄金一斗,无价宝也,极力渲染。复言愿买广田供奉良工佳卉,而身份便是花王之尊了。尊花王,有贬"人主"之语气方觉不俗,若以为做了皇帝还欲再占花主,则不可向迩矣。

轴,入声,属仄。圭田,古代卿、大夫供祭祀用的田地。

附按:《红楼梦》写宝玉幼时,自号"绛洞花王",寓意亦暗与"人主"为对,而非高踞花上为花之"主人"也。"花王"者,己身亦一花之喻也,须辨。

徽宗——宫词(上)

玉钩红绶挂琵琶,七宝轻明拨更嘉。
捍面折枝新御画,打弦惟恐损珍花。

首二句极写宫廷琵琶的考究豪华,连挂它的钩绶都非俗品,而

诗词会意

其捍拨竟为七宝所制,珍贵可想。但这并非主旨,主旨在后二句,说"捍面"上是御笔所绘折枝花卉,弹弦时怕将御绘珍迹磨损,不敢用力。此乃徽宗自显身为皇帝,却精于丹青画艺。宫中生活,至此可谓高雅至极矣。然而这种"艺术家皇帝",不能治国御敌,终致败亡,历史悲剧性人物,亦由此透露一斑了。

琵琶在早只用捍拨弹弦,不用手指。其背面勹形,名为"槽",上品称为柘槽。其正面以良桐为之,弹弦之韵分加一保护装饰件,叫作"捍面"。

徽宗——宫词(下)

清晨檐际肃霜鲜,晓日初销万瓦烟。
隆德重阳开小宴,竞将黄菊作花钿。

此篇视上篇较为高明可喜。写清秋晓日,万瓦销烟,极目是佳句。然亦非本旨所在,其巧思留在后二句,写重阳节隆德殿小宴,宫眷都把黄菊簪鬓边,以真花代替了假花(花钿),笔致脱俗,然只小巧而已,非上品也。

孝宗——题刁光胤画册·雪里山茶

一枝残雪照山城,春意原非复后生。
羞把红颜媚儿女,梅兄知我岁寒情。

此篇颇见品格,气味胜过徽宗。复后,谓冬至一阳生来复之气候。梅兄，此处已由作者移向山茶立足境，为之代言，称曰兄者，以梅开花最早也。虽曰代言，而岁寒情愫兼作者自身而双关之。此即诗异于文之妙处。宋南渡后，孝宗为唯一可望恢复河山的君王，亦曾一度奋发振作，颇能慰抚官民颙望。惜未能善始善终，仍归画饼。此即范、杨、陆诸大诗家之深悲也。

杨皇后　宫词

后院深沉景物幽，奇花名竹弄春柔。
翠华经岁无游幸，多少亭台废不修。

云影低涵百子池，秋声轻度万年枝。
要知玉宇凉多少，正在观书乙夜时。

二诗极佳，出于宫眷之春笔，尤为难得。深、幽二字，写尽宫闱岑寂之境，而奇、名二字又复点出此非民间居处之地。翠华，皇帝车驾仪仗之代词。末句感叹，正见国家之阽危、心绪之忧患，无愧后妃贤德。

前篇写春，次首写秋。秋声暗度，极善表达处境、内心之拍合。乙夜，谓古以甲、乙定宵中更次也（如初更、三更之更漏析声）。乙夜，夜已见深，人境俱达最静时也，故秋气秋声，凉意至此时方觉倍加难遣。

陆放翁诗漫举

南宋诗坛四大家,是尤、杨、范、陆四家诗人。看来,陆居最末。其实,在这种地方来争"名次",那却是为名次所骗了。问题原在中国语文的特点上面——时时因四声关系而发生声调上的"安排和谐"(读起来顺口、好听)的现象。历史上有名的一则文人佳话是,唐初"四杰"中的杨炯向人表示:"愧在卢前,耻居王后。"那也就是"名次"之争。王、杨、卢、骆,尤、杨、范、陆,拿来一比,道理自明。在这种地方,平、上、去、入的"力量"原居首位,和"前茅""后殿"之分可说关系不大。可惜杨炯及其同时流辈,对此声调之理尚未注意及之,以致期期而争,自今视之,就觉得大可不必了。

南宋四大家中,以年龄长幼序,以诗篇富俭计,尤、杨、范三家都应以兄视陆。以推陈出新而言,陆不及杨;以关切民生而论,陆不逮范,但陆的爱国篇章之多,与其呼声之响亮,则为杨、范所不能匹。扬钟振鼓,气涌如山,是以醒人也猛,入人也易。历来知陆者多,道陆者众,大抵以此。

陆放翁蒿目时艰,忧心国势,满腔义愤,不能自已,形诸梦寐,见于吟哦,触事而发,拈毫即来,举不胜举。其六十一岁时所作《书愤》,久为人传诵。句云:

> 早岁那知世事艰,中原北望气如山。
> 楼船夜雪瓜洲渡,铁马秋风大散关。
> 塞上长城空自许,镜中衰鬓已先斑。
> 出师一表真名世,千载谁堪伯仲间!

放翁此诗与其他诗人的爱国篇什之不同,在于他是以国家之干城自许,自认有能力带兵,杀敌救国,壮志极豪,又叹息朝廷只知妥协求安,不肯任用贤才,以致自己只能老死山间。他所说的"出师一表""谁堪伯仲",隐然有以诸葛亮自拟之意,可见他的自信是多么坚强了。再拿他的《追忆征西幕中旧事》绝句来合看,其心事尤为昭然若揭:

> 大散关头北望秦,自期谈笑扫胡尘。
> 收身死向农桑社,何止明明两世人!

> 小猎南山雪未消,绣旗斜卷玉骢骄。
> 不如意事常千万,空想先锋宿渭桥。

诗词会意

所以他时时有"志士凄凉闲处老,名花零落雨中看"的悲哀蟠踞胸中。

放翁诗中屡次提到的大散关,在今陕西宝鸡西南。南宋初,高宗绍兴三十一年(1161年),宋、金为争夺大散关曾有剧战,到后来,订立投降和约,割地纳款,东以淮河为国界,西即以大散关与金为限,加以诗人曾随宣抚使王炎做过幕僚,到过陕中,所以他时时忆及当年"从军"之事,写以壮语。试读其《山南行》:

> 我行山南已三日,如绳大路东西出。
> 平川沃野望不尽,麦陇青青桑郁郁。
> 地近函秦气俗豪,秋千蹴鞠分朋曹。
> 苜蓿连云马蹄健,杨柳夹道车声高。
> 古来历历兴亡处,举目山川尚如故。
> 将军坛上冷云低,丞相祠前春日暮。
> 国家四纪失中原,师出江淮未易吞。
> 会看金鼓从天下,却用关中作本根。

他看出,要图抗金,江淮岂足利赖,根本大计,端在关中(亦即其"感事"诗所谓"鸡犬相闻三万里,迁都岂不有关中""庙谋尚出王导下,顾用金陵为北门"),成竹在胸,目光如炬。诗笔精整而又遒实,气势甚壮;其摹写景物,形象生新,尚在其次。是以评家说,放翁古体诗篇实胜其七律,而浅者往往只能赏及后者,恐不为得也。

辑三　诗词杂话

放翁的这种诗句,无论是针砭朝廷的昏庸,还是激扬义士的斗志,乃至表达人民的愿望,从任一方面来说,在当时都发生了不可低估的意义和作用。对于后世,影响尤大。

在不同的天气里,风雷雨雪,都能引起放翁的爱国热情。例如,《十一月四日风雨大作》一题,他写道:

僵卧孤村不自哀,尚思为国戍轮台。
夜阑卧听(去声)风吹雨,铁马冰河入梦来。

又如他在《雪中忽起从戎之兴戏作》一题中也写道:

铁马渡河风破肉,云梯攻垒雪平壕。
兽奔鸟散何劳逐?直斩单于衅宝刀。

群胡束手仗天亡,弃甲纵横满战场。
雪上急追奔马迹,官军夜半入辽阳。

无不豪情壮语,激励人心。

当然,也不能不看到,诗人的爱国之情虽无虚假,作为感动读者的诗句来说,有时也要分别实情和拟作。所谓拟作(放翁自称为"戏作",总之是一样),就是为表现而表现,结果也就容易流为一种空言或高调,特别是当他在那万首之富的一部集子里把同一的或类似的意思反复写来写去,再三再四,形迹似别,而内容悉同,读多了，就不免给人以空泛而单调之感。因此有的陆诗选注者一面选其《醉歌》诗：

> 百骑河滩猎盛秋，至今血渍短貂裘。
> 谁知老卧江湖上，犹枕当年虎髑髅。

一面于注中指出：放翁写他猎虎的往事集中不下六七件，但"或说箭射，或说剑刺，或说血溅白袍，或说血溅貂裘，或说在秋，或说在冬"，甚至清初一位"师法陆游的诗人也要说：'一般不信先生处，学射山头射虎时'（曹贞吉《珂雪二集·读陆放翁诗偶题》五首之三）"，正足说明这个问题了。

在清代中叶，还有一位著名的诗人赵瓯北（翼），他曾因读放翁诗而有作，大意云：放翁口口声声说要从戎杀敌，叹息平生无用武之地，可是要真的使放翁有了率师阵战的机会，其结果则可能是大败而归。诗写得很滑稽有趣，读之令人失笑。赵瓯北是整个清代诗人中最最推崇佩服放翁的人，他出此语，绝无轻薄之意，而是指出古代书生好为大言之情。我们当然也不应该全以"实效"来责备诗人的言志托意，但是上面的例子却可以看出放翁的空言高调，终究多少给读者以不实的感觉，难以尽掩。因此，我们要领会陆诗的真正价值，具眼认取其佳作，就须不为假象所误。放翁《读史》诗有云："南言莼菜似羊酪，北说荔枝如石榴。自古论人多类此，简编千载判悠悠！"论文又何尝不然。即如放翁有《山头鹿》篇，写道：

辑三 诗词杂话

> 呦呦山头鹿，毛角自媚好。
> 渴饮涧底泉，饥啮林间草。
> 汉家方和亲，将军灞陵老。
> 天寒弓力劲，木落霜气早。
> 短衣日驰射，逐鹿应弦倒。
> 金槃犀筋命有系，翠壁苍崖迹如扫。
> 何时诏下北击胡，却起将军远征讨？
> 泉甘草茂上林中，使我母子常相保。

这种诗，虽然也还不就是放翁的至佳之作，但就形象譬喻、事理感情来说，都比那些一味高调空谈为深刻感人得多了，而选者却往往遗此而取彼。

放翁另有《溪上作》一首七律：

> 伛偻溪头白发翁，暮年心事一枝筇。
> 山衔落日青横野，鸦起平沙黑蔽空。
> 天下可忧非一事，书生无地效孤忠。
> 东山七月犹关念，未忍沉浮酒盏中。

《东山》《七月》，都是《诗经》的篇名，前者指军士之事，后者言农家之情，这也正就是"天下可忧非一事"的实际内容。换言之，放翁所关怀的，不只国势军戎，也还有民生疾苦。举一首《首春连阴》为例：

诗词会意

> 入春十日九日阴，积雪未解雨复霾。
> 西家船漏湖水涨，东家驴病街泥深。
> 去秋宿麦不入土，今年米贵如黄金。
> 老妪哭子那可听，僵死不覆黔娄衾。
> 州家遣骑馈春酒，欲饮复止吾何心。
> 出门空叹岁华速，已见微绿生高林。

州官对罢职闲居的"乡绅"应酬很周到，宋朝的士大夫享有特权，待遇非常优厚，可是放翁有酒难咽，看到、听到人民的困苦，此心何忍！这种诗，无论从内容看还是就艺术言，都是很好的作品，感人至深。

但是，也应指出，放翁所写的更多的有关农民的诗句，却是以"田家乐"之类为多。说得明白些，就是乡绅地主以他们的观点来看事物，说农家的生活如何如何"快活"，或则写到农民父老们见了他如何殷勤款待，而评选家们却往往凭了这些而侈言放翁的思想感情是如何的已与农民"打成一片"云云，则是有些太不顾事实了。

放翁有《九月七日，子坦、子聿俱出敛租谷，鸡初鸣而行，甲夜始归，劳以此诗》一题，这是说他的两个儿子出去收租敛米，十分"劳苦"，故作诗以"慰劳"之。诗起首说：

> 仲秋谷方登，螟生忽告饥。
> 艰难冀一饱，俯仰事已非。
> 贷粮助耕耘，客至更相依。
> ……

辑三　诗词杂话

这就是地主在春耕时放粮出贷，秋收时追本取利，根本不是什么"客至相依"的事情。诗继言：

　　共敛螟之余，存者牛毛稀。
　　吾儿废书出，辛苦幸庶几（读如机）。
　　夜半闻具舟，怜汝露湿衣。
　　既夕不能食，念汝戴星归。
　　手持一杯酒，老意不可违。
　　……

则是对儿子夜出收租敛谷的"辛苦"心颇不忍，而农民如何呢？放翁接云：

　　官富哀我民，榜笞（责打逼租）方甚威。
　　渠亦岂得已，抚事增歔欷！

至此，地主诗人完全道出了心事，因为自己要逼敛"螟余"（虫灾所剩）的一点儿粮食，也是出于"不得已"啊！

我们清楚地看到，南宋乡绅和官府是如何的站在一起向穷苦小民施加压榨的残酷事实。如果说这种诗有什么"价值"，那恐怕就在于它证实了这一历史事实吧！但绝不会像评选家们所说的什么"打成一片"。他们一方面隐讳放翁的这一侧面，一方面又肆行美化他和农民的"良好"关系，殊非科学的态度。

诗词会意

放翁诗全集，万首之富，绝大部分是写景寄情之句，颇多佳作。例如，《临安春雨初霁》云：

世味年来薄似纱，谁令骑马客京华。
小楼一夜听春雨，深巷明朝卖杏花。
矮纸斜行闲作草，晴窗细乳戏分茶。
素衣莫起风尘叹，犹及清明可到家。

有目共赏，众口脍炙。《西村》云：

乱山深处小桃源，往岁求浆忆叩门。
高柳簇桥初转马，数家临水自成村。
茂林风送幽禽语，坏壁苔侵醉墨痕。
一首清诗记今夕，细云新月耿黄昏。

写得极好，其一种清新灵秀之气扑人眉宇。

不过，放翁的七律，其病亦显然。最不可取的是两联对句时时有意凑对子，为作诗而作诗，以致琐屑纤巧，落于小家数。像"重帘不卷留香久，古砚微凹聚墨多"这种联语，致为《红楼梦》作者曹雪芹（借黛玉之口）所讥，知道此事的人已经很多了。其实，放翁联语尽有并此亦不如的，如"活眼砚凹宜墨色，长毫瓯小聚茶香""临窗静试下岩砚，欹枕卧看灵壁山"，都又下前例数等，实是已堕恶道。这是难以为贤者回避的。

212

指出这些,绝不是要贬低放翁的价值,恰恰相反,汰去糟粕,精华乃益见光彩,愈是盛名久享的名家大家,愈是需要认真地去抉别他们的短长美丑,使之各不相掩,而后真面愈见。

放翁工于诸体,五七言古诗而外,七言绝句也极多佳篇。提到放翁的七绝,首先令人想到的会是那首传流众口的《剑门道中遇微雨》:"衣上征尘杂酒痕,远游无处不消魂。此身合是诗人未?细雨骑驴入剑门。"这样的小句,写得确是很有风致,但终嫌作态自喜,不能尽免于"习气"。我认为放翁七绝中最好的篇章,还要属另一种。例如《初夏绝句》:

纷纷红紫已成尘,布谷声中夏令新。
夹路桑麻行不尽,始知身是太平人。

小诗写春尽夏初的景色,摄尽神理。南宋时候,江南农村得到相对的安定,生产大为高涨,诗人也反映了这种情况。但是,这都不是诗人的本旨。他的高妙的手法,只在"始知"二字,微微唱叹,却说尽了无限的感慨:当时举国上下,贪图苟安,以为暂时危机未迫,即是升平乐世,而诗人则久而不忘根本大事,忧心矍矍。仅此四句,亦深喟,亦微讽,看似轻描淡写,而实不啻暮鼓晨钟,允称高手。

又如《小舟游近村,舍舟步归》之四:

斜阳古柳赵家庄,负鼓盲翁正作场。
死后是非谁管得?满村听说蔡中郎。

诗词会意

小诗写出了民风土俗,农村娱乐之事,情景如画,真是自然而然,略不假于雕琢藻饰。而古今是非,莫谓死后即空,自有人民在说,听曲艺鼓书时议论评判,这就是他们自己"史论"的形式和"演说"的讲坛。

这种小诗,不矜才,不使气,不作态,而尺幅千里,包容广大,这才是放翁的绝作。

放翁,名陆游,字务观,山阴(今浙江绍兴)人,生宣和七年(1125年),卒嘉定二年(1209年),寿八十五岁。一生著作极富,散文造诣尤高。十二月二十九日,临终,尚赋《示儿》诗,全篇云:

死去元知万事空,但悲不见九州同。
王师北定中原日,家祭无忘告乃翁。

这是这位老诗人一生的爱国精神的总结,赍志而殁,死不忘国,感人最深。在历史上每当民族蒙难、外祸侵寻之际,诗人遗作所发生的长远影响,辄复显示于世。

林黛玉三首长歌行

一

说《葬花吟》

花谢花飞花满天,红消香断有谁怜?
游丝软系飘春榭,落絮轻沾扑绣帘。
帘中女儿惜春莫,愁绪满怀无处诉。
手把花锄出绣帘,忍踏落花来复去?
柳丝榆荚自芳菲,不管桃飘与李飞。
桃李明年能再发,明岁闺中知有谁?
三月香巢已垒成,梁间燕子太无情!
明年花发虽可啄,却不道人去梁空巢也倾。

诗词会意

一年三百六十日，风刀霜剑严相逼。
明媚鲜妍能几时？一朝漂泊难寻觅。
花开易见落难寻，阶前闷杀葬花人。
独把香锄泪暗洒，洒上花枝见血痕。
杜鹃无语正黄昏，荷锄归去掩重门。
青灯照壁人初睡，冷雨敲窗被未温。
怪奴底事倍伤神？半为怜春半恼春。
怜春忽至恼忽去，至又无言去不闻。
昨宵庭外悲歌发，知是花魂与鸟魂？
花魂鸟魂总难留，鸟自无言花自羞。
愿奴胁下生双翼，随花飞落天尽头。
天尽头，何处有香丘？
未若锦囊收艳骨，一抔冷土掩风流。
质本洁来还洁去，强于污淖陷渠沟。
尔今死去奴收葬，未卜奴身何日亡？
奴今葬花人笑痴，他年葬奴知是谁？
试看春残花渐落，便是红颜老死时。
一朝春尽红颜老，花落人亡两不知！

——周汝昌校本

在《红楼梦》中，《葬花吟》与林黛玉是二者一、一者二的微妙关系，如果没有《葬花吟》，似乎林黛玉这位少女诗人也就很难存在；反过来说，如果林黛玉没有《葬花吟》，那么她的思想感情、品

辑三　诗词杂话

质气味就不能让读者得到一个最鲜明、最美好、最深刻的艺术审美印象。从这个意义上说,我要讲讲《葬花吟》,因为若能讲好了,就等于对《红楼梦》的全书大旨思过半矣,也就是说,这首诗的代表性和它的艺术魅力、审美影响远远超过了它本身,而散发着更大、更多、更美、更感人的影响。

"葬花",在我的印象中似乎是曹雪芹首创的一个文学语言,只这两个字便给读者带来那么丰富深切的情和美的感受。在雪芹之先有没有更早的诗人已然创造了"葬花"这个词语?自愧不敢断言,我只记得北宋大词人周美成(邦彦)的一首《六丑》词里说过:"……夜来风雨,葬楚宫倾国……"写的是风雨把世上最美的美人给埋葬了,比喻风雨摧残园中的名花,这个"葬"字十分突出。再看南宋词人吴文英的一首《风入松》开端写道:"听风听雨过清明,愁草瘗花铭。"瘗者何也?就是葬字的另一个同义词,吴文英的词句说每到清明时节必多风雨,而这时正是好花盛开的时候,偏偏风来雨来,以致落红满地,这就等于埋葬了名花。我举的这两例,一用葬,一用瘗,实际上是停留在比喻的修辞手段上,并不是词人把花瓣埋在坟里。

关于诗人对待好花的态度和方式已有很多,如供花、对花、赏花、拈花、咏花、绘花……都是不难看到句例的,此外,我本人更喜欢的却是一个"扫花",提起扫花,在我这有限的知识里先有晚唐名诗家小杜(牧),诗中已然出现了"扫花帚"这个词语了;再如,汤显祖的《邯郸记》有一支曲子唱道是:"翠凤毛翎扎帚叉,闲为仙人扫落花。……"又如,雪芹的祖父楝亭(曹寅)自号"西堂扫花行者",我非常喜欢这个别号,其内涵、感情至为复杂、深切、悲痛，而行者是带发修行的人，文雅的称呼叫"居士"……所有这些都赶不上雪芹所创造的"葬花"一词，更非寻常可比，我给这个词语起一个标号形容它是"悲艳"，这个美学概念也就是《红楼梦》的一种审美风格之所在。我又想起令我最为感动的一首名作是东坡居士的《寒食》诗，他是这样写的："自我来黄州，已过三寒食。年年欲惜春，春去不容惜。今年又苦雨，两月秋萧瑟。卧闻海棠花，泥污燕支雪！"东坡的这一句实际就是说风雨葬送了海棠花，只不过是他还不忍得明明白白地用上那一个"葬"字。明白了这些道理，然后再看雪芹的"葬花"二字，你才不由得震动心魂，它是多么新、奇、悲、艳呀！你若懂了这个诗题，你才有资格读《葬花吟》的正词。

《红楼梦》中有几位少女可以看作是主角贾宝玉的代言人，举例而言，妙玉是他的人生哲学观的代言人，薛宝钗是他的传统道德、伦常、为人处世的代言人，而林黛玉则是诗的代言人。统观《红楼梦》，林黛玉所作诗篇甚多，就我个人的爱好而言，则首推三篇歌行：《葬花吟》《秋窗风雨夕》《桃花行》，而居首的《葬花吟》因为它进入读者眼目心灵最先、最早，所以影响最大，如今我们把这篇歌行长篇略为梳理解说一下，可能不仅仅是对本篇诗句的理解有所帮助，就是充其量而言之，甚至可以说它对理解全部《红楼梦》的大旨本怀都有所帮助。

我们且看此诗怎样起端，林姑娘说道是："花谢花飞花满天，红消香断有谁怜？"只念两句加以解说，首句的文思情感的表现手法由何而来？就是中华诗圣杜少陵的一篇名作中的开端，写道："一片花飞减却春，风飘万点正愁人！"我们的落花诗从古至今不知已有几

明月松樹照

丁酉年 王澤坤

诗词会意

百几千篇，存在"诗库"之中，但写得最为动人而精彩的却莫过于杜老的这两句十四个大字，听听这种语言，你立刻可以感到这位大诗人的多情善感是多么地超过常人。他把春当作一个完美的大整体，而当他看到有一片花瓣落下来时，他顿时感到：哎呀！春已然不再是大整体的至美的境界了。这就是说古人曾有"一叶落而天下知秋"的话，一春一秋都有一个最微小的开始而弥漫于天地宇宙之间，道理正同。这还不算，你再看飞花一片，春已开始消灭，何况目中所见正是风飘万点啊！满天满地都是落花，这种被落花引发的愁绪又是多么巨大，又是如何表现才好呢？！可以说，老杜此时悲伤已极，所以他在下文就说他没有办法，只好以酒消愁……我讲这些是为了说明这个"花谢花飞花满天"的比喻表现手法，落花不是一片两片，而是铺天盖地成为花海……这个境界可就不再是一般的诗境了，它简直可以让你越想越可悲可痛，不由自己，不知如何处置才好，这种感情却被两个人充分地领会并且再现出来了：一位就是宋朝的秦少游，他有一句词说道是："飞红万点愁如海"；另一位就是林黛玉，《葬花词》的第一句就是："花谢花飞花满天。"你必须以这些文化诗源来做一番真情实感的体会，你才有所收获，有所享受。享受者指审美的美感，而不仅仅是文字、语言、典故引用变化的问题，这是一层。

　　再者，《红楼梦》古抄本对于这一句也有不同写法，一种是"花谢花飞飞满天"，一种是"花谢花飞花满天"，而我在我们的十卷本大汇校中决定采取的是"花谢花飞花满天"，而不取那个"飞满天"，理由何在？如果是"飞满天"，重点就落在"飞"这个动态的字面上，而"花满天"接续着上面的"花谢花飞"，使满天的境界渲染出来，这才和"愁如海"极为广大的愁绪密切联结。换言之，我重视的是"境"而不是"动"，而只有"花满天"才能再现出老杜的那种"风飘万点正愁人"的感情境界。再说得明白些，老杜的重点不在"飘"字而在"万"字，满天满地，无边无际的愁绪才是林黛玉此时此刻的痛感，一种难言之痛，一种孤独失落之感。所以下句紧接着就是"红消香断有谁怜"，无人解怜就是孤独，就是失落。怎么叫"红消香断"呢？

原来，以红表色、以香表味是诗人对花的认识和赞美，例如，晚唐温飞卿的《菩萨蛮》就有这么两句："双鬓隔香红，玉钗头上风。"香红者就是美人的鬓边各拈一朵好花，两花分隔在两鬓，所以用一个"隔"字。鬓上的玉钗因风而微动，这风就把两侧的香红色味之美同时连接起来了，其用笔之微妙，粗心人是不易体会得到的。

林姑娘为什么不说"红断香消"，而非要把它颠倒过来呢？盖谓人亦如花，人花相同，红颜渐消，芳香终绝，这种花与人、人与花的命运悲惨结局，又有哪个懂得给一点儿怜悯和同情呢？既然没人懂得来怜，其加倍的悲剧感、失落感即跃然纸上。这里，请读者务必抓住最关重要的"怜"字，因为通观全书，这个"怜"是从头至尾贯穿，处处都在弦外言表的博大感情，例如"可叹停机德，堪怜咏絮才"，这种叹恨的情感就又一次在判词中再现了。在冬天咏雪诗中，开头就有"入泥怜洁白，匝地惜琼瑶"之句，一个是怜，一个是惜，怜、惜同义，联在一起交互使用。君不见一首回前诗就有："十二花容色最新，不知谁是惜花人……"还有太虚幻境的一副对联写道："厚地高天，堪叹古今情不尽；痴男怨女，可怜风月债难偿。"请看，叹、惜、怜永远是紧紧联系在一起，更不要说全书出场有一个少女的名字也就叫作甄英莲——真应怜。说到终究，荣府的贾氏四春姊妹，她们的名字原来就隐藏着"原应叹惜"四个大字，这是经由脂砚斋才透露给我们的机关奥妙。一句话，作者雪芹公子从一开笔就不惜力气，不厌其烦地强调突出这个"怜惜"的情感，如果你还没有觉察出这是作者的全部大旨，你还到哪里寻找呢？因此，我说读懂了《葬花吟》也就读懂了《红楼梦》。

《葬花吟》的第一句所表现出来的那种气象境界，虽然不敢说是具有宇宙性的气概，但至少也让人感受到那真是铺天盖地的落花世界。第二句我着重讲解了那个"怜"字，同时一个"红"、一个"香"并不居次要地位，但到了第三、第四两句，骤然将一个大开展的手法一下子收缩到一个具体的诗人处境、居住的小范围之内了，这就是"飘春榭""扑绣帘"。这种笔法可以参看柳永的那首名作《八声甘州》，他先说一番秋雨把整个江天都洗净了，然后又说霜风凄紧，关河冷落，仍然是扩大广远的境界，但此下的一句忽然变成了"残照当楼"，这个"楼"是词人当时凭栏而望远的地点。如果你能领悟，就能明白柳永的"楼"就相当于黛玉的"榭"和"帘"了。

我们还能记起"游丝软系"其文学来源何在？这就是《红楼梦》中宝玉和那些少女都最爱听的一首名曲，即杜丽娘所唱的《牡丹亭》："袅晴丝，吹来闲庭院，摇漾春如线……"晴丝者何？当芳春已尽，初夏方临，遇那极其晴明而无有微风的上好日子，则晴空之间出现一种悬挂或沾在房檐上的似有若无的细丝细线，既难捉摸，也不可形容，万般无奈就叫它晴丝、游丝。闺中少女对此最为敏感，就拿来当作伤春叹逝的一个标记。至于落絮就不用多解释了。但我们却又

辑三 诗词杂话

应当注意一下,这儿出现了"沾"字,这实际上就隐藏着作者曹雪芹的真名字。然后,又运用"顶针续麻"的技巧,从绣帘的"帘"字立刻引出了作诗人的出现:帘中有人,这人就是一位女儿——林黛玉现身说法了,从此以下都是黛玉的心灵活动和诗句的音节,它表明对于三春已暮,内心怜惜,此情此景没有一个共语者,一种孤独寂寞之情跃然纸上。既无共语之人,这才只好拿起花锄以及花瓣锦囊,出往园中去收拾那些已消之红,已断之香——就是在这出帘入园之际,也不忍以足践踏,即此可见那里的落花已然积蓄很厚了……由此往下文引渡,这么多的残红落瓣怎样处置才好呢?于是一步一步跟紧,最后归结到一个"葬"字。

接云"柳丝榆荚自芳菲",这儿的芳菲不要局限在字面的本意上,它是说花开已尽,此时的标志却落到柳絮和榆钱(榆树种子)的身上了,被风一吹各自纷纷散落,这是说年华暗换,物象随之。当人们都欢赏柳絮榆钱的时候,谁还会去管顾那些吹落的桃花杏瓣呢?请注意,桃之"飘"、李之"飞"这两个字又是回顾开头老杜的那句"一片花飞减却春,风飘万点正愁人",就是说诗人的思绪和笔法都是有他自己的脉络可寻的。后面忽然文笔一转,又推进一层,说此时的桃飘李飞固然可惜,但它们一到明春还会芳菲再现,而惜花的那位女儿是否还在,又有谁敢预言呢?!这一句透露了葬花之人感叹的是花,也感叹本人自身。但这种手法在历代诗歌中不乏其例,如唐代刘希夷的《代悲白头翁》:"今年花落颜色改,明年花开复谁在""年年岁岁花相似,岁岁年年人不同"就是一证。所以这不足为奇,奇的是下面又出新笔:"三月香巢已垒成,梁间燕子太无情!明年花发虽可啄,却不道人去梁空巢也倾。"这种接法不禁令人想起晏殊的《浣溪沙》"无可奈何花落去,似曾相识燕归来"的词句,黛玉好像是说花已落尽,这是人力无可挽回的,剩下的还有相识的燕子,归来一处,可为安慰。谁知这一回连燕子也太无情了,刚刚要责备燕子,笔锋却再一转:燕子的命运又如何呢?人去、梁空、巢倾都是悲剧结局呀!都是可怜可叹的同命之人。

我们从全篇章法文脉来看,从落花引到闺中女儿,落花和女儿为两大眼目,落花与女儿的种种联系与命运似同似异,难以分离,所以全篇诗句都是围绕这种不可分离的命运关系来下笔。前面说:"帘中女儿惜春莫(平常版本为'暮'字),愁绪满怀无处诉。手把花锄出绣帘,忍踏落花来复去?"这个"忍"字在诗词句法中就是"哪忍""岂忍""怎忍"的语意,不是正面说我忍心踏此落花,这样理解就大错特错了。

至此,女儿惜花、满怀愁绪,和盘托出。"桃李明年能再发,明岁闺中知有谁?"是把花与人的关系再逼近一步,听到"明岁闺中知有谁"之句,读者已有心感不祥之兆,这一直引向篇末收束的那些警句。但在这里突然接上了几句谩怨燕子无情的话,令人感到突兀,而且四句本身也不连贯:"香巢垒成"是一句,接着就是"太无情",关系何在?再下句又说"明年花发虽可啄",已然又是一层意思,再往下忽然又出"人去梁空巢也倾",这可真是惊心动魄,这都是从何而来呢?若从本篇死抠字眼大约是没法解释的,这是"草蛇灰线,伏脉千里",恐怕与潇湘馆这个美好的地方,日后的情景、遭遇密切关联,换言之,也就是预言谶语。

辑三　诗词杂话

过此之后,那种一往直前、文思泉涌的气势这才充分显示出来,也就是说这一大段直贯篇尾,才真正是《葬花吟》的精彩所在。

这一长段是从"一年三百六十日,风刀霜剑严相逼"而开始的,这要体会诗人的本怀,不是说花开的这几日,怎么忽然变成了一年三百六十日的折磨灾难了?它是说桃树、李树能开出这样的好花,它们背后须得经受种种的气候、磨难,最后才能把自己的一点儿精华化为花朵,显示于大自然中,这种代价是巨大的。也就是说这几日的好花是多么的可珍、可惜,你只有这样推理才能加深体会。在此又要同时注意,这种可珍、可惜的好花到底有些什么可爱之处呀?答曰,四个大字:明、媚、鲜、妍。要知道,这是诗人黛玉的审美观,非同小可。如果让我换而言之,说到究竟,这才是雪芹公子对于女儿的容貌之可爱、可惜定下了四个大字的品评。如果你不能从这种分量上读诗、读红,那你就很难领会雪芹的笔法和他的异乎寻常的思想和感情。

试看,诗人又道是:"花开易见落难寻,阶前闷杀葬花人。"在此"葬花"这个主题方才正式托出,重要无比。顺便说明,"闷杀"就是"愁杀"的变词,要知道如果是正式的篇章,会用"愁"字,而此处用"闷"字的用意显示出这是黛玉在园中顺口而成,并非笔写的一种特点。

以下两句更为重要。诗人说此情此景不但使我愁闷满怀,终于对花而落泪,这种泪又不是寻常的清而洁的泪水,一下子变成了红色的血泪。我要说《葬花吟》这篇诗的极关重要性至此句已达峰巅,除了"血""泪"二字再也没有更好的形容词来总括全部《红楼梦》的悲剧感情境界了。

以下，诗人从她白天早出，中间葬花，伤神落泪，至晚方归，归来之后并不完结，种种思绪，翻覆如潮。接着诗中出来一个"恼"字，不可轻易放过。"恼"在"闷"之上，恼由闷生。孔子说诗是"乐而不淫，哀而不伤，怨而不怒"，可见闺中少女怨是可以的，王实甫不是明明白白地给崔莺莺安排唱出那首名曲吗，"……可正是人值残春蒲郡东，门掩重关萧寺中。花落水流红，闲愁万种，无语怨东风。"莺莺可以对东风而怨春暮，却不可用"恼"字，恼就有了火气，就会一步一步引向那个犯忌的"怒"字。你若多看一些唐诗宋词，则以"闺怨"二字为题的篇章那简直是数之不尽，即此可知"怨"字是可采用的，却不会看到春"恼"闺"怒"。

话须简洁，从此一直叙到她想如果自己能身生双翼多好呀，就可以随着落花飞到远不可知的地方去寻找一个葬花的所在，在那里八个字结束一切。

哪八个字？

曰：锦囊、艳骨、冷土、香丘。

二

说《秋窗风雨夕》

秋花惨淡秋草黄，耿耿秋灯秋夜长。
已觉秋窗秋不尽，那堪风雨助凄凉。

助秋风雨来何速？惊破秋窗秋梦绿。
抱得秋情不忍眠，自向秋屏移泪烛。
泪烛摇摇爇短檠，牵愁照恨动离情。
谁家秋院无风入？何处秋窗无雨声？
罗衾不奈秋风力，残漏声催秋雨急。
连宵脉脉复飕飕，灯前似伴离人泣。
寒烟小院转萧条，疏竹虚窗时滴沥。
不知风雨几时休，已教泪洒窗纱湿。

《红楼梦》中，群芳少女以诗才著称者，久归黛玉，其第一首《葬花吟》已经讲过。今天要讲的这篇《秋窗风雨夕》才是黛玉的第一首严肃而沉痛的正经诗篇，她是有意模仿并对照唐人的《春江花月夜》，辞典论者甚多，不再重复。此时要讲的却在以下几点：

第一，这种诗不靠运用典故，不取香词艳句，若以绘画做一比方，则是一幅纯净的白描艺术。因此本来用不着再做什么讲解、注释之类。

第二，这样的诗篇是如何构成的呢？曰：以"秋窗"为经，以"风雨"为纬，而秋窗是以秋为主，窗为衬；风雨则又是以雨为主，以风为宾。看清了这经、纬两条主线，你就不待讲解而自能领会诗句之美了。

第三，虽说秋是经，雨是纬，但是又不可忘记还有一个"灯"或"烛"也是在全篇中起贯穿作用的一个要素，这个"灯"或"烛"是与雨、风相联系的，妙在诗人用了一个"泪烛"之词，又加上一层联系中之联系，这个不待我细讲，聪明的读者早已领会了。我要补充的是蜡烛流泪,这个比喻也早见于诗中不必再引。要提一提的是宝玉初进大观园后所作的《春夜即事》诗中也有"盈盈烛泪因谁泣"的句子,可谓左右逢源、呼吸相关。

第四,诗人又以泪衬雨、雨衬泪,二者是一是二了不可分,所以诗篇结尾两句写得正是雨不休、泪不止,窗纱的湿既有雨痕又有泪滴,这种一笔多用之妙,还得归结到作者曹雪芹的超凡入圣的文心匠意。

第五,正如《春江花月夜》那样,通篇是以一两个"主眼"字为定律之点,然后运用叠字叠句的妙手巧思,编织成一幅素白而美丽的锦绣。那主眼字真如白居易所说的"大珠小珠落玉盘",不断地流转回旋,令你眼花缭乱,妙音无穷。

第六,如果与《葬花吟》来对看,则《葬花吟》是春怨诗,而此篇是秋悲诗,二者对比分明,内涵呼应。

第七,请回忆我说过的,《葬花吟》是当场寄兴,随口念成的,没有精密的章法结构,比较散碎,忽断忽继,而本篇就大大不同了,这是林姑娘坐在她书案之前,以拈花小字用心写作而成的名篇,有初稿、有修改、有润色……最后,才是我们读到的现存的文本,这种分别务必多加领会。

第八,黛玉表现出来的是一个小院之秋窗,她没有采用一个"馆"字,而此小院看来十分简朴,无有丝毫富贵雍华之气味,这是何故?大约就是诗人自己为了加强感情的成分,而把实际的物质环境加以淡化了吧。

第九,最最重要的,也是我要讲这首诗的本意、结穴:请看,"寒烟小院转萧条,疏竹虚窗时滴沥",这说的是现实呀?当然不错,可你却很不容易想到这是"草蛇灰线，伏脉千里"，因为脂砚斋早就透露过了：当大观园盛时潇湘馆门前是"凤尾森森，龙吟细细"，而当大观园衰时，则景象变为"落叶萧萧，寒烟漠漠"八个字。寒烟已经明白出来了，落叶又在哪儿呀？"疏竹虚窗"的"疏""虚"二字上已经点明，连竹叶都落得半空了（快没了），也就是说"窗前亦有千竿竹"的千竿，已经疏疏落落不足以遮掩窗户了。

第十，总而言之，我们读这篇歌行要体会哪种特色长处呢？你似乎可以感到一位少女多情善感、孤独寂寞、闲愁万种，无可排遣，故而引发心声。看她手中的一支柔翰好像引领着她心中的一丝柔情，在那字里行间流转回荡，这条无形的情丝才是全篇的真正命脉之所在。真情是在空处、灵处盘旋，并无真实背景、场合可寻。这就是中华诗论中的所谓空灵派。雪芹公子为了模拟少女的才情，不落于实境实物的死文字上，只因那样很容易变为陈言旧套。

所以说《红楼梦》的好处要在这些方面用心领会，才能明白我们为何说《红楼梦》是中华文化的唯一的一部奇书珍品。

三

说《桃花行》

桃花帘外东风软，桃花帘内晨妆懒。
帘外桃花帘内人，人与桃花隔不远。
东风有意揭帘栊，花欲窥人帘不卷。

诗词会意

  桃花帘外开仍旧，帘中人比桃花瘦。
  花解怜人花也愁，隔帘消息风吹透。
  风透湘帘花满庭，庭前春色倍伤情。
  闲苔院落门空掩，斜日栏杆人自凭。
  凭栏人向东风泣，茜裙偷傍桃花立。
  桃花桃叶乱纷纷，花绽新红叶凝碧。
  雾裹烟封一万株，烘楼照壁红模糊。
  天机烧破鸳鸯锦，春酣欲醒移珊枕。
  侍女金盆进水来，香泉影蘸胭脂冷。
  胭脂鲜艳何相类，花之颜色人之泪。
  若将人泪比桃花，泪自长流花自媚。
  泪眼观花泪易干，泪干春尽花憔悴。
  憔悴花遮憔悴人，花飞人倦易黄昏。
  一声杜宇春归尽，寂寞帘栊空月痕。

  读《桃花行》总有一种惊奇意外之感，这话怎讲？因为不解之点甚多，例如，在《葬花吟》中只说"落絮轻沾扑绣帘"，那时已然桃飘李飞，和帘没有交涉。这时突然出现了"桃花帘"这个新名目，所以颇感意外。其次再看，太虚幻境中的判词"可叹停机德，堪怜咏絮才"，人人尽知，上句指宝钗，下句指黛玉，而到这七十回书里咏絮落在了史湘云身上了，林黛玉咏絮才和桃花纠缠在一起，这就使我的意外不解之感更加了一层。再其次，也是人人尽知的《红楼梦》里以花比人，林姑娘的象征是"芙蓉生在秋江上"，而"桃红又见一年春"是花袭人的幻身和象征,这又是人人尽知的。林姑娘和花大姐并非一路人,思想感情、人物性格都不可能混为一谈,怎么林黛玉会作起《桃花行》来了呢?!这是我的又一不解。

且说桃花帘这个新名目的引人入胜、境界崭新,看看林姑娘这一番又是何等的才华、情思。她写道:"桃花帘外东风软,桃花帘内晨妆懒。"林姑娘从来没有提到自己梳妆之事,这回破例,还加上一个"懒"字,这是她从来不愿以实示人的。

先说我见了"晨妆懒"这三字先就联想起温飞卿的一首《菩萨蛮》:"小山重叠金明灭,鬓云欲度香腮雪。懒起画蛾眉,弄妆梳洗迟。"我直觉以为林姑娘是从这儿"化"来的句法:一位大家闺秀起床之后,第一件要事就是梳妆打扮,且费时费事,晨妆之后才能出屋见人。林姑娘并不是一位不考究自己形象的少女啊,这件事她都觉得没有力气去郑重对待了,所因何故?就是一个不高兴吗?非也,下文自有交代。

"帘外桃花帘内人,人与桃花隔不远",在林姑娘来说,这又是两句惊人之笔,何也?请你再把《牡丹亭》中杜丽娘的两句搁在一起对比:"袅晴丝,吹来闲庭院。"杜丽娘也是一位典型的大家闺秀,她要游园了,所以认真地打扮一番。那支曲子唱的就是对镜晨妆,然后就说:"我步香闺怎便把全身现。"然而到了林姑娘这里就不同了,她直截了当地把帘内帘外不再分隔地亲密无间起来,这就不是以花比人的老式修辞格的范围了,而是把花也当作真人来看,把这位花枝的人与自己真正的人连在一起来对照对比。这种意味、境界可就完全不同了。请看"帘外桃花帘内人,人与桃花隔不远""东风有意揭帘栊,花欲窥人帘不卷"。所以,这个帘的重要作用与特别性格都是以前的人没有想过、写过的。换言之,黛玉笔下的桃花帘本来是要打破内外之隔,而这个愿望并未实现,东风虽然有意亲密,而这重旧帘到底没有卷得起来。这种笔法仍然是我说的是一种空灵,笔端缭绕,它既空又灵,不落指实。

通观林黛玉三首长歌行,首尾两首是春天的事情,所以都以花与人的关系为主眼。中间一篇是秋,"秋窗风雨夕"本来就是针对"春江花月夜"的,花已然为"春江花月夜"占去了,黛玉就不再以花为主眼,她仅在开头交代一句"秋花惨淡秋草黄"就过去了,通篇不再提花的半个字了。《秋窗风雨夕》的主调就是宋玉悲秋,宋玉那么早就写道:"悲哉,秋之为气也,……草木摇落而变衰……"草木变衰,无可再写,因此黛玉就将诗的主眼换在了风雨之上。这篇《秋窗风雨夕》篇幅最短,笔法最为精炼完整。对比之下《葬花吟》和《桃花行》章法上虽然变化丰富一些,但那种精、整、完、足的笔法就都比不上《秋窗风雨夕》这一篇了。由此而观之,黛玉念《葬花吟》的时候,还没有完全摆脱开以人为主、人来看花的这种立足点,所以她说的是花谢花飞,红消香断,无人怜惜,只有她这位帘中的女儿为之伤情感叹。你看:"独把香锄泪暗洒,洒上花枝见血痕。"这时她的感情已然到了极端沉痛的程度,然而到底仍然还是一个人来惜花,花并无任何主动性可言、可见。

再看《桃花行》开篇一大节,就完全不同了。从笔法上说,桃花帘既为间隔,又为联系,双层妙法不可断分。叠字叠句的"顶针续

辑三 诗词杂话

麻法"仍然是诗人独擅的绝妙之笔,但这都不是此时此刻的重点了。那么,此时此刻的重点又是什么呢?这就是诗人开始把花的位置、品格大大提高了,花有了主动性,花和人已然不再是宾主,而是对举对比的双方了。请看:"东风有意揭帘栊,花欲窥人帘不卷。"此处已见花似窥人的主动角色了。再往后又道:"花解怜人花也愁,隔帘消息风吹透。"这又明明白白,花已然实现了它的主动品格,即它已经具有了思想感情,知道怜惜同情别人,而不再是自伤凋落,这一点可就重要无比。要知道此时的林姑娘开始悟到人不是孤立的,人不是一切,花与人是同等有生命、有灵魂、有灵性的生命,也就是说那种悲悯之情是双方交互而感通的。人们常说宝、黛二人的爱情就是由于他们在思想感情上的一致云云,其实,贾宝玉的那种不分人我、物我相等,与麋鹿为朋友,同花鸟为弟兄……这种无比博大的情怀,这种最高的人情境界,本来林黛玉是达不到的,只能说她是一步一步受宝玉的影响而开始有了一些变化,这变化便是她已然逐渐改变了那个以"我"为小中心的狭隘感情。我们读《红楼梦》,我们老是讲宝黛爱情,两百年来到底这种感情是什么?难道就是林黛玉也赞成男人不必读书做官,就是这么一层非常简、浅、显的世俗观念吗?若是如此,则《红楼梦》的伟大不就成了一句"拔高"的空言大话了吗?

我们读诗要一面领会其中的思想感情,一面还得学习它的章法、布局。例如,《秋窗风雨夕》第二句中的"耿耿秋灯秋夜长",我说这个"灯"字却成了人们不知注意而实为全篇的一个勾连脉络。那么,在这《桃花行》中有没有这种勾连脉络的字眼呢?答曰:有之,就是"东风"二字。你看第一句就是"桃花帘外东风软",这个字面

233

出现了，还跟上一个"软"字，这"软"字大约也来自《牡丹亭》杜丽娘的口中，例如，"袅晴丝"的第二首就唱道："那酴醾外，烟丝醉软。"你看这"软"字就表现了芳春美景的一种境界。由此可知《桃花行》的季节也还是没有离开暮春的时光范围，但若读全篇它又分明比《葬花吟》中的"红消香断"要早了一些，所以下文由"花满庭"等句可证尚未"花飞花谢"。再看，既然"花满庭"，芳春正好，怎就是"倍伤情"了呢？"倍伤情"和《葬花吟》中"倍伤神"分明是同一感叹。葬花时说："怪奴底事倍伤神？半为怜春半恼春。怜春忽至恼忽去，至又无言去不闻。"这分明就是秦少游词中所说的"东风暗换年华"，"暗换"二字令人伤情不已，真是令人无可奈何，也就是诗人题咏千古不尽而又不厌其重复的一大主题。苏东坡写蜀主与花蕊夫人过夏夜的词句中也说："……夜已三更，金波淡、玉绳低转。但屈指，西风几时来？又不道、流年暗中偷换。"我们要把这些名句放在一起细细地参会，再读《红楼梦》也许就会有更好、更深、更为痛切的美学享受了。

　　再看，写到"花满庭"时已然由帘内帘外一步一步地移向庭院中了，精神世界，感情空间，好像放大了一步，不但如此，她不再是凭栏观望，而且还穿上红裙和桃花站在一处，让你骤然间难以分辨哪里是花，哪里是人。这种场合情景是从来不曾见于《红楼梦》中的，可谓惊人之笔。要知道茜裙就是石榴红裙，在书中明白告诉我们只有香菱在节日里才穿上这种平常不用的"礼服"，其次就是弄脏了之后，又只有袭人才有这样一条石榴红的大红裙，而如今，忽然在黛玉笔下出现了茜裙，真是让我惊讶不已，因为这种颜色的"礼服"对黛玉此时此刻来说,简直是不可调和、不可思议的怪事一桩。如何解释?我说实话,不敢妄言,我盼望有专家学者为我解惑,因为在我的感觉中整个一座潇湘馆的颜色是翠绿,所谓"竿竿青欲滴,个个绿生凉",所谓"宝鼎茶闲烟尚绿,幽窗棋罢指犹凉",直到老太太特令凤姐找出霞影纱,让黛玉破一破那种难以为怀的悲调色彩,让红添一点儿喜气……但直到读完八十回书,霞影纱没有到潇湘馆来,却到了绛芸轩中,称为茜纱公子,你看奇也不奇!

上文讲《桃花行》中有几个特点,为串讲方便再重复一遍。"桃花帘"是又一个新创的文学语言和艺术概念,以往的文人词客有没有运用过?我自愧寡陋不敢妄言。就我自己来说,把"桃花"和"帘"结合在如此紧密的关系之中,真是少见。桃花帘将帘内外隔得分明,但帘又分明起着内、外两方交流的一层新意义。因此,林黛玉的帘内帘外与妙玉的槛内槛外貌似相类,实则不同,这是第一要点。

第二点,我强调指出,以往的诗词总是以人为主来看花、赏花、咏花、画花……而到了《桃花行》这里,花开始有了更鲜明的主体性,它也具有了人格、性情,与人对比并立而且交流起来。请看"花解怜人花也愁",这个变化太大了:不再是人来惜花,却变成了花来怜人!我想,我们总说艺术贵在创新,难道雪芹给黛玉安排的这样的诗句,还不就是最好的艺术创新之佳例吗?这是第二要点。

我要说的第三点是什么呢?女诗人从帘子写起种种曲折变幻,终于从帘内走出到帘外,但这帘外者还是离不开她的那一所"小院"。还不止于此:这回似乎她又前进了一步,竟然跨出了小院的院门,来到了一处种有许多桃花的所在,这个地方绝对不可能是潇湘馆的范

诗词会意

围之内,然而诗篇分明写道:"……茜裙偷傍桃花立。桃花桃叶乱纷纷,花绽新红叶凝碧。"这诗篇幅不算太长,却有好几个层次的"进程",这都是很少见到的境界。不料下面忽然接的是:"雾裹烟封一万株,烘楼照壁红模糊。"两句十四字,这可把我惊倒了:小院以外的"桃花桃叶乱纷纷"够多了,但也绝对够不上一万株呀!这一疑点也就是全篇中间转折的关捩,这十四个字后没有再加发挥,很快就又回到诗的前面去了,而回到的不是小院却是卧室:"天机烧破鸳鸯锦,春酣欲醒移珊枕。"请问这又该如何理解?唯一的可能就是那十四个字乃是女诗人的一种梦境。这个梦境如何解说暂且放下,且表一表她从梦中醒来,丫鬟已经送了水来,要她起床梳洗打扮,她马上起来了吗?不知道。但你如果是聪明人,能回到篇首的"桃花帘内晨妆懒"这句上去,你就读懂了,她没有点破,让你自己去理解体会。

诗人醒后,丫鬟已然捧了金盆打发她梳洗晨妆,这一句却要与中秋夜黛玉、湘云联句,妙玉出来收尾,其中一句是"脂冰腻玉盆"。金盆也好,玉盆也好,说的都是洗面后施粉调朱。所以下句就说"香泉影蘸胭脂冷"。香泉者何?沁芳溪之水也!胭脂冷者何?用她由梦中的一片红色回到了现实中的一点心红,然而这种心红却不是快乐,而是伤怀。这种立即把花之颜色、人之泪痕连在一起,好像不可分辨;这个血泪之喻来源早见于《葬花吟》中"独把香锄泪暗洒,洒上花枝见血痕"了。篇中花和人的身上同时点醒一个"憔悴"的字样,这又是一个必须注意的"进程"点,就是说黛玉在口念《葬花吟》之时,她的健康心情已经有所变化,但还没有像到了秋窗风雨夜那时的严重情况。接着,隔了一个秋天再见阳春时,黛玉却已经明白写出帘内人比桃花还消瘦的可怜的字句了。这"瘦"字很快就引到了篇末的"憔悴"一词上,这是递进之词,层层逼进的重要线路。这时黛玉是内心与身体的病情都已日加沉重起来了,所以篇末的结尾,给人的印象是没有太多的时间就到花也不见、人也不在的时刻了,我们所能见到、想到的只剩下一条帘栊,这时候的帘栊已不再称呼"桃花帘"了,却变成"月痕帘"了。

这就是黛玉三篇长歌行的次第层次,由外到内,由轻到重,终于有一日像她开头所说的"一朝春尽红颜老,花落人亡两不知"。

末后,我有一种想法,虽未必即是,但不妨提供在此可助研寻:是否雪芹是在用这种艺术手段暗写一位深闺少女的两种境界,一种是用绿代表她的现实生活中住在潇湘馆;另一种用红来暗示她的内心深处并不完全是伤心落泪,而愿意也有一种美好、幸福、快乐的气氛环境,所以用绿写实,用红表虚,内外合看方见真实。我这样说能够讲得通吗?还是不敢自信,姑妄言之吧。

六十年来三首诗

一

清代诗人屈复的绝句《曹荔轩通政》

直赠千金赵秋谷，相寻几度杜茶村。
诗书家计皆冰雪，何处飘零有子孙。

我甚爱此诗，每读一回，就忍不住鼻酸目泫，它让我久久不能平静。这种感人的力量从何而来？若说是完全来自屈复诗句，显然是不全面的。因为我深知，自己若没有著作过《红楼梦新证》，读这四句诗，就不会知道诗人说的是什么，也不会被这二十八个字感动至深。

屈复的诗虽只寥寥数语，却极其抽象地说明，曹寅品格道德高尚，诗书家计皆清廉纯净如冰雪，做了一生的善事，救了许多好人，但却没有得到善报，连子孙的下落都无人知晓了。这其中的叹、恨、感、慨，深沉得难以用言辞来表达。

曹寅（楝亭）先生的子孙后代包括弟弟曹荃的"过继子"曹頫及頫子雪芹。屈复此诗作于乾隆六年（1741年），这又可证我考明曹家于乾隆元年被赦免，雪芹重回公子生活，为时不过三四年，乾隆五年就又陷入另外一场极为严重的政局事变之中了。

诗人屈复的感叹中，位居第一的就是天理不公，善人不得善报。其实更深刻的内涵，是暗指雍、乾两朝许许多多不可明言的皇族内部的生死搏斗。诗不同于散文的表现方法，你在这儿也就感受得十分清楚了。

二

新睿亲王淳颖的堪称绝作的七律

满纸喁喁语不休，英雄血泪几难收。
痴情尽处灰同冷，幻境传来石也愁。
怕见春归人易老，岂知花落水仍流。
红颜黄土梦凄切，麦饭啼鹃认故丘。

这首诗我百读不厌，并曾两次和其原韵。淳颖者何人也？为何叫作新睿亲王？原来，雪芹家上世本是努尔哈赤之子多尔衮的家奴。多尔衮封号睿亲王，人称九王爷。后来，多尔衮在政治斗争中落败，而

诗词会意

曹家却被划入内务府上三旗，反而得到更高的政治地位。"睿亲王"这个封号本来已经不存在了，谁知乾隆皇帝为了收拾人心，团结皇族力量，在清乾隆四十三年（1778年）恢复了睿亲王的封爵，而被封的小睿亲王就是淳颖，也叫新睿亲王。淳颖的母亲佟佳氏是位女诗人。我推断这位佟佳氏出自康熙大帝生母佟太后家。佟家和曹家是一起从关外来的老亲至友，关系密切。佟佳氏对《红楼梦》的来龙去脉了如指掌，并将之灌输给了儿子淳颖。淳颖读了这部奇书之后，很受感动，于是便写出了这首诗。

此诗甚佳，可注意者至少有四端：一、极赏宝玉至情极处欲化灰化烟之奇誓。二、能识"花落水流红"（即"沁芳"语义）为全书象征。三、深解雪芹忤俗骇世的思想，不顾万目睚眦、百口嘲谤，其气质实一英雄人物。四、所见抄本似仍为雪芹原文，有宝玉于清明节日为昔年女儿上冢扫墓的情节，早无第二人知悉了。

诗的前四句是从雪芹书中脱化而来的。第一句"满纸喁喁语不休"化自"满纸荒唐言"；第二句"英雄血泪几难收"化自"一把辛酸泪"；第三句"痴情尽处灰同冷"化自"都云作者痴"；第四句"幻境传来石也愁"化自"谁解其中味"。这四句诗概括了《红楼梦》的全部精神命脉。

后四句则是小睿亲王自己的领会感叹，当然也并没有离开他所见到的真版本的情节精神。"怕见春归人易老，岂知花落水仍流"好像重写《葬花吟》，又好像是写黛玉夭亡，乃至晴雯死去之后的原稿情况。诗句的结尾明确告诉我们，主角宝玉在暮春时节带着祭品，亲祭那些难忘的闺中女子。这些情节如果淳颖没读到过，又怎会编出这样的诗句呢？我深信他读的《红楼梦》不止七十八回，一定是他母亲家有秘传的雪芹原著原稿，或清录之本。

三

曹楝亭赠给洪昉思的一首七律

惆怅江关白发生，断云零雁各凄清。
称心岁月荒唐过，垂老文章恐惧成。
礼法谁尝轻阮籍，穷愁天欲厚虞卿。
纵横捭阖人间世，只此能消万古情。

这是曹雪芹祖父楝亭先生赠给洪昉思（《长生殿》作者洪昇）的一首七律。

这首诗我六十年间读了不知多少遍，是了然于胸的"旧相识"了。这第三首诗不同于前两首。前两首诗都是后来被人发现而公布于世的。如前面讲过我读了屈复的绝句感想颇深，自信治《红》从考证雪芹家世、时代始，虽被人评为"曹寅家谱"，但并没有做错，否则我读屈复的诗就会像盲人骑瞎马一般。等我看到新睿亲王淳颖的诗，同样也有石破天惊之感。清代开国，满汉文化交汇，产生了几个悲剧性人物。第一个就是顺治小皇帝，其人绝顶聪明，勤奋过人，一接触汉文化就被迷住了。他对汉文化的学习与造诣超出常人理解，而且他是清代第一位情痴、情种。此评绝无过分而溢美之词，只可惜他因种

诗词会意

种原因而少年弃世。第二个悲剧性人物就是纳兰公子成德了。关于他世人已熟知,不再多讲。第三位就是曹雪芹这位古今罕见的奇才与超人,但等到我看到新睿亲王淳颖读《红楼梦》后的这首诗篇,益发自信这位小王也是情痴、情种,是能领会悲剧的非常人物。

为何把楝亭赠洪昇的诗列为第三首呢?简单地说,红学文化内涵的真源头不在雪芹本人,而是其祖父楝亭。楝亭借洪昇的生平和绝作写出了这篇七律,而我则领会到楝亭早有《红楼梦》中所含蕴的思想感情了。

这首诗由"惆怅江关白发生"写起,是用北朝庾信的典故。庾信本非北人,而流落于北朝,不得南归,以创作《哀江南赋》闻名于世。诗圣杜甫写庾信时,有这么两句:"庾信平生最萧瑟,暮年诗赋动江关。"楝亭此诗之首句正是把洪昇比喻为先时的庾信,既沉痛又优美,既简单又丰富。

次句"断云零雁各凄清"则把自己、洪昇都比作流落江关、心志萧索之"断云零雁"。

接下来的两联四句,楝亭先生借阮籍猖狂与虞卿穷愁之典,赞扬洪昉思于困境中创作倾倒了千万文人学士、读者世人的千古名作《长生殿》,不能不说是上天的厚爱。这真好像是楝亭先生预先给他文孙雪芹题咏的一般。

最后两句,即"纵横捭阖人间世,只此能消万古情"则好像是预先概括了《红楼梦》的内容,这真是少有的奇迹。

而我此刻重新提起此诗、此事,则又有一层更深的用意。我早先的提法应改为以下的新提法,即不是祖父给孙子预设了一首诗的奇迹，而应当说成是楝亭三生有幸，他当时不可能实现的创作愿望，竟由过继来的文孙为他十倍、百倍地完成了，因此成就了这部无以比拟的奇书——《红楼梦》。

辑四

诗的存在

心灵的网络

中华民族是一个诗的民族。诗在我们的文化上是"无所不在"的——不是指诗的格律形式,而是说她的质素和境界以及表现手法。例如,一部《红楼梦》在体裁上是章回小说,然而作者雪芹却是以诗的心灵和笔法而写成的。再如,京剧的剧本、表演、音乐、服装……无一不是用"诗"的"办法"来进行的。其余可以类推,不待烦言而自明。

至于表现为有正式规格形式的诗,则是用汉语文字写成的,古称"篇什"。传统诗手法贵乎简捷而含蓄,不喜欢"大嚼无复余味",讲究回味无穷,余音不尽——有待吟诵、涵泳、感受、领会。她不是一切摆在"字面"上,或如吃糖,入口就是一个"甜",甜外也就再没有很多别的了。中华诗不是那样的"食品"。

因此,好诗也不一定入目便"令人喝彩、叫绝",而需要讲解。

身是太平人

丁酉年王泽妹

白居易的诗以"老妪都解"而自负和知名,但这听起来似乎"群众化""通俗化",是好事,实则问题很多,讲中华诗是不宜采用这种主张和"原则"的。例如,他有一首七律写道:

"……周公恐惧流言日,王莽谦恭未篡时。向使当初身便死,一生真伪复谁知。"

这说得很明白好懂,然而这实质是"议论",与"诗"的质素并无多大干涉——不过是借用了简单的格律形式罢了。同样是不尚艰深晦涩的陆游诗,就比白居易手法高明。他有一首七绝,却是这样写的:

纷纷红紫已成尘,布谷声中夏令新。
夹路桑麻行不尽,始知身是太平人!

我小时候读了,异常地喜爱,觉得写"太平景象"多么意到笔到而又简明畅快。后来,方悟自己太幼稚可笑了!陆诗是尖锐而又沉痛地讽刺南宋小朝廷,不思收拾旧山河,雪家国之大耻奇辱,而一味安逸享乐,把人民麻醉得全忘了中原故土,误以为身在幸福之中,追随了醉生梦死之辈!

当然,诗有各式各样奇情异采,焉能如同日常白话。诗(包括词曲)有时是要讲一讲的,讲讲可以帮助理解,启发意趣,交流情感,不妨就说是一种"诗的网络",让我们共同欣赏这些佳句名

辑四　诗的存在

篇吧。

其实所谓"诗的网络",也不过还是人的心灵的网络:诗者(通称诗人)的心,讲者的心,读者的心,此"三心"的交感互通,构成了中华诗道的"千秋一寸心"。中华诗的特色,源于中华汉字本身的极大特点:四声平仄、音义对仗,历史文化典故的奇妙作用与运用……这些,却被所谓的"文学改良"给"改"掉了,即取消了。于是剩下的就是我此刻写的这种乏味的白话文了。拿这种取消了"诗"的质素的"白话文"来讲诗,这事本身就富有讽刺意味。可是我们又有什么办法呢?

本书讲诗考虑用什么样的"白话文"来"进行"呢?煞费苦心,万不得已,我还是没有完全遵从那种主张,不想全用"白话文"。半文半白,或为识者讥为不古不今,不伦不类——不足为训,然而终于这么做了,请读者多多见谅。姑且如此读读吧。

中华诗,讲究有性灵,有神韵,有境界,假如没有这种特色,就不会成为好诗,甚至够不上真诗。而这种特色,单靠讲解又是不够的。讲解是语言文字,它无法传达"意思""道理""评论""说明"等以外的精确含义,所以还需要读诗者自身的领悟和感受。所谓"可意会不可言传"者,不是故弄玄虚,实在是真有此事、此理、此境的。问题也许会落到:究竟什么是性灵?什么是神韵?又什么是境界……

简而言之,粗陈大概,可以这么回答:性灵是灵心慧性,能在世俗通常的"哲思逻辑""人生观""世界观"以及对万事万物的"价值观"之"外",另具一种高层次的精神感受领悟能力,能说出常人所不能、不会表达的目境和心境——诗的境界,即精神活动感受领悟的高低深浅的"层次",不是"环境""境遇"的那个"境",也不是等同于"景色"的实境。

神,是精神之不灭而长存的"力量"和"状态"。韵,是悠扬缥缈而绵绵不尽的"音声"之魂,它能"绕梁三日""袅袅不绝",总在耳际、心际萦回往复。大约人类以语言文字而创造的艺术作品中,当以本身具有特定诗质而产生了上述诸般魅力的汉字语文为之最。

中华诗与中华汉字特点是不可分割的,而汉字联绵词语是具有独特音律美和节奏美的。不懂这些,以为"大白话"排成"分行"的句子也会具有音乐美的说法是否真理?我自愧体会不到,不敢妄加评议,所以本书选入的诗篇,也都注意到音乐美。

我们的文学理论传统上有两句话,值得深思:一曰"辞,达而已矣",一曰"诗无达诂"。辞,是言辞、文辞,最要紧的是要能"达"。达,即把意思表达清楚明白,要把意旨说"透"了,全部传达于听者、受者。而诗呢,却没有可以真够个"达"的讲解可以奉为"极则"的。那么,诗是否根本不要"达",或不可"达"呢?这就十分耐人寻味了。然而这一点正是诗与文的不同之处。

诗,不是不要"达",而是如何"达"、"达"得更深婉有味的问题。"单层直线逻辑"的思维方式是读不懂真正的诗的。因此,"文章千古事,得失寸心知"。文有"文心",诗有"诗心",二者又各自有得有失,得失之间,如何权衡评论?都须那个"寸心"。只是这个"寸心",一半要有天赋,一半兼有文化学养,培养自己的高层次接受能力和批评能力。

辑四　诗的存在

诗须有"境",此境似画非画,似梦非梦,似音乐而有文字,似"电影"而无"银幕"。

境,不是一个"意思",一个"论点",它从现实而生,却已超越了"实境"。它似有"象"而实无"象"可求,自古就无法形容它、"界定"它。不得已者,有的说是"空灵"。然而什么是"空灵"?不拘执,不死板,不迂腐,不庸俗,不一般,不"八股"……倒还是有句大俗话可以借用:"活灵活现!"读诗,要有诗的心活、笔活。宋代诗人杨诚斋(万里)喜欢讲诗有"活法"。他看中了一个"活"字,用它来代表诗的生命本质。

还有一个繁体字在讲读诗词时所发生的"额外"而无聊的麻烦,今不在此多论。只记得当年听到传达周总理的一句话:简化汉字的方案,并不是为整理研究古典文学而设的。本书个别地方必须以繁代简的地方,就不再一一交代了。

在这小序里,特别提出这几点,只是为了提醒读者在这几个方面多多留意一下,或许对赏会古人佳作有些帮助。谢谢读者的耐心和体谅的情怀。

2006年

(原文为《千秋一寸心》再版自序)

欣赏的对象

诗词的魅力,在于它本身具有的唱叹之音(所谓一唱三叹),能使人有涵泳之趣,所以说它是余味不尽,余韵无穷,余香满口。可是这只靠讲解是领略不到的,所以难就难在这里。俗话说"知其然而不知其所以然",说诗讲词,充其量也还只不过是帮助读诗词的人明白一些"所以然"而已。至于那个真正的"然",仍然要靠自得。由此可知,所能讲说的,到底是那些粗的,是痕迹,其精微之质,却是语言文字讲解所难及。这一点儿也不是弄什么"玄虚"。但求讲得不致太浅陋,太令人索然兴尽,就算不错的了。古人说,硬作诗,不自量,是"诗痴",会藏拙的人就是不肯轻易言诗。故而讲诗也往往是一种"献丑了"的事情。

但是人是有怪脾气的,比如喜欢读诗词的,自己读了,所会不知是否,总想与作者"交换意见",无奈已不可得,于是转而向别的读

辑四　诗的存在

者寻求印证，希望验一验自己的心得较别人究竟如何。这种情况，与初学者只是寻找一位"辅导教师"并不一样。他的要求更"高级"、更严格了。由此又可知，尝试讲诗词的人，至少要"照顾"两种不同的读者的需要，这或许也可以借用"雅俗共赏"这句话来比喻这个道理。

总之，写这种文章，其难实在不止一端。

诗词名作佳篇，才是欣赏的对象，这原不待言，但是好的讲解文章，也能成为我们欣赏的对象。换言之，好的讲解文章不仅仅是辅助人的一种"工具"，其本身也是一种艺术品，本身具有"文学存在"的价值。我提这一点，也是使读者理会到，大家对这种文章的要求标准大不单一，是难得很的一种"文体"呢！

笺诗，注诗，解诗，说诗，评诗，向来有这么五种"办法"。笺和注有区分，前者侧重作者作品背景事迹，后者侧重词意典实。解和说也不尽同，前者多是"论"的性质，提出见解，而并非助人赏会之义；后者方是本书本文所涉的这一种性质的著作。比方对于《毛诗》，自古及今，不止千万家为"三百篇"的本旨提出种种说法和解释，但那与欣赏可说毫不相干。而要提欣赏，你却不能连本旨本意都弄它不清，就来谈什么"欣赏"。那只能是一场笑话。由此又可见，要谈欣赏，须是将笺、注、解、评的事情都基本上做过了，这才谈得上"欣赏"二字。其难又可想见矣。

但是欣赏之文，中间奈难详详细细、逐一罗列出一切笺、注、解、评之内容——那样真是"将成何文字"！这就需要读者自己也去"补"做一些工作才行。由此义而言，我也希望本书的读者不仅仅是

诗词会意

个被动的接受者,也是一位主动和能动的互助者。艺术的事,永远是作者和读者"合作"的事,绝无例外。现在应当是作者、讲者、读者的"三合作"。

但不管怎样,从读者来说,见了别人文章中说出了自己未能领会到的,就非常高兴,是一种欣喜。见了那文章中说出了自己仿佛感受到但是不会表达出来的——替自己表达出来了,就更觉高兴,是又一种欣喜。两种欣喜,是读者的希望,是讲说诗词的文章的水平标志。

诗人是多情善感者,无情而钝觉的人,大约不去作诗,作出来也不会是诗。即此可知,真能赏诗的,也必须是多情善感之人。然而仅仅多情善感,又不一定就成为诗人。诗人还要加上一层"怪"。他看事情,与世俗的情理标准不尽相同,有些"傻气",有点"呆"性,有些"痴"想。总之,世俗人往往不理解他,目之为"怪物",说他是"疯子",如此等等。我总记得有一大厚册外国出版的英文诗选,卷端的序文开头就说:"A poet in history is a star. A poet in the next room is a laughter."意思是说:提起历史上的一位诗人,那照例是位"明星"人物,可是你要说起"隔壁住着的是诗人呢",那是个笑柄罢了。可见"诗人"在现实中是个揶揄奚落的称号,是会引起一般人"哗然大笑"的。在世俗人看来,他荒唐可笑,不切实际,不识事理,不通世故,不近人情,不辨香臭……是非利害,常常颠倒。《红楼梦》中的贾宝玉,被人目为"疯疯傻傻",有"痴狂病",时发"呆性",连傅秋芳家的两个婆子,也议论宝玉说:"……果然竟有些呆气。他自己烫了手,倒问人疼不疼,这可不是个呆子?""……千真万真的有些呆气,大雨淋的水鸡似的,他反告诉别人:'下雨

辑四 诗的存在

了,快避雨去罢!'你说可笑不可笑?时常没人在跟前,就自哭自笑的。看见燕子,就和燕子说话;河里看见了鱼,就和鱼说话;见了星星月亮,不是长吁短叹,就是咕咕哝哝的……"婆子世俗之见,殊不知这却正是对于诗人的一个最好的"写照"和"评价"。宝玉不为人理解,只因他的质性是诗人的质性,他是真正的诗人型人物。他病起之后,见了杏花,因已凋零,为之伤感;因杏而及人,又为邢岫烟而感叹;恰值雀儿飞来乱啼,他又为雀儿"设身处地",代它寻绎出无限的思绪来。这种"与花鸟共忧乐"的质性,正是曹雪芹在写一个独出特异的幼少诗人的特写和妙笔。读我国传统诗词,如不理解这一道理,自然也很难说到什么欣赏(至于也读不懂《红楼梦》,那正是必然的结果)。

贾宝玉很器重香菱,因她肯下苦功、用苦心学诗。他说了一句话:"原来诗从胡说来。"这听起来很不美妙,岂不是贬诗为"胡说"?太觉孟浪粗鲁了。但他的原意是在强调那一与世俗有异的"诗理"。宋代严沧浪说的诗有"别学""别趣"的那个"别",亦即针对世俗一般"常理"而言。诗人固然可以愁风怨雨,但也可以眠云揽月。他能见一叶而惊秋,也能思千载而下泪。形形色色,总是他们的"痴"情"呆"性的表现。要讲欣赏,这一"方面"才是探本寻源的端头。忽略了这些民族诗歌传统上的事实,单讲一首诗的思想如何,艺术如何,终究缺少了一些什么,把诗都讲得和"论文"一个样,岂不可惜。

唐代有位诗人,作诗作出了"禹力不到处,河声流向西"[1],自己异常得意。有一个轻薄子,偏偏故意在他面前走过,口中吟道:

诗词会意

"禹力不到处,河声流向东!"吟后疾驰而去。那诗人得意只在一个"西"字,如今听人吟成"流向东",害得他从后面拼命追上来,大喊纠正:"不是流向'东',是流向'西'!西!"大家传为笑柄。

你看,这"笑柄"应当怎样对待才好呢?

1985年,岁不尽二日,寒宵再记

(原文为《诗词赏会》初版"卷尾余谈")

〔注〕

①我国古史上发生过特大洪水,大禹疏导九河,百川东归大海,万民方得陆居之乐。这两句诗却说,大禹治水时力所未及之处,水不东注,竟向西流。在立意和想象上,都令人耳目一新,故为奇句。

汉字痴迷

曹雪芹写宝玉有"小时候干的营生",旧事重提,颇有悔意。我就想起自己幼时,也有"营生",就是爱上了诗词曲,如同着了迷的一般。

但我对此,并无悔意。

也有人说,中华诗词有什么好处?总不过是叹老伤时,闲愁琐恨,寂寞悲哀,牢骚幽怨……像一种迷魂药,它浸染你,"麻醉"你,让你受了传染病,永难医治。

可是怪就怪在一点:说此话者应已"彻悟","了"此痴迷了,谁想他并未修行得道,仍然沉沦在诗词海中——因为他自己特爱作诗,不断地吟哦咏叹。

诗词确有一种迷人的"药效",但不是"病毒",正是她的魅力所在。

辑四　诗的存在

在我看来，人类高层次的精神活动大致分为两类：一是思想哲学家，二是诗人（广义的）。此二者也许时或相通，但思维与感受不同，表达方式也有异。哲学思维大概不会让感情进来打搅，而诗人却特重自己的和别人的感情，而不是哲思义理。

诗人是个大艺术家，也时常有点"怪"，与世俗人不甚谐调。他总有被人误会和嘲谤的遭遇。

做一个诗人是苦是乐？难说清楚。当他忽然想以一首诗的形态表达内心的感受之时，那总是一种高尚而纯洁的境界，不妨说成是"文之升华"——这儿包括他的人格、气味、素质、修养、造诣、人生感悟、价值观、审美观和社会的"关系"（往往有冲突），与大自然的联系（神往、向慕、契合）。他的感情忒丰富，感受力极敏锐。

他的敏锐感受力之一就是声音韵律，尤其是民族音乐语文——在我中华来说，就是汉字音韵声律的极大之美！

这也就是中华的诗词曲从一起源就是音乐文学的根本缘由。声律是民族语言的本身特点，而有些不明学理者误以为是人为的安排，要废掉中华诗的音韵而自以为这是什么"除旧革新"，真乃无知妄作之尤，文化悲剧之痛。

声律的基本规律就是四声平仄，绝不复杂麻烦。

汉字的声律平仄，灵心慧性的可以自悟而得，上智者可以一点即透。中智者有明师教之也能渐晓。唯有下智者不好办，怎么讲也不明白，做了一辈子的"诗"，竟然平仄不调。

平仄到底是什么？就是一阴一阳之道在汉语文中的自然体现。

汉字分平、上（shǎng）、去、入四种声调，声调错了就没法

259

诗词会意

懂——此乃单音字同音者太多而分别之要害，总在四声上显明。

平仄者，即平声字（又分阴平、阳平细类）都属平声，其他上、去、入三声，总括为仄声——仄即侧，不平之义也。

如此简单，绝无奥妙。

如以tong为例，则"通"为阴平，"同"为阳平，"统"为上声，"痛"为去声。

中华诗的一大特点是"义组"与"声组"的可合可分的奇妙关系。

诗句基本构成是二字为一基本"单元"，姑名之曰"组"。以文义语意为一单元或组者，我名之曰"义组"，如"朝阳""夕照"是也。以音为"组"者，是凡每二字为一组，不管文义语意，可断可连。举例以明之：

削发为尼实可怜，孤灯一盏伴佛眠。
光阴似箭催人老，辜负青春美少年。

此《思凡》剧中之句。如按"义组"而分，那是——

削发——为尼——实——可怜，
……
辜负青春——美——少年。

但诵诗吟句时则实际是以音组为准的——

辑四　诗的存在

削发——为尼——实可——怜，
……
辜负——青春——美少——年。

你如以为稀奇、难信，去听听戏台上的小旦角怎么念法，就服气了。

同理，司马光的名句，念起来是按音组而抑扬顿挫的——

四月——清和——雨乍——晴，
南山——当户——转分——明。
更无——柳絮——因风——起，
惟有——葵花——向日——倾。

此即"顿挫"之声美。

那么，什么又是"抑扬"呢？

抑扬也是平仄的内容，两者有合有分。仄，相对于平而言，即"不平"之义。如"因"阴平，声调之抑而低行也。"银"阳平，视阴平为微扬矣。"引"为上声，扬之"走高"。"印"为去声，则抑而"坠"矣。入声短促，可以"挫"义领会之。

所以要讲平仄"声组"，是说明作诗的基本规律：声组以第二字的平仄为准，平组与仄组总是交替排序，构成阴阳之道，抑扬之美——万变不离此"宗"。

在科考时代，读书者人人都得会作诗，即首先须通平、仄。南人四声甚清，不生混乱；北人只因入声之有无而麻烦较大，可是不知彼时私塾先生以何妙法竟教得平仄分明，思之不得其解。

我写这些，是要教人作诗吗？非也。我想说的倒是作曲配词（古谓之填词，即为曲谱定律而写词），或因词配曲的事。

民间通俗文艺演唱，无论大戏或鼓书，声腔吐字都必讲"字正腔圆"，最忌"倒字"。倒字就是唱出来的声调不对了，无法听懂。比如，"宝玉"唱得像"抱鱼"，"探春"成了"谈蠢"……岂非笑柄！京戏名角如余叔岩、言菊朋、马连良等尤为考究严谨，四声不舛。

可是，高层知识分子的作曲、配词专家们，却不然了。他们大约自幼从师习乐，是以西方乐理启蒙肄业的，而西乐西语并不存在"单字音以四声辨义"的重大问题，加上"白话文"打倒了"文言"之后，作"文"之人早已不谙声律为何事，汉语严重"外语译文化"——于是很好的曲谱与歌词，名为"配合"，实则完全脱了节，形成怪声谬调。但此理现已鲜有讲者了。

我初中时，音乐课教唱李后主词"春花秋月何时了"那首名作，"春花"两阴平，却谱成1 5，一扬一抑，差了三四个音阶。下边"何时"二字和"小楼"的"楼"字，三字阳平，"何时"走高唱ⅰⅰ，而"楼"却走低作5，又相差几音阶。再下边"春风"两阴平，却又谱作32 5，"春"走低而"风"忽扬。唱出来之难听难懂，令我童心深感不愉快——当时只能有"感"，尚不能说清道理病痛何在。

可见五四以来，专家已不懂汉字四声，所歌之词，全是乱的，非复中华之乐理了。(洋文无声别,高唱低唱,随意曲折,皆不妨碍语义,而中国人要与人家"一同",岂不糟糕哉。)

诗曰:

四声不辨也名家,台上名伶字不差。
阳抑阴扬谁识得①,洋歌声调满中华。

(选自《红楼无限情:周汝昌自传》,略有删节)

〔注〕

① 如京剧唱腔中,阴平字必走高,而阳平字必走低,名师历历不爽,此铁定规律,亦自音乐之妙理也。但今人无一道及此者,深可异也。

学诗

中国的传统，凡是读书识字之人，没有不会作诗的（作得是否"及格"，那是另一问题）。孔子这位大思想家、教育家，生有一子，名唤孔鲤。有一天，他见鲤儿在院子里跑，就叫住了这个"趋（小跑，疾行）而过庭"的鲤儿，说："孩子，你为何不去学《诗》？"随后讲了学《诗》的很多益处。这个故事就成为佳话和典故，后世常常提及，遂有"鲤庭""过庭之训"等成语。唐代杰出书法理论家孙过庭，取名也就来源于此。

孔子讲的"诗"，本指《诗经》（这是后起的定名，古代只名曰《诗》），但其理论教导之言，也适用泛义的一切优美的诗词，亦即可以引申为广义的诗歌。

最近上海专家研究的新成果，一批战国竹简（最早的书籍的形式）中，竟有三十枚记载孔子讲诗授诗的内容，全是崭新的发现。

辑四　诗的存在

其中有三句话,最为重要:"诗毋离志,乐(音乐)毋离情,文毋离言。"

但在中华文化上溯源,我们的诗本来都是音乐文学,即有谱可唱的"歌词儿",不是为了读的(那时也不存在现代的"朗诵"方式)。所以,诗、乐是涵养情志的"必修课"。

涵养,修养,也可说作"陶冶性情"。陶、冶是中华文化与科技发明创造的两大"阶段",极为重要!烧制陶器,冶炼铜器,是中华文化、文明对人类的最巨大的贡献。陶和冶的"工序",都是积累式的"慢工",即需要"功夫",而不是一下子做成,更不是轻忽草率可以"塞责"的事情。而我们自古以陶、以冶来比喻修养性情,使之逐步"提炼"而"修成正果",展现精华光彩——这就是学诗的好处。

可见,我们作为中华文化教养之下的中国赤子,必须继承优秀的教育传统,要认识学诗的深刻意义。

历代诗人,大抵皆是高流硕学,至性过人,爱民爱国,扬善贬恶,他们的心灵与文笔都极其优美高尚;所遗名篇佳句,给我们以无限的审美享受与心弦震动。这是中国文学史上的瑰宝。我们从中可以获得的感受、教益,会使我们成为精神世界优美高尚的人——也只有这样,才够得上一个真正的、有教养的中国青年和后起之秀。

2000年9月18日庚辰中秋后

诗的存在

诗在哪里？"在诗集子里，或者在选注本中，在报章杂志的诗歌栏内。"这固然不错。只是太狭了些，太拘泥于形迹了。

诗，涵怀于我们的广阔的艺海中，几乎是无往而不在。

诗，对于我们中华民族来说，不仅仅存在于"诗歌"这一块园地里，它遍被于艺术的世界，"渗透"在每个艺术分类中。

"诗中有画，画中有诗。"这种话，艺苑文坛的人是烂熟的了。怎么讲呢？很简单，不就是这个里头有那个的成分，那个里头又有这个的成分吗？这原也不错。不过，在我们的传统艺术理论看来，中国画不只是其中"有"诗，画的就"是"诗。

易言之，诗是语言文字的诗，画是线条色彩的诗。推之，音乐，对我们来说，也就是声音旋律的诗，曲艺是说唱的诗，戏剧是念、唱、做、打，综合音乐、舞蹈、画面、雕塑（一种"立体的画"），

辑四 诗的存在

熔之于一炉的诗。没有诗，上述的艺术品种——中国老百姓喜闻乐见的那些民族形式，将是不可能的，也就是说，不会是中国绘画、中国歌曲、中国戏剧这个样子的。

几十年前，在大学读西语系，一次在系主任——一位美国女士家里，谈起诗。那时我从一个"大孩子"式的天真出发，未免"夜郎自大"地夸耀起我们中国的古典诗是如何的高超美妙来。这时，在座的另一位美国女教师（好像是教经济学的）问我说："你们古代的那种诗，除了一些小小的感情的图画之外，还有什么伟大的作品呢？"我当时意气甚盛，听了不大受用，驳了几句，她还"将"一"军"："你们就没有史诗！"

这下子，我被她问"倒"了，因为我们确实"没有"史诗呀，硬证面前就难以强词夺理，但心里说："你哪里能懂中国诗？史诗，史诗，难道只有它才是'伟大'的？要说史诗，中国不是'没有'，那就是太史公的《史记》！那是一部真正伟大的史诗。你能懂这些吗？"为了礼貌，嘴里没说出来，心中赌着一口气。

事后想，莫要怪她，她到底是道着了一层真理：一点儿不错，我们中国古典诗主要是"小小的感情的图画"（恰好也是"诗中有画"了呀！），翻译成普通词语，就是篇幅不是太长的抒情诗。

谁不承认这一点，谁就无法懂得中国的诗，也就难以懂得中国的其他艺术。

上文所讲的，实际就是说，中国艺术的一大特色，就在于从其素质来看，无不具有极为浓厚而又十分凝练的抒情诗的"气质"。

我们的祖宗，很会写诗，一部诗总集那么早就出现了，这部名字

诗词会意

就叫"诗"的总集，虽然后来被经典化了，加上了"经"字，但它的最主要的本质也还是"小小的感情的图画"。我们古代把韵文分为两大类，西晋的陆机在《文赋》中早就做出了概括，指明这两大类之一是"缘情"的诗，另一是"体物"的赋。可见，"诗"与"情"是不可分的，换言之，我们的诗从早就是抒情体。汉人的赋，果然是"体物"之作，比如，"三都""两京"这些描绘诸大都会的赋，有人甚至说是"类书"和"词典"，但是这种赋"生活"的时期确实不久，很快就"变了质"。魏晋六朝，赋的"缘情"的成分越来越浓，曹子建的《洛神赋》，陶渊明的《闲情赋》，谁也不会承认它们还是"体物"之作，说它们是另一种形式的抒情诗，才更为得实。六朝的一些极精彩的小赋，如《别赋》《恨赋》《月赋》《雪赋》，形似赋物，实则满篇都是情致，与汉赋迥异其趣。这就是，因情而写景，写景是为抒情。"情""景"交融，"诗""画"合一。这条线，贯串着我们的文学艺术历史。

清人许梿，在《六朝文絜》中选录了谢庄的《月赋》，并有"说明"云："此赋假陈王、仲宣立局，与小谢《雪赋》同意。（谢朓的《雪赋》，也是假借两位古人以为'故事情节'的。陈王：曹植。仲宣：王粲。）兹刻遗《雪》取《月》者，以《雪》描写著迹，《月》则意趣洒然。所谓写神则生，写貌则死。"

这层道理，无比重要，我想外国的研究中国艺术的人，如果不先把这层道理弄得比较明白，事情是不好办的。许梿选取《月赋》而舍却《雪赋》不录，原因没有别的，就是后者的"抒情诗的素质"不如前者，那么由此又可知，中国的诗，"写神"而"生"，是核心，是

辑四　诗的存在

灵魂，是第一要义。

试看谢庄是怎样来"赋"这个"月"的——

> 陈王初丧应、刘，端忧多暇；绿苔生阁，芳尘凝榭；悄焉疚怀，不怡中夜。（暇、榭、夜，古音谐韵，应读xià、xià、yà。）乃清兰路，肃桂苑，腾吹寒山，弭盖秋阪；临浚壑而怨遥，登崇岫而伤远。

评者此处评曰："怨遥伤远，一篇关目。"可知名为赋月，实是抒情，一语道破。接下去：

> 于时斜汉（银河）左界，北陆南躔；白露暧空，素月流天；沉吟《齐》章，殷勤《陈》篇；抽毫进牍，以命仲宣。

由此引出仲宣，是为开端，仲宣因而答对，构成全篇的主体。不能备引，且看其中一段：

> 若夫气霁地表，云敛天末；洞庭始波，木叶微脱。菊散芳于山椒，雁流哀于江濑；升清质之悠悠，降澄辉之蔼蔼。列宿掩缛，长河韬映；柔祇雪凝，圆灵水镜；连观（去声，楼观）霜缟，周除（庭除）冰净。……
>
> 若乃凉夜自凄，风篁成韵；亲懿莫从，羁孤递进。聆皋禽之夕闻，听朔管之秋引。……

269

评选者又有几段话,也是值得我们寻味的:

> 数语无一字说月,却无一字非月。清空澈骨,穆然可怀。

> 笔能赴情,文自情生。于文正不必苦镂,而冲淡之味,耐人咀嚼。

> 以二歌总结全局,与怨遥、伤远相应,深情婉致,有味外味。后人模拟,便落套觉厌矣。

即此可见,抒情诗的实质,早已变换了赋的原义。许梿虽然是在讲赋,实际论的全是中国诗的道理。

赋犹如此(以"物"为主题对象的"铺陈"叙述文体),它可知矣。

我们的曲艺大鼓书,说唱艺术,该以"故事"为主了吧?其实不然。尝听过三位鼓老——刘宝全、白云鹏、金万昌的鼓书,那些段子,看来好像是为了传写历史人物的可歌可泣的事迹,但细一分析,"情节"实在是微乎其微,真正的"主体",倒是一片唱叹之音,每一段书,都是一篇绝好的抒情诗篇。

我们的戏剧,总该是以"情节"为主了吧?其实又不尽然。拿西洋"戏剧"的定义概念来"套"我们中国歌剧,往往是似是而非,牵强得很。我们的古典戏,实在也会被外国观众看作"小小的感情

辑四　诗的存在

的图画"。我们并非没有过"连台大戏",要演"三日夜"才完的"全本"。可是,说也奇怪,它们的命运也有点像"汉赋",剩下来的——久经"考验"、千锤百炼、百观不厌的许多名戏,实际上却是今天连外国人也知道称呼的"折子戏"。道理安在?说我们中国人、中华民族天生爱看的就是折子戏,像是一种"解释",但什么问题也没有说明。

我想,原因之一(如果不是全部),可能就也是折子戏者,本来即是"全本"之中最富有"抒情诗的素质"的那些单出,亦即诗意最浓的精华部分。

对刘宝全来说,不但《长坂坡》是唱叹的诗,就连《闹江州》也是诗——"故事性"始终不是主脑的东西。白、金二老的"红楼段子",那就更不待言了,那真是绝妙的一篇篇的唱出来的抒情诗。《女起解》,有什么"情节"好瞧呢?一个老"长解"差人,一个沦落不幸的妓女,只此二人,绝少"动作""热闹",不过在起解的途中,抒叙了她的情感而已,而观众能为之静坐凝神地"听"它。《夜奔》一出戏,通场只一个"短打"武生,腰横一剑而外,绝无任何陪衬,从出场到闭幕,载歌载舞,英风俊骨,尽态极妍,观者满堂,被他一人"吸"住,一动不动。英雄失路,急奔梁山,仓皇窘迫,这是"故事情节"的力量吗?那情节实在"场外"。

所以,女子苏三也好,英雄林冲也好,浑身是胆的赵云也好,鲁莽可爱的李逵也好,《山门》的鲁智深,《弹词》的李龟年……一句话,到了"段子活"、折子戏里,抒情诗而已。

小说如何?也有"抒情诗的素质"吗?有的,那就可以举《红楼梦》。曹雪芹写人,个个是栩栩如生,呼之欲出,但她们什么模样?你就说不上来,想不出来。谁能说得出林黛玉到底是怎样一个形象?这正是"写神则生,写貌则死"。曹雪芹写"事",也是充满了抒情诗的气息和境界,比如,灯伞溪桥、秋窗风雨,或是冷月寒塘、中秋联句,这都容易看到和讲起,问题还不单在这里,曹雪芹实际上处处是运用着诗的手法。如其不然,《红楼梦》的魅力也就不这么大了。

曹雪芹是大诗人。司马迁好像没留下诗句,但我深信他也是大诗人,否则,他怎么可能写出那样一种中国式的伟大史书来呢?

还有鲁迅。请读读他的小说、散文,处处有诗在。

"小小的感情的图画",也对——也大错。像我们文学史上的杜甫,他的一切——无论是"感情"还是"图画"——都不能算"小",司马迁、曹雪芹、鲁迅,也莫不如此,他们都够大的了,放在世界文学总和上去称量称量就知道。

在我们中国的艺术世界里,诗无往而不在,以上便是证明。

中华诗义

中国人作诗，所作成的应该是中国诗，而不同于外国诗的中译本。怎样才不致成为"中译本"？——了解一点儿中华诗论。诗论，可以包括先秦诸子的语录记载，史家的艺文评议，六朝的《文心》《诗品》，唐宋以来的诗话，也包括经典性选集、名家诗集的序跋，以及近世的诗学论文一类。

这样，对中国自己民族诗的观念、理论、准则、要求、理想……有一个基本领会，定有很大"悟处"——也有"享受"。

中国诗（绝大部分）是汉字语文的结晶，而汉语文有其极大特点特色，由此决定（产生）了汉诗的极大特点特色。

"诗"，原始汉字即是"寺"字，"言"字偏旁乃后加的"义符"。寺，古篆文还很清楚：是右手"持"着一个"㞢"形饰物（乐器上也有之）。"持"的手旁同样是后加之义符，是故，诗、持二者,同祖分宗,含义不同。

持,白话讲就是拿住不放下。这是"持续""持久""维持""护持""执持"等词义的真源。

所以,"诗者,持也。"持,则"引而不发,跃如也",不是一泻无余。持,故久而不竭——韵味绵长、无尽,这也就是"咏"的本义。所以中国诗是吟咏的,不是"念"的。

汉字与西文不同,必讲四声,不然没法懂。汉字四声(本有多声之分,四是最少的分法),诗学上概括为平仄两大类声调,因为汉字必讲抑扬亢坠——可以听听京戏道白即可觉悟。于是,中国诗律以平仄二声交替组成为根本大律,是为汉语文声律之大美、之妙韵。

平仄音组的更替交互的构成法,亦即中华哲思中的"一阴一阳之谓道"的规律的自然体现,而非"人为"的假"规定"。

不少人要"打破"汉诗音律,以平仄为"枷锁""桎梏",就是昧于汉字语文本身的特定规律,而误以为可与西文不分彼此了。

汉语文在诗中表示出的另一极大特点,乃是它的既灵活又紧凑的组构法则——西文的字词之间若无特定的"介词""联词"等,则绝不能成"语",遑论成"诗"?汉语诗正相反,什么"介""联"也不必要,就能"神奇地挂钩"而成妙文美句。

鸡声茅店月,人迹板桥霜。

乱山残雪夜,孤独异乡人。

辑四　诗的存在

　　请问：哪个是"动词"？何处有"介词"？然而十字之间，境丰而韵厚，令人吟味无尽、如身在境中，神与韵远。

　　何也？何也？

　　深思而赏会其道理，离开汉字语文自身的最大特点特色，是什么也讲不清的。

　　汉诗与音乐血肉之亲，听京戏、曲艺，其声腔永远是按字行腔，千古不易之理。五四新文化运动，历史功绩巨大，但崇"白"废"文"，后果也有很多问题——问题之一即文人连四声平仄汉字音律也不懂了。今日报刊多有"七言仿诗"的标题法可见，而百分之九十几的例子中是不懂汉字音律而平仄错乱的。这种文化现象很少人予以提出，是可忧的事，也并非细节琐故，所关至大。汉语文没有了四声韵律，音乐文学、诗词歌咏、为词配曲，皆无规律可言，一切照西洋语文"办事"，恐怕难说是不足忧虑的小事一段。

　　中华诗，中华语文，汉字声律，是不可以"置而不论"，以至"可以废除"的。

　　宜回顾，宜反思，宜回归自己。

中华诗论悟"三才"

讲求中华汉字诗的，无论是先贤的创作遗篇，还是后人的创作理论，都是丰富异常、极为深厚，其层面之重叠、色彩之斑斓，都有待于研求整理，但拙见以为，第一重点就要从中华诗和"三才"文化论的紧密关系而说起，我们的文化理论实际上是由"三才"的认识和表现而开始的。中华的六经之首《易经》就是一种最早的"三才论"。"三才"是什么？汉儒在《说文》中注解"三"字时，已然说得最为明确："三，天地人之道也。"《老子》说："一生二，二生三，三生万物。"其实，万物者就包含了人，所以"人为万物之灵"就可以作为万物的代表和精英……到了"唐初四杰"之一，童子王勃，其名作《滕王阁序》中有名句云"物华天宝，人杰地灵"，区区两句八个字就非常美妙地概括了天地人三才的文化思想。陆机的《文赋》，刘勰的《文心雕龙》……都是如此，而他们都是以讲诗论为主的文化大

辑四　诗的存在

师，今皆不暇细列，单说我们诗论中最常见的诗派，三大分类是：神韵、性灵、格调。其实，其源头都要从"三才"讲起方得明白，盖神是阳气之精，灵是阴气之精，而格调者乃是中华人的语文之特点，三者分属天地人。请你再看，我们的六经中《易经》是理论之首，《诗经》是作品之冠，而《诗经》所分的风、雅、颂三大类，究其实质又即是天地人三才的分部与组合，这难道都是偶然的文化现象吗？如果认为我这样举例仍觉得过于空泛，那就让我再举一个有趣的具体例证，这就是中华诗的声律格调，由于汉字的极大特点而不断发展，趋向精严，最后形成了七言律诗，达到了超妙的地步：全篇八句，四联，五十六字。其中包括了什么奇妙的组织道理呢？原来，它就是八卦的一个变形的文化图形展示，只不过是人们很少认识、领会而更少谈论、讲习罢了。请看，八卦者每卦由三爻组成，而三爻又即天地人三才的组合和变化——这一点是在《易经》里有明确说明的。再看，八个卦象是三乘八共计二十四爻，而二十四爻又分为阳爻十二，阴爻十二，历历分明，丝毫不爽。这是伏羲个人的有意安排吗？非也！伏羲的圣明之处在于他发现、悟到了这个天地人的大道理，并且用卦象表现出来而已，这并非是他个人人为的、有意的、标奇立异的结果。有趣的是，当你面对七律四声平仄的变化排列组合之时，就会惊奇地发现它也是每句有三爻，这三爻就是律诗严格规定的那个"一三五不论，二四六分明"，就是说每句七个字的第二、第四、第六这三个字的平仄安排是严格规定而不许错乱的。合起来看，八句、三爻、二十四个"律点"，恰好也以阴阳对称而变化组联，每句的三个"律点"总是一阴一阳交替而联成。从每联二句左右来看，上句的第一个

诗词会意

"律点"如果是平,则下句的第一个"律点"必然是对称的仄声。反之亦然,如果上联的第四个字为仄声,那么相对的下句第四个字必须是平。阴阳声韵的交替就是中华诗的声律之至美,而一般人不知道这是阴阳交替的自然大道理,却总以为什么格律、声调都是文人的陋习、陈规,加以不敬之词,不但不知循从自然妙理,反而以为那种阴阳之妙理不是汉字文学的宝贵特点,却成了拘束限制创作的枷锁云云,到底是非何在?真理由谁评定?这都是我们学诗者从一启蒙开篇就必须认真考虑和领会的首要问题。

《易经·咸卦》中有两句非常重要的话词:"天地感而万物化生,圣人感人心而天下和平。"你看,这么精约的两句话,指示出了天地人三才的有分有合,因天地交感才有了万物,就岂不是《老子》那个"一生二,二生三,三生万物"吗?而"圣人感人心而天下和平",万物既然化生而出,它们如此繁复,关系必然复杂,因此万物一生立刻就需要彼此之间的一个"和",一个"平"。充其量而言之,中华圣人发明、发现了天地人及万物的大道理之后,马上就指出什么才是这种共处共荣的真理。所以,化生是天地人的神功圣绩,而"和平"二字就是我们必须尊崇而不可逆反的大道周行——讲这些对本文来说不是孤立地讲经讲典,而是希望学习继承我们中华汉字诗的伟大传统,莘莘学子务必领会这种真理至美,而不要舍本逐末,自以为是"创新"和"发展",那就是忘掉了我们民族传统文化之精华,而走上了一条不可知、不可问的歧途了。

至于上文所指出的"和平",乃是圣人所感,这"和"、这"平"是否仅仅是表意的汉字呢?那又不然,越是"和"、越是

"平",越有实际的表现和传播,这就是创造八卦的伏羲的合作伴侣娲皇女圣在她许多发明创造之中单单先列出一个"笙簧"。"笙簧"的重要性可以由大文学家曹子建的《女娲赞》来作为说明的代表:"古之国君,造簧作笙。礼物未就,轩辕篡成。或云二皇,人首蛇形。神化七十,何德之灵!"由此可证,在汉魏时代的大师的心目之中,女娲已经是中华音乐艺术的源头与至圣了,笙簧的作用就是要表现"和",宣传天地人众多交感的复杂而重要关系的最高最美的声音之美学。所以,和谐与平衡也就是天地人三才的贯通之道,也就自然而然地成了中华汉字诗的声律之美与教化之尊了。

"诗性""诗心"与"诗境""诗音"

中国的诗（包括词、曲），特色至极突出，读来是一种享受，讲来却十分困难。正因难讲，更需知难而"进"，努力创造讲诗说诗的新形式、新体例。

中国诗的"源头"有两大端：一是中华民族的"诗性"与"诗心"，二是汉字语文的"诗境"与"诗音"。不懂这两大端，就不懂中国诗的特色——极独特的"美学特征"。

何谓民族的诗性诗心？比如，看见一轮皓月当空，一种人想的是广寒宫殿、神女嫦娥、桂花玉兔等；另一种人想的则是一个冰冷的死星球，要想知道的是它的物质结构、矿水资源、开发利用……这前一种人是中华诗人；那后一种人是一般科学家。此二者孰是孰非，孰优孰劣，不是评判你短我长的问题，只是指明两者之间的差异是何等的巨大！

又何谓语文的诗境、诗音？汉字单音丰蕴，每个字的构造包含形、音、义三个因子，加上几千或上万年的历史文化的浸润生发，结果是每个字都是一个"境界"，一个"文化信息库""文艺联想典"！而其音律，四声平仄，抑扬顿挫，音乐性极强，节奏性特美，而无论四言、五言、七言或"长短句"（词曲句法），主体组构都是以每二字为一个"音组"，以平仄（一阴一阳之道）交互轮换组联而成——乃是世间上千种语文的唯一的一种"诗的语文"，无与伦比！

对此，皆须寻索、领会、认识。

正因如此，讲中国诗，不知其极大的民族特点特色，而用外来（不同民族、语言、文化）的文学、理论、观念、标准等来"分析""解释"，于是中国之诗，所存几希矣。

讲中国诗，不是什么"形象鲜明""语言生动"……这一套常见词汇与概念所能从事的，需要中华传统大文化的"功底"，也需要中华独擅讲说（传道授业）的民族方式、风格。多年来文学界的理论家、批评家、鉴赏家，大抵过于倾心于西方的一切潮流、名色，而对上述问题多半是漠然无动于衷。这种情况使大部头的诗词鉴赏书籍（尽管做出了可观的贡献）失却了中国说诗谈艺的宝贵传统与瑰奇光彩。

读诗说诗，要懂字音字义，要懂格律音节，要懂文化典故，要懂历史环境，更要懂中华民族的诗性、诗心、诗境、诗音。

至于"诗无达诂"，要在彼此会心，古今契意——已不再是"知识性"层次的事情了。

古人说的"可意会而不可言传"，并非故弄玄虚，宣传神秘，讲

诗词会意

说诗的精微神妙之处确有此种感觉——因为以通常的语文、日用的词汇，来说诗赏句，那种"不够用""无法表述""难以传达"的惆怅之感，是必然会发生，而又"无可奈何"的。

2000年

（原文为《千秋一寸心》初版自序）

炼字、选辞、音节美与艺术联想

我在将及成童之前,就被词迷住了。那时是纯出偶然,在一本明末人的剧曲里读到它开场的一首《阮郎归》,不知为什么,只觉它那音节别具一种美的魅力,这魅力简直把我引入像似"陶醉"般的境界中,从此一发而"不可收拾"。作为一名村童出身的少年学生,那时并不能轻易见到什么"词集",可是我真是如饥似渴地到处寻觅这种书籍了,后来一本《白香词谱》和一本《中华词选》就成了最心爱的"宝书"……话要简短,我此刻想借这来说明的是:我一生最喜爱我们民族韵文文学。韵文文学中最喜爱的是词,并且有一个长阶段曾对它致力写作和研究。追溯其最"原始"的根源,却是在于我先被它的音节美迷住了,因为那时是还不能真正懂得那些词曲的文辞和意义的全部奥秘的。

以上是我自己的"亲切感受",真实不虚。那么,它说明了一

辑四　诗的存在

个什么问题呢？我自然不想冒充能解答一切问题的"能人"，只是觉得这其中必有道理。我想过的，至少有一点，这种非常独特的音节美源于我们的汉字本身之内的一种质素，即使最简单地说，它具有四声，这就与别的语言迥然不同，这种四声在日常一般说话中已自有它的特具的"组联"的规律。例如，"张王李赵""苏黄米蔡""欧虞褚薛（入）""王杨卢骆"……仅仅罗列四个姓氏，也是按四声顺序排次，井然不紊。因为必须承认，这样才最"顺口"，最"悦耳"。这就是汉字语文的一个基本特点。我们的文化历史是悠久的，历代无数艺术大师运用这个独特的语文进行创造，把它的特点和规律摸得最清，用得最精，这才达到了一个可以令少年童子感到"陶醉"的音节美的艺术境地。这不是偶然的、某一个或几个"好事者"在"玩弄文字"的结果，也不是人为地、谁下一道"命令"逼迫词人非如此这般不可的事情。

能体会这层道理，就可以更好地读词了，而不至于像有的人聪明自作，认为词律是"限制""束缚"或"妨碍"了他们的"创造才能"，要"突破""改革"这种"枷锁"云云。具有这种认识的同志，自以为写出来的是"词"，无奈没有一处合乎汉字文学的规律性和音节美，读上去只是令人感到说不出的别扭和难受，要说这有什么"美学享受"，我只有敬谢不敏而已了。

当然这要细心敏感，不可钝觉。记得马克思就提到过欣赏音乐也须先培养"音乐耳朵"才行（大意），这是深懂艺术的见解。"对牛弹琴"，其实说的也是这个道理。要有"耳音"（这包括形体上的"听官"和感觉上的"心耳"），耳音也靠天赋（因为有的人天生好，有的人天生差些），也靠培养增强。我们常听说的"熟读唐诗三百首，不会吟诗也会吟"，这一经验之谈，名言至理，其实说的主要也是读多了就读通了它的音节格律，并不是指辞藻、典故之类。何况词比起诗来，更加具有音乐质素（它本来是篇篇可以被之管弦，是为唱而制词的），读词，学词，而不知或不肯重视音律的事，我看那是一种取其粗而遗其精的外行的做法。

其次，要培养自己的语言修养，这不仅仅在于"语法""修辞""描写技巧"等这些流行的文学课堂上常用的概念范围，还要特别注意，须让自己具有一种能够体察"汉字组联"的精微奥妙的各种现象，寻绎它的规律性的能力。比如，汉字有大量的义同、义近、义类、义似的单字，你要看词人如何、为何选此字而弃彼字的各种道理。"花""葩"义同，又都是平声，而且同韵，可是无人说"百葩齐放"。李后主的名句，"林花谢了春红"，如果假设韵脚暂可不论，那你能否改成"林葩凋了春朱"？光是红，就还有丹、朱、绛、绯、茜、赩、彤、赤……一串字，你选哪一个？为什么非如此不可？都是一个异常精致微妙的艺术体会。"红颜""朱颜"粗看似乎"略同"，其实大异，你不能说"朱颜薄命"或"红颜常驻"。这样的例子，举之难尽，若细加讨论，可以勒为专书。

与此相连而又特涉音律关系的，是另一种"换字法"。比如，如果你在咏梅词中见了"红萼"二字，不必认为"萼"真是指"植物学"上对萼的定义的那个部分，它其实是因为此处必须用入声，故而以"萼"代"花"。你看见大晏词"晚花红片落庭莎"，不必认为晏先生院里真是种的"莎草"，其实不过因为"草"是上声，不能在此

辑四　诗的存在

协律押韵,所以才换用"莎"字罢了。这种例子多极了,也难以尽列。由于"地"是仄声,所以有时必须考虑运用"川""原""沙"这些字(平川、平沙、平芜,其实就是说平地而已)。因为"月"是入声,要在必须用平声的地方说月亮,势必要改用"玉盘""冰轮""银蟾""素娥"……如不明这都牵涉着音律关系,就会"简单从事",甚至"批判"词人只会"粉饰",搞"形式主义",或别的什么罪名,都可加上去的。

然而,艺术这个东西是奇怪的,说以"萼"代花、以"蟾"代月,原是由于音律而致,是千真万确的。但是一旦改换了"萼""蟾"……马上比原来的用意"增"出了新的色彩和意味来。所以这种关系又不是单方面的了。

由这里,已可看见炼字选词的异常复杂的内涵因素。王国维提出作词写景抒情,病在于"隔",凡好词都是"不隔"的。这道理,基本上应该说是对的,但事情也很难执一而论百。周邦彦写元宵佳节,有一句"桂华流瓦",批评意见说是这境界蛮好,可惜以"桂华"代替月,便觉"隔"了。不过,我曾想过,假如我们真个大笔一挥,替片玉词人改成一个"月光流瓦",那岂不完全是一个败笔?因为,如果作为学词者而不能体察词人的艺术构思,看不到"桂"字引起的"广寒桂树"的美丽想象,看不到"华"字引起的"月华"境界联想(是非常绚丽的五彩光晕,亦即"彩云"),看不到"流"字引起的"月穆穆以金波""素月流天"的妙语出典,也看不到"桂华"是引起下文"素娥"与"香麝"的精细笔法之所在,那就会要求艺术家放弃一切艺术构思,而只说"大白话",到那时,岂但"桂华"要不

诗词会意

得,"流"也被斥为无理不通了:月光怎么会流呢?!

于此,我就又要提出一个拙论——也许是谬论:在某种意义和程度上讲,我们中华民族的传统汉字韵文文学就是一种"联想文学"。何以言此?只因我们的十分悠久的和异常丰富奇丽的文化传统给艺术家们准备的"东西"太神奇绚丽了,几乎围绕着每一个字、词,都有很多的历史文化的丰富联想。你写月,有很多字、词可供选用,而由于选用时的条件、选用者的用意的各自不同,而发生出极不相同的艺术效果。同是月,你用了"桂",唤起的是一种艺术联想;你用了"蟾",唤起的是另一种艺术联想。这些,在高明的词人艺术家那里都是有其用意和匠心的。我们读词、学词的,应当首先细心体察领会,然后再形成自己的鉴赏和评议的见解,而不宜只论"字面",不计其他。

至于论诗多讲究"神韵",论词多讲究"境界"(或"意境"),则所涉益深,非这篇小序所能胜任了。在此,我只补充一端:此所谓境界,是艺术境界,不尽同于实境(尽管它源于实境)。温飞卿的名作,"水晶帘里颇黎枕,暖香惹梦鸳鸯锦",这完全是"造境",它并不是真的在"写境"。所以它看来也好像一种"反映(现实实境)",而实在又不是。我们的民族艺术,很多是最善用"造境法"的,京剧舞台艺术便是著例。它的目的全不在于只想引起观众的一个"逼真感"。不是的。要唱京戏,又要布置一大套"写实布景道具",就是在这一点上失路了。这一点,在诗词文学上讲,同样是一致的。这个说起来要费大事,我此刻只能说这么多。

文学艺术靠形象,已成常识,但也要认识到,我们的民族文艺不是停止在"形象"上（或者说"死于形象"）。只认形象，以为这是艺术的一切，艺术的极则，也将不能理解我们的民族文艺。北宋诗人石曼卿要咏梅，结果写出了"认桃无绿叶，辨杏有青枝"二句。这写得"贴切""中肯"，"扣题"扣得好极了，可是东坡善意地评讽他说："诗老（指石曼卿）不知梅格在，更看绿叶与青枝！"东坡认为石先生犯了一个大错误：咏梅而不知道写梅花的风格、品格，而只会说叶子绿、枝子青，等等。请想，难道绿叶青枝，认桃辨杏，这还不够"形象"吗？可是艺术大师认为单单是这个，那是不行的！

　　道理安在？我愿学习欣赏我们自己民族文学艺术的青年同志们，也能同时留意我们自己的民族文艺理论，不宜只懂外来的（主要从西方传入的）一些现成理论概念。如此方能较好地领略我国传统诗词艺术的特点特色。我这样说，并无轻看或拒绝西方理论的意思，只是说明一个事实：西方理论主要是从以西方为主的作品中提炼概括出来的。那些理论大师不管多么高明，但没有精通汉字文学，特别是韵文的条件，他们无从体认汉字韵文文学的一切特质特色，因而无从将这些极端重要的艺术实践和美学观念纳入他们早经形成的理论中去。说到诗人要咏梅，不仅仅是要写出梅花的形象，还要理解和表现梅花与桃花、杏花不同的风度、风神，但是这种"理解和表现"云云，显然不是一个"植物学"的问题了，这所涉及的，实在还有诗人本身的事。"疏影横斜水清浅，暗香浮动月黄昏。"自然不是脱离开"形象"，然而又绝非"形象"所能尽其能事。说是写出了梅花的高情远韵，毋宁说是写出了诗人自己的高情远韵。否则，"神韵"也好，"意境"也好，也都无从索解，不可而得了。

诗词会意

我在上文回忆我少年时得到一部词谱和一部词选而获得的享受和受到的教益,这也使我承认:至今心中比较熟悉的名篇,仍然是那时候印下来的不可磨灭的"印记",而不是来自"全集"或"总集"。选本的影响和作用是极其巨大的。我以为至今也没有人郑重估计过那一本被高人看不起的《千家诗》(以为那是"三家村"村塾"陋儒"的教科书),曾对我们历代普通人民起过多大的"诗教"作用!一部好选本,其实也与一部名著无异。

1982年6月

(原文为《宋百家词选》序,略有删节)

「言志」与「抒情」

中华文学史上的一个关键时期,就是我们历史上所称的南朝。南朝或称六朝,即在短短的时间之内经历了吴、晋、宋、齐、梁、陈六个朝代,且都建都于今天的南京地方。这南朝者是相对于北魏、北齐、北周等朝代而言的,北朝的文风仍然是以朴厚、敦实的北方人文表现为主,而南朝文风的最大特点就是文采风流,大大胜过北朝,此时,文论、诗论、画论、书论,以及文学重要选本和音韵之学,其发展都出人意表,超迈等伦,乃是中华文化上的一块巨大的宝石,其山辉水魅,内蕴外流,虽千古而后直至今朝,还是玩味探索不尽。就拿晋代陆机的一篇名作《文赋》而言,你看他开头怎么说的:"伫中区以玄览,颐情志于典坟。遵四时以叹逝,瞻万物而思纷。悲落叶于劲秋,喜柔条于芳春。心懔懔以怀霜,志眇眇而临云……"我常想,要想求一个比较简便的中华诗论的源头,不妨就从这一段要文来深入玩味探求。陆机说：要想从事文学创作，离不开两个大字，一个是"情"，一个是"志"。如果单就中华之诗来讲，那么"诗言志"，这是个最具典范性的提法，大家自古最为熟悉，不待多言，而光明正大地把一个"情"字推向这个论坛的最前面，郑重揭示于大家面前，这在以前无有同例。我们不得不佩服陆机的这种"勇敢精神"，不怕招来麻烦的后果（因为古圣先贤早有诗为我们揭示诗的功能作用）。这个"情"字内涵复杂，很难给它下一个又简明又精确的定义，比如，在《易经》里就有"圣人之情见乎辞"这样的文句，则可知那个"情"绝非后世今天人们所用来表达男女之间的那种情了。同样，人人尽知《红楼梦》的开宗明义一句要言，就是"大旨谈情"，也正因此字才引发了原著与续书的思想区分的重大问题。然而，孔子论诗时却又没有忘掉"情"的事情，因为他说诗的最高境界就是"哀而不伤，乐而不淫"，请想："哀伤""乐淫"难道不正是"情"的内涵和表现吗？

  我们为何要从这儿开始讨论诗的本质、思想、感情、文采、风格等，而都要先从这个"言志"和"言情"来做出一种合理的体会和解说呢？

  记得我在燕京大学读书时，因是西语系的学生，全是外籍教师，有时谈起中国诗来他们时常流露出一种含蓄而有批评意味的言辞，大意是说：你们中国诗似乎没有像希腊荷马的伟大史诗以及但丁的《神曲》等那种巨作，都是一些小方块的"感情图片"……有一位教师他不教文学，也附和着这样议论，我心里很不服气，但是想一想确实又没有驳正人家的具体例证，我们的五言、七言小绝句，甚至八行的律

辑四　诗的存在

诗都是最有名的"感情图片",怎么能怪人家说得不对呢?这个问题在当学生的时候是一件念念不忘的课题,时常来往于我的胸怀之间,就是后来,也一直想把它说个清楚——重要的仍然是我们中华汉字诗的这种小方块"感情图片"并不是不重要、无价值,中华人是追求重感情、重智慧、重灵性的精神境界。假如没有这个,只是写巨大的场面,比如,你把《三国演义》魏、蜀、吴三分天下的种种纠纷、矛盾、战斗等都写成诗歌的形式,以为这种长篇大论的历史诗歌更能代表我们中华汉字诗的精神命脉,假如是那样,那么我们为什么又把这一部小小"感情图画"的第一部诗歌总集即《诗经》,尊之为六经中的重要一部上等珍宝呢?

本文以陆机的《文赋》作为引序,展示中国讲诗有志、情两大部分,陆机的大本领是只用二句就把两者分清了,一个是"遵四时以叹逝",这是纯粹情感的问题,同时他又提出"瞻万物而思纷",请注意,他下了一个"思"字,这就不再是情绪、情感、情怀、情性等的问题了,而是用头脑来思考、思虑、思辨……这就是说不再与情感有关而转向一个理智方面的问题了——而理智者,正就是古人所谓"诗言志"的那个"志"字的同义语。

话虽如此,这篇小文的目的并不是要在"志"与"情"之间做出什么抉择、判断、立规矩、下结论,而是请学诗者一同来从头再作思考。比如,唐诗中有一篇脍炙人口的名作——张籍的《节妇吟》,诗中写道:

诗词会意

> 君知妾有夫，赠妾双明珠。
> 感君缠绵意，系在红罗襦。
> 妾家高楼连苑起，良人执戟明光里。
> 知君用心如日月，事夫誓拟同生死。
> 还君明珠双泪垂，恨不相逢未嫁时。

请君一诵，这么短短的一首非绝非律的杂言之篇，却感动了千古以来无数的读者。缘由何在？你能解释它的魅力何在吗？若要笔者解答，就会有如下表述：这篇名作既是抒情，也是言志；言志而没有把情完全否定或消灭，没有把赠珠的那位君子辱骂、奚落，把他小丑化，但又明白表示我接受了你的缠绵至意，不认为你是不正当的歪邪之用意行为，因此，我才把明珠系在衣服上，难道这不是以情报情吗？可是，我想一想，一位有夫之妇，为了感激另一位男人的情意就轻易地把明珠当作终身的佩饰，这样做值得称赞吗？所以我经过一番"思"达到一个"智"：我应该纪念你的真情美意，我更应该遵守与丈夫的盟誓，同命同运，生死不渝。

通过这个例子，似乎可以领会圣人原来的意思：诗要言志，而并不是说诗是和一篇言志的论文毫无分别，如果那样，又哪里来的"哀而不伤，乐而不淫"呢？

"诗律细"以外的"细"

陆放翁在《老学庵笔记》卷七里记下过这样一则：

> 先夫人幼多在外家晁氏，言诸晁读杜诗"稚子也能赊""晚来幽独恐伤神"，"也"字、"恐"字，皆作去声读。

诸晁对放翁来说，不但是母系尊亲，而且是诗宗前辈（放翁母夫人的外祖母，是晁冲之的姐姐。晁冲之是江湖派中有名的诗人）。恐怕放翁把这事记下来，不是毫无用意的。这两处硬把上声字改读去声的道理究竟何在呢？

"稚子也能赊"，是《遣意二首》之二的结句，那首五言律的收尾二句是："邻人有美酒，稚子也能赊。""晚来幽独恐伤神"，是

诗词会意

《题郑县亭子》的结句，那首七言律的收尾二句是："更欲题诗满青竹，晚来幽独恐伤神。"

应该注意到：在前一例里，上句"有美酒"，一连三个上声字相接，"有"不作平声，又是拗格；下句"稚子"一词又有"子"字上声在前，那么，又接上一个上声的"也"字，读起来就很难调谐了。因此，这个"也"字，明明是上声，必须硬变作去声来读。——就是说，要念得像"夜"字才行。

在后一例里，上句"满青竹"，恰好也是拗格，"满青"二字，正格应作"平仄"，现在改用"上平"了；依拗格的规矩说，就是"满"字本来应作"平"，现在用了"上"，所以下面的"青"字（本当作"仄"的）必须是"平"，术语叫作"救"。这种四声平仄之间的辩证关系和规律，是很有意味的。但上句既然用了"满青"，在本句中虽然"救"好了，可是和下句的关系还待调整。不想下句中相当地位的两个字音，合了掌，恰恰也是"上平"——"恐伤"，这就又发生问题了。因此，这个"恐"字，明明是上声，必须硬变作去声来读。——就是说，要念得像"控"字才行。

道理就在这里。这是因为：我国诗歌具有高度的音乐性的美，这个美不容随便破坏。四声平仄是我国语言中的一项极为独特的特点，而它们之间的辩证关系非常微妙。

杜诗是以"晚节渐于诗律细"著称的，而诸晁在"律细"以外，还要在读（实际指"美读"，即吟唱诗句，不是现代的"朗诵"）时"加工"，细外还有细处，可说深得声音精微之理。

因此我想到音乐、歌曲、戏剧。京戏里有"岂有此理"和"我

辑四　诗的存在

好悔也"两句话，巧得很，四个字都是上声。在"韵白"里，如果演员"认真"，满宫满调地把四个字都念成上声，结果台下一定哄堂，因为那太难听了！实际上，四个上声字，只有一个是真读成上声的：在前例中就是"理"字，在后例里就是"悔"字。——其余的，实际都改念成别的音了。例如，"岂有此理"，实际上念得如同"其攸次理"一个样：那就是"阳（平）阴（平）去上"。

为什么定要这样呢？那道理就和诸晁把"也""恐"改读去声完全相同。

以上是精通了四声音理而随宜处理的例子。但另一方面却又有未能精通四声音理而随便处理的例子。"随宜""随便"之间，大有分别。比如，唱戏的大忌之一，是"倒字"。倒字就是唱得错了四声，令听者莫名其妙。只顾"耍腔"的，易犯此病。所以要讲"按字行腔""依声制谱"，然后才能"字正腔圆"。否则，那只能是"荒腔倒字"。

近来，有的作曲、制词家，似乎对这些道理注意得还不够。也许，学音乐歌曲，一般都要对西洋乐理注意精通，而西洋语言里本无所谓四声平仄，一个字，可视其乐曲而随便谱成高、低、由低而高、由高而低。到我们的语言里却不行。编新剧，创新腔，也是一样，万变不离其宗，绝不能破坏祖国语言中高度的音乐性节奏美，绝不能违反四声平仄间的辩证关系和规律。

只有这样，才能使每一个听者都能听懂。

1961年11月5日

严于音，细于律

正刚《词学新探》行将付梓，嘱为弁言，欣感之怀，百端交集。

回忆与正刚初相结识，时在1940年，我因求学历程异常坎坷，1939年才得考入燕大，而入学实在1940年秋，彼时正刚已是高班级，而年龄反不若马齿之长，仍以弟视之，亦即弟呼之，至今遂已垂垂四十载。

我与正刚之交，交在词。未名湖畔，若有我二人偕行形影，必各有新阕，而相与推敲之时也。前岁赠正刚律句，颔联云："明湖照绿当时鬓，宝箧怀丹别后心。"四十年交期，十四字约略尽之。

正刚治词，严于音，细于律，严处一声不能假借，细处只字辨于毫芒。每填一曲，往往于关键紧要字骈罗并列异文至四至五，必就吾以定取舍，我亦不辞，一言而抉其得失高下，正刚未尝不欣然服所断，抵掌商量，寸心甘苦，以为课余之一乐事。

辑四　诗的存在

正刚严于音，细于律者如此，或以为过，余则不然。凡治一事，习一业，以精为可贵乎？以粗为能事乎？学词而不审音按律，岂复是词！艺术之事，必有规律；违其规律，即丧其体质。故曰律诗而不谐平仄，便非律诗。若是者何不另作"自由体"而仍以诗词名之？平仄格律（包括对仗骈俪），本源全由吾国汉语之具四声，不论四声，岂复有汉语，况在音乐文学乎？初学者昧于此理，或自假于"重内容"，而摒规律于"形式主义"之列，犹以为知所重轻。重内容，盖谓不可徒具形式，而非谓可无形式；言规律，固以为必如此方能表其内容达于美善之境。何尝一言音律即等于"轻内容"乃至"废内容"？道理至明，本不复杂，特时时为强词以夺其理耳。

吾与正刚之审音按律，亦非孤立于只字，拘墟于一音，必细察其上下前后左右之种种关系，然后乃尽得其宜。音律绝非呆法死律可以尽之，宽严奇正，盖处处有辩证法则在也。

前人讲东坡"大江东去"，误"遥想公瑾当年，小乔初嫁，了雄姿英发"[①]为"遥想公瑾当年，小乔初嫁了，雄姿英发"，又误"故国神游，多情应笑，我早生华发"为"故国神游，多情应笑我，早生华发"，翻曰："东坡不拘拘于格律""只要词佳，可以打破格律"云云。此诚笑谈。试思乐曲节奏，自有句读停顿，戏剧曲艺，莫不皆然，岂有可以任意将下句之字"唱入"上句，上句之字"歌归"下句之事？即今日之白话新曲，亦难有"不按句读"的"唱法"与"谱法"。此理又至明，本不复杂，而误解误说者尚如彼，则正刚此书，固有其不可没者矣。

我年十五岁，即自学为词，至今不能尽弃。"声音之道，感人深

诗词会意

矣",虽似陈言,岂无至理。因略举所感,以复于正刚。

1979年4月末,己未清和初吉
天津周汝昌漫语于北京东城
(原文为《词学新探》序)

〔**注**〕

① "当年",谓"正当年""年力正富",非"昔年"义。"了",全然,"了雄姿英发",犹言"全然一派……气度气象"。"了"字此种正面用法,六朝唐宋之后,至明人尚偶一见之,后唯反面句如"了无意味""了不可辨"之类用之,正面句用法遂不为人知,将"了"字归于上句"初嫁"之下,正缘此故。试思"初嫁",谓容光焕发时也,"初嫁了"是何语?只一寻思,便知东坡绝无如此造句造语法矣。

灵情生声

羲元学友寄来了他历年所积吟草，谓将付之梓，嘱我为序。受而读之，果然不能已于言，觉得要说的话虽是羲元所引发，亦异乎一时即兴之狂言，更非酬酢泛常之套语。试为羲元诗集引端抽绪，也可资同道者浚发交流，存思赏会，遂为之序。

我素日论中华之诗，喜欢采取庚青韵中的四个字，来统率，来品评。哪四个字？曰灵，曰情，曰生，曰声。以此四准而绳古今篇什，得其全备者，谓之上品；不及四而得二三者，可居次品；四者俱无，谓之非品，即不复列于品，已经不能以诗论了，又何品之可言。而我索之于羲元晚听稿，乃喜其四者备，而品次可以权衡矣。

何谓灵？天地间一种最可宝贵的气质，不知何名，吾中华则名之曰灵。大家都说人类之异于禽兽，在于有智能思，能感能言。此固然矣。但我中华有言：人为万物之灵。愚以为此灵者，高于智者甚多

辑四 诗的存在

甚多。如以西文表之,智是Intelligence,而中华之谓灵不止于此也。智者可成为思想家,穷究玄理;可以为科学家,声光化电,月异而日新,然而并不是灵。灵唯诗人艺家有之。灵异于实物实事之理,非智所能统包。故有词语曰"空灵"。灵必秀发颖异,故恒言又每闻"灵秀"二字相连。盖头脑、心灵为二者分举,本不混同也。

晋代大画家实兼文学家顾虎头,三绝中痴绝居一。夫痴者智之反也,然而虎头创一词曰"通灵"。他自谓他的画已然通灵了(见《晋书》)。而曹子雪芹承用之,谓自己原为一石,得娲炼而通灵了。故贾宝玉代表着中华人品的最高级境界——灵品。故贾宝玉即是吾中华之大诗人、大艺术家的最光彩夺目的仪型。唐少年王勃作《滕王阁序》,能道得物华天宝,人杰地灵,隐然早有深契于心者矣。

我观羲元:其为人禀赋,灵型佳士也;其诗句间皆有灵气氤氲往复,举凡尘俗鄙浊,格格不能混入笔端。何以如此?则灵气之所为主宰也。

羲元有五绝一篇,自谓戏笔,其句云:"三十而不立,四十惑更多;五十人生始,六十奈情何!"我看了,深为感动,以为并非戏笔,沉痛之言也。或以为此乃有意与孔圣唱对台戏,有意翻案文章耳。余曰:倘如此解,则俗极亦浅极。盖孔子乃哲人,他自述人生阅历,修养体会,亦非狂语惑人,而诗人与哲人之间却有根本差异,而绝不同于有意反对之俗义也。羲元之笔,一针见血,年六十矣,而无奈于一"情"字何。是真千古诗人艺家的本质与天性。人以为贾宝玉于每一女儿皆滥用情,岂其然耶?独不见他见了燕子就和燕子说话,水里见了鱼儿就和鱼儿说话乎?其为花为木,对虫对鱼,莫非如此。必有如是博大之情,方能为千红一哭,而与万艳同悲也。何滥之云哉!

以此观其诗稿，乃晓其情至处，正与宝玉型，即灵型人物为一丘之貉。

情犹较易明者，无烦词费。又何谓之生？昔五柳先生作赋，尝曰："木欣欣以向荣"；作诗，尝曰："平畴交远风，良苗亦怀新"；曰："孟夏草木长，绕屋树扶疏"。少陵叟律句则曰："欣欣物自私""花柳更无私"。凡类此者，皆是一片生机、生意、生趣，即天地之大美而物灵之至情也。大慈大悲，愿一切物各遂其生，仁人志士，亦总不能与此愿相违逆。情痴情种，揆其本怀最深处，仍不逾此，非有他也。是故既灵复情之诗人，莫不以写此深衷为主旨。国计民生，风和日丽，溪声月色，万紫千红，列举可以百端，而生之美是其一切之核心与神髓。为写生机，诗人以文藻，画家以丹青，形貌似别，其致一也。

画家以临摹之课为基本功，乃所以求古人之技与法，而专名其即事实践曰写生，含义最深。吾家茂叔先生，不以诗画名世，而庭草不除，传为佳话，盖深识生机、生趣之至理者。故南渡词人周密，独号"草窗"，可谓家声未坠。

此生，诗艺中似奥隐而又鲜明。排比字句，枯寂板僵，有理致而无生机，循逻辑以宣训诫，种种索然之辞，遂去诗日远，全归死句。观羲元题画诸篇以相证，我自以持此拙论为不谬。质之高明，当有印可。

第四举声，又何义也？声者声容气味，不可缺一。汉字文学，无拘诗文骈散，愁是音律撑拄其间。音节之美，悦心动性。声音之道，感人深矣，如是如是。吾华音韵之学，盛兴于六朝，大成于隋唐，故诗文之美，造乎巅峰。沿至明清，凡操笔之士，未有不谙平仄者。北语无入声，而通人亦不差池。家君为末科秀才，其业师亦燕南赵北之

辑四 诗的存在

人也,然我少时留心以习察,家君之于平仄,包括入声,绝无一字失误,则当时教之此道,必有良法,而非一凭死记。大约此音乐之道,必亦与灵有其关联。近者汉字音律文学,日益就荒,报刊喜以七字为标题,仿诗句也,比比皆是,而百例中偶有一二合律,其余皆参差乖舛,读之令人难堪。而邻邦犹不至此也。乃知即高等学府中先生、学生,昧于声学,已非一日。中华诗词,寻其本质,皆乐府辞也;其戏曲歌唱,亦必按字行腔,绝不可背之定律也。西洋语文并无四声,故可随意制谱,抑扬亢坠,了不伤于词意,聆之无别。乃近世华人以西法以谱汉辞曲,于是紊乱败舔惰,民族文化,一大厄也。诗家而不识四声平仄,而冀其所作声容气味,可以赏心悦意,讵可得乎?

是以羲元以此编见示,我即以鄙意私订之庚青韵四字准则以求之。然后喜而序之曰:"羲元之诗,是真诗人之诗,以其灵情生声,一一具在矣。"

羲元何以名其斋曰"晚听"?自云酷爱玉谿诗与雪芹书,故取"秋阴不散霜飞晚,留得枯荷听雨声"句中二字,以为之榜也。闻之大喜。我二人有同嗜者如此,又念枯荷之语,雪芹独引作残荷,则又何也?或谓偶然记错了耳?我曰:"恐未必然。盖雪芹不喜那个'枯'字,有意地易而去之。何以不喜'枯'字?即以其与生违逆,不忍令黛玉口中出此无生之语也。"质之羲元,当复拊掌称快。而拙序亦可以无曳白之讥乎。

时在癸酉新秋,暑气未尽,信笔书之。时年七五。

1993年

(原文为《晚听斋诗稿》序)

怎样教诗 —— 浅谈中国诗的特色

久想和从事教育工作的同志们谈一点儿拙见，就是如何诱导青年学生们理解我们的民族传统诗歌的问题。

我用"民族传统诗歌"这一名目，是针对流行的"古典诗歌""旧诗词"等提法有意而为之的。因为我认为流行的提法不科学，有语病，应当让初学者从基本认识上弄得清楚些，防止给他们以先入为主的错觉概念。比如，什么叫"古典"？是等同于"古代"吗？但古人作那诗时就是"当代""现代"得很呢。"古典"原是指艺术流派而言，不指"时代先后"。何况唐宋元明清，很多诗人写出来的佳句简直"口语化"得再也无法"进一步口语化"了！怎么又是"古典"？至于"旧诗""旧体"云云，我觉更是大欠妥当，极切，溯其原因，大约是从五四运动"白话文学"兴起之际，有些人便以为中国诗也必须"打倒文言"，并且将"白话诗"误会为嘴里随便说

辑四　诗的存在

的大白话，照样子写在纸上，分了行，就是"白话诗"了。还有，翻译西方诗歌的人，大抵是采用"白话"无疑了（只极少数个别人也用传统诗体去译外国诗），"白话译诗体"对当时的诗坛的影响是不小的，这也不言而喻。于是乎，历来的传统诗歌的体制自然就变成"旧"的了、"古"的了。这也罢了，但一个名目总代表一种观念、概念，导致一种理解，这种名目便也使相当多的人发生了错觉、误会：他们以为那些"古""旧"诗词是一伙"古人"在那里毫无道理地生堆硬砌，闭门造车，为了适合自己的口味而凭空造出来的形式、格式、文字把戏，那么复杂的"格律"规定，都得严守，这岂不是人为的枷锁，艺术的桎梏？其既"古"且"旧"，流毒不浅，必须像垃圾一样"处理"掉才行，是清楚的了。

发生了这样的"理解"的，别的不说，只说一端：就是忘记了十分重要的事情，忘记了中华民族的传统诗歌的体制的所以形成，完全是由于中华民族的主要语文即汉语文本身所有的极大的、极鲜明突出的特点特色，这种特点特色，决定着民族传统诗歌的一切特点特色之产生、之发展、之成熟完美——而且这是经过了祖国数千年文化历史上的无数艺术大师们的探索、实践、积累而取得的最辉煌的成就！这绝对不是某一个人，某几个人，出于一己的"心血来潮"弄出若干"花样"来，并且"命令"大家都来"服从"他们、一致"履行"的模式。

这样的一种传统诗歌，是我们民族文化的精华的高级表现，无比宝贵，怎么把它当成了一种只是单纯"古""旧"的"古董"了呢？！

诗词会意

若问祖国语文的特点特色——所以形成民族传统诗歌的这种特定格律和体制的根本因素——究竟都是些什么,在此小文之中只能粗举浅说,聊为提引:

一是汉语单音而有四声平仄。这是一个极大的特点。外国人学汉语最难的一关就是通晓四声,大量的人因过不了这一关而放弃了学汉语的"野心",可知其难,可知其重要。四声是平上去入,在声调上有极鲜明的区分:平(阴平、阳平,相当于"第一声""第二声")可以慢声长延而不变其调;上去("第三声""第四声")抑扬亢坠,构成声调变化的主要"部分";入(普通话废而不用,但南方实际语音中则极为显著)极短促,其声才发即止,好像极急速的"快读"而"不及读完"它似的。在诗歌中,平仄两大声类的分法是:平即阴、阳二平,仄即上、去、入三声统包在内。口语四声不清,听者不懂;诗歌平仄不调,尽失音乐节奏之美。实际上,四声平仄的运用,在日常俗话中也时时可显示它的巨大的规律性。比方,"张王李赵",只举四汉姓,那次序都是符合阴阳平上去的,遑论其他(成语、格言……)。这种具有四声平仄的语言所写出来的诗,"先天"就有自己的独特的格律要求,不是"人为"的,更不是可以拿"外国的如何如何"来做什么驳难或借口的。只学过"西洋诗歌理论"的,自然也无从理解我们的传统诗歌为什么要如此组织音节,必合乎此种规律,方能悦耳动听,音乐美极其强烈感人。

二是汉语的"特别组联机能"。从小时只接受过欧西语法观念并用来解释和要求汉语的人,将永远不会真懂得我们自己的传统诗歌的妙处。比方唐人写游子在外,遇上过年,除夕一人守岁的况味,写道是"乱山残雪夜,孤烛异乡人"。这种精彩的名句,你看它可有"主语"(过去也叫作"句主")?不但这儿没有那个"主"人,而且哪儿又是"谓语"?在欧西语文中,没有"主""谓",特别是没有"动词"的,根本不成其为"语文"——不成话!可是你在上举两句十个字里找找看,哪个字又是"动"作之"词"?

上面一例,毕竟还有"乱""残""孤""异"四个是"形容词"附加在那六个"名词"之前。更奇的例,我还可以举给你看——

"鸡声茅店月,人迹板桥霜。"

这实际是十个"名词"组联在一起,就成了最脍炙人口的名句,你道奇也不奇?!凡是做过一点儿外文翻译的都会知道:你若想把它译成外文,那"麻烦"不在于别的,而在于你首先得"找出"谁来充当"主语",然后再在字与字之间"找出"一种"合理关系",并因此而加上一大串的"介词""联词""转折词",这才"成话"呢!其结果,就是古人说的"将活龙打作死蛇弄",那本来灵通活妙的诗句,必须弄得一僵二死三无气,呆相尽出,一丝活意也无,这才算"合语法",可判"及格"呢!

即此可见,我国一位有识之士(第一流的学者、科学家),把汉语华文评为世界上最进化的高级语文,是不虚的(我们有些人却把祖国语文看成是陈旧的应当废除的东西)。以这样的高级语文写的诗,必然有它自己的表现法和神韵境界。过去探索中国诗的奥秘的,往往忘了这一切的最重要的源头就是这个独特而神妙的语文本身,而不是天上掉下来、外面"安"上去的"装饰物"。

三是汉语中数量惊人的双字联绵词语,反映了中华民族对于客观世界的深刻而高超的体察感受。比方说,春寒是"料峭",严寒是"凛冽",春风是"骀宕",秋风是"凄紧"……你试从外文词典里找找看,可有"相当""相应"的词语可供"翻译"?再比如,我们的"朦胧""迷离""苍茫""依稀""缥缈"……你要查找外文,只能找到一个"不清楚",只好用这个词儿来算数。问题是,"不清楚"这是何等平庸乏味的语言(和观念)?而我们以上举的那些例子,又是何等的丰富超妙的体察领会的表现法?那本身就具备了诗的神韵和境界。这是头等重要的事情,可惜很多人视而不见,见而不思;"敝帚"还要"自珍",却总以为什么都是"洋的"好。

我只粗举三端,已约略可见,讲我们的民族传统诗歌是不能用简单化的非科学认识去给它贴上"古""旧"的标签的,我们的高级语文既不"古"也不"旧",这决定我们的民族传统诗体不会是简单的"古代文物"。

我用这篇小文向老师们呼吁:盼望你们引导我们的青年一代,正确理解我们的宝贵的诗歌传统成就,首先要从热爱祖国语文做起,方能逐步地深深领会其中道理。

谈对联

对联是我们华夏民族的一种"独门"的文化现象和文学形式。所谓"独门",是说全世界就只我们特有,我们专擅。比如西方,就不曾听说有对联这种名目的产生和存在。道理安在?这就是一个高深的文史哲综合性的大课题,而绝不是一桩细琐的"闲文",或偶然的"异象"。我的理解是,对称和谐之美,大约是我们这个宇宙中的诸般至美中的一大关目,而华夏民族最能感受它,表现它,赞颂它,运用它。这就使得我们的语文天然具有内在对称质素,并且从远古以来就朝着对称美这个特色的方向不断发展。单从文学艺术来说,发展到南北朝已然达到了一个极关重要的关键时期,汉语文本身的独特的形、音、义综合美,这时经过无数文学大师发挥运用,造诣已到高峰,为隋唐的格律诗的新形式奠定了最好的基础。于是对联这个文学和美学的概念,也就充分得到"认定"。

诗词会意

由此可见，对联乃是我们这个伟大民族的美学观和语文特点的综合物，是几千年文化史上的高级创造积累的特殊成就。不认识这一层意义，就会把它当作一种文人墨客的装饰性"玩意儿"，或者加上"形式主义"的洋帽子。

对联该当是贴在门框、悬之抱柱的。这自然不错，但不要忘记，我们日常口语中也离不开"对对子"。你若不信，就想一想："神清气爽""兴高采烈""无精打采""垂头丧气""桃红柳绿""鸟语花香""有理的五八，无理的四十""八月十五云遮月，正月十五雪打灯"……这些罗列不尽的常言俗语，都是什么？那本身就是十分工整的对联。旧时学童，除了读书作文之外，最要紧的一门"必修课"是"对对子"，他们要念会了"天对地，雨对风，大陆对长空"这样的无数种优美悦耳的"对子歌"。从这里，你可以体会，我们的语文，"天生"的就是那么安排好了的"对联"，不但词义为对，音调也为对——平仄是要严格对仗的："天"是平声，"地"恰为仄；"雨"是仄声，"风"恰为平……依此类推。你看这是不是一种奇迹？

我常想，不管是谁，当他读宋贤张耒的词，读到"芳草有情，夕阳无语；雁横南浦，人倚西楼"，或是读唐贤王勃的序，读到"落霞与孤鹜齐飞，秋水共长天一色"时，如果他不能领略、欣赏这种极高度的文学对仗之美，那他必定是在智力和精神文化水平上的某方面存在着巨大的缺陷，而那实在是至堪叹惋的事情。扩而言之，假如我们的青年一代都不能领略、欣赏这种至美，民族文化的前景就可忧了。

对联是由我们语文本身的极大特点特色而产生的，并非"人

辑四　诗的存在

为"地硬造而成。这在西方语文中是没有的。比如，莎士比亚的名剧中，偶然只有运用"排句"（Couplets）的例子，那还远远不是"对仗"。我记得英国著名汉学家谢迪克教授（Porf. Shadic，早年在我国燕京大学，后在美国康奈尔大学）告诉我说："在英文来说，用排句是为了取得一种特殊的艺术效果，用多了读来使人有'滑稽'之感。"这说明中西语文之异，文学美学观念之异，是多么巨大（因为我们有全部排句对仗的骈文体，如《文心雕龙》，乃是价值极高的文学理论名著）！常言说"敝帚自珍"，我们的对联文学，是值得自珍的，何况它还并不同于一把"敝帚"呢！

六朝以后，格律诗达到高度完美的音律定型阶段，这时对仗更加精工美妙，实为文学上一种特异的奇观。于是，警策之句，精彩之笔，总是集中凝注在对句上。在律诗来说，即落在颔颈（或称颈腹）二联上。于是发生了摘句欣赏评品的风气。这就更加促进了对联的"独立"形成与繁荣兴盛。

由此又可想见，对联是一种"精粹"，一种"提炼"，一种"结晶"，或一种"升华"。它有极大的概括能力，能以最简练的形式唤起人们的最浓郁的美感，给人以最丰富的启迪，或使人深思、熟味，受到很大的教益。它又有雅俗共赏的优点，农村父老之喜爱对联，绝不下于高人雅士。

我们过年过节的春联，更是举世罕有伦比的最伟大、最瑰丽的"全民性文艺活动"。

我从幼年读联，祖父、父亲都喜欢把佳联摹勒在板上，镌刻成"板联"，悬在厅室，朴厚清雅之至。至今我仍能背诵那些给我智慧

和审美培育的联文佳句。《红楼梦》第十七回写宝玉试才题对,第一副联是登上沁芳桥亭,"四顾一望,便机上心来",于是说出"绕堤柳借三篙翠,隔岸花分一脉香"两句十四字。这一联,表面全切水景,实际又分隐"红""绿"二义,与"怡红快绿"暗暗相关(这又是为了遥遥映射黛玉和湘云二人的结局而设的)。对联的作用,由此亦可窥一斑。

1987年中秋前

(原文为《中国古今实用对联大全》序,略有删节)

「对对子」的感触

二十世纪三十年代之初，我才十多岁，小学尚未毕业，那年四哥读完了天津南开中学，上京投考清华大学，不幸因倾盆大雨误了场，使他一生抱憾。他当时回家就告诉我们：国文试题对对子，出的是"孙行者"。一晃几十年过去了，这事我却忘不掉。某年的《北京大学学报》上，我国第一流大学者季羡林先生撰文论及我们的几部文学史的不足，应该重写，并连带说到学校语文课须教给学生对对子，学作中国传统的诗，这样才能亲切体会赏鉴古代文学杰作名篇的好处何在，才能有深切公允的评价（以上是大意，是我凭记忆的一种"转述"）。我读了本报讨论对对子的文章——季老的建议，心中着实有所感触。

羡林先生和寅恪先生是两位文史宗师，后先辉映。他们之所见略同，大约其中必有道理，我们不应漠然置之而无所思考。寅恪先生

辑四 诗的存在

已把对对子的意义揭示于人了。我非常赞同他的见解。因为对对子这种传统教学方式，并非只是科举的要求，文人的习气。它产生于中华汉字语文的极大特点，而绝不是人为的无聊的文字游戏（有人把它当游戏，那是另当别论的事）。我们的语文"天生"具有"对仗性"，而且人人运用，天天实践，只是自己不意识自己是在对对子罢了。比如，你说俗话、谚语就离不开对对子。连许多成语，其本身都是对子，若列举是举之不尽的。"半斤八两""大呼小叫""桃红柳绿""鸟语花香""黑灯瞎火""和风丽日"……你能举得完吗？只要你一想，便恍然大悟——原来自己每天说的读的听的记的，处处是对子！

"有理的五八，无理的四十""八月中秋云遮月，正月十五雪打灯""人是铁，饭是钢""脸上一团火，心里三把刀"……这些也是谁也举不完的。这都是群众百姓的创造。他们怎么了？难道能说他们患了"语文病"？再不然是受了文人墨客的"毒害"？

都不是的。这种喜欢对对子的现象，根本原因就是我们汉字的极大特点特色：它单音，但又有声调的变化，现代已将当时复杂的声调简化为"四声"，而对对子的又把四声归纳为平仄（阴、阳平是平声，上、去、入是仄声）。如此简而又简了，可还有人嫌"麻烦"，认为什么都可以不懂也不讲，胡来乱来也是"语文"，那恐怕是不大对头了。

汉字的对仗，是"天生"的，不是人生扭硬造的。"天对地，雨对风，大陆对长空。"这种"歌诀"式的"对子示范"，不但显示得清楚，相应的两个字不但义对，音也对，而且你念诵起来，其音调、节奏非常之美!除了我们中华汉字语文,未必还有如此优美奇妙的"思想符号"了吧?

对此,岂能一不自知,二不自惜呢?

爱国首先要爱自己的民族文化,而爱文化首先要爱自己的民族语文,爱语文则首先要明白它的优点、美处何在。

附录

李固《遗黄琼书》注释

闻已度伊、洛,近在万岁亭,岂即事有渐,将顺王命乎?盖君子谓:"伯夷隘,柳下惠不恭。"故传曰:"不夷不惠,可否之间。"盖圣贤居身之所珍也。诚遂欲枕山栖谷,拟迹巢、由,斯则可矣。若当辅政济民,今其时也。自生民以来,善政少而乱俗多,必待尧舜之君,此为志士,终无时矣。常闻语曰:"峣峣者易缺,皦皦者易污。"《阳春》之曲,和者必寡;盛名之下,其实难副。近鲁阳樊君,被征初至,朝廷设坛席,犹待神明。虽无大异,而言行所守,亦无所缺;而毁谤布流,应时折减者,岂非观听望深,声名太盛乎?自顷征聘之士,胡元安、薛孟尝、朱仲昭、顾季鸿等,其功业皆无所采。是故俗论皆言处士纯盗虚声。愿先生弘此远谟,令众人叹服,一雪此言耳。

附录

〔注释〕

李固（93—147年），字子坚，汉中南郑（今陕西省南郑县）人。黄琼（85—164年），字世英，江夏安陆（今湖北省安陆市）人。两人都是东汉后期的名流，先为处士，后做大官，政见一致，"气类"投合。当时政治特点是皇帝宠信乳母、宦官、外戚，让这些人专权肆虐，以致朝政日益败坏，民不堪命。黄、李等少数人，敢于反对，因此遭到奸佞的仇视和陷害。外戚势力的大头目梁冀，势焰涨天，凶横专断，为了逞遂他自己篡权的野心，先立幼童刘缵（质帝），随即毒杀之，又立十五岁的刘志（桓帝）。李固坚决反对，因此终为梁冀所害，二子并死狱中。

黄、李一流，当然还是为了维护东汉封建统治，但他们毕竟是正直廉明的人士。现代历史学家把他们标目为"耿直派官僚"，是有道理的。

黄琼早期隐居不出，多次拒绝授官、举荐、征聘。最后到顺帝永建年间（126—132年），又被征赴都（今洛阳）。途中托病不行，被劾为"不敬"。皇帝仍然责命纶氏县（今河南登封）地方官礼遇送护。黄琼不得已，继续就道。李固素来爱重黄琼的为人，得知这些情况，遂写此书，迎致于黄琼。大旨是鼓励他出而就官，挽救王朝政局。

黄琼到京，授职为议郎，但久不升迁。约十年之后，仍因李固谏议，才得进用。及梁冀被诛，黄琼官太尉，奏劾贪污，揭露统治集团的奢纵腐朽，很为当时人所拥护与瞩望。但继梁冀而后的，又是宦官得势。东汉的覆灭，已不在远。

诗词会意

　　李固此书,传为名作,原文见《后汉书》列传第五十一(开明书店影印殿板二十史本,在卷九十一;中华书局排印宋本,在卷六十一)。严可均所辑《全后汉文》收此,题曰《遗黄琼书》,文与二十五史本同。遗,读去声,今通行注音wèi,盖为旧反切作拘,实当注音yì(一说古音与馈字同,当读kuì);义为赠、致、送给。

　　闻已度伊、洛——度,同渡。伊、洛,本为二水名。伊水源出河南省卢氏县境,东北流,至偃师县,注入洛水。洛,古又作雒,源出陕西省洛南县境,东南流,入河南省境,转东北流,至偃师纳伊水,至巩兴市入黄河。古代用法,"伊洛"一词,常表一个单一概念,不一定分指二水(如《水经注》引王子晋招延道士,与浮丘"同游伊洛之浦",是其例)。

　　近在万岁亭——万岁亭,地名,故址当在今登封至偃师之间。伊、洛交汇于偃师西南。黄琼从安陆北上赴洛阳(洛阳在洛水西北),止于纶氏(今登封),由纶氏赴偃师,故须渡洛,再由偃师溯洛西行,即至洛阳。(依李固文,万岁亭似应在洛水之西北、偃师之稍南。然据《后汉书》注,似又当在登封、缑氏之间,即仍在洛阳之东南,如此则与"已度伊、洛"之语不合。未能遽定。)近在,是从洛阳首都的角度而言,意思是已距京师不远,计日可至了。

　　即事有渐——即,"就"而"近"之的意思;事,指人所从事的活动,包括生产劳动,各种职务工作,所经营的事业,等等。即事,干活,从事工作,是休息或闲居的对立概念。渐,犹言征兆,端绪,苗头。即事有渐,是说黄琼已然有了结束隐居、出来做事的初步表现,有了开始走这条道路的倾向和趋势。

附 录

将顺王命——将顺，奉行，接受；同义复词，"将"不做"将来""将要"解。王命，指皇帝的征聘。全句说，莫非您已经有意接受征召、出山做事了吗？并非真是问语，而是一种十分客气委婉的说话艺术，不把话说得太死，尽量避免冒昧鲁莽的语气。实际正是要坐实他已经出山的事态。

盖君子谓："伯夷隘，柳下惠不恭。"——盖，引起下文，或进一步申述意见的领用字，略如现代说："事实是……""情况是……""道理在于……"君子，指孔子、孟子以及他们所肯定的合乎"先王之道"的士大夫。《孟子·公孙丑上》："孟子曰：伯夷隘，柳下惠不恭；隘与不恭，君子不由也。"李固暗引此文。伯夷，殷商时辽西古国孤竹君的长子，姓墨，名允，谥夷，反对武王伐纣，周既灭殷，与弟叔齐隐于首阳山，"不食周粟"，以致饿死。柳下惠，春秋时鲁国大夫，姓展，名获，字禽，谥惠，居于（一说食邑）柳下，故称；他做"士师"（掌刑狱）的小官，又曾三次贬职，而他表示毫不在乎。孟子以为伯夷太狭隘（无所含容），而柳下惠又太不在乎：这两种处世态度，各有所偏，都不合儒家的中庸之道，所以"君子"不取，不走他们的道路。不恭，旧注以为"不恭敬""轻忽时人""简慢"，主要是说对人对事太随便，这样必然要"降志辱身"（因而对自己也就成为一种不自尊重的做人态度了）。

故传曰："不夷不惠，可否之间。"——《后汉书》注云："《论语》孔子曰，伯夷、叔齐，不降其志，不辱其身；谓柳下惠、少连，降志辱身，我则异于是，无可无不可。（按此引《论语·微子》）郑玄注云：不为夷、齐之清，不为惠、连之屈，故曰'异于是'也。"按李固所谓"传",实指扬雄《法言》(仿《论语》而作)。《法言·渊骞》评东方朔时,曾云:"非夷、齐而是柳下惠,戒其子以尚容(要儿子处世随随和和),首阳(夷、齐)为拙,柱下(老子)为工,饱食安坐,以仕易农,依隐玩世,诡时不逢。其滑稽之雄乎?""或问:柳下惠非朝隐者欤?曰:君子谓之不恭。古者高饿显,下禄隐。"或问者又请举蜀人中的标准实例,扬雄举"有李仲元者",其人"不屈其意,不累其身""不夷不惠,可否之间也"。李固指此。按扬雄之意,以为柳下、东方"玩世""不恭",此种"禄隐"为下,夷、齐的"饿显"为高。不应当"屈意"(孔子所谓"降志",贬抑自己的志节,损害自己的原则),但又以为夷、齐虽不"辱身",却又"累(害)身"了。李固引此,意旨则在于劝说黄琼,柳下惠固不可尽从,但也不必效法夷、齐的那种狭隘的"清高"。传,指阐释、发挥"圣人"经书旨义的著作,所以封建时代有"圣经贤传"的提法。

盖圣贤居身之所珍也——盖,大概是。圣贤,指孔、孟等人。居身,为人处世。珍,宝贵,重视。

诚遂欲——若果真定要。诚,表假设语气。遂,终竟,到底。遂欲,犹言始终要,亦即一定要的意思。

枕山栖谷——以山为枕,以谷作床,比喻隐于深山之间,避世不出。栖,卧床。《孟子·万章》注:"栖,床也。"

拟迹巢、由——效法巢父、许由的行事。巢、由二人是传说中上古的高隐之士,帝尧要把天下让给他们,遭到坚决拒绝。巢父在树上结巢而居,连地面都不愿住。许由听说要让天下于他,赶快到水边去

"洗耳"，怕这种话玷污了他的耳朵。但巢父还是责怪许由，说为何不"隐汝形，藏汝光"，竟要和他绝交。

斯则可矣——这也行了，这就罢了。

若当辅政济民，今其时也——如果还是该出来辅佐政治，救济百姓，现在是时候了。辅政济民，儒家封建士大夫的政治抱负，此处实际指的是面对当时外戚、宦官横行作恶的局面，应该有以救正。

自生民以来，善政少而乱俗多——从有人类社会以来，就总是"治世"少，"乱世"多。俗，风习，指社会政治情况而言。

必待尧舜之君，此为志士，终无时矣——非要等到有了尧、舜那样的君主再现才做事，想做这样的志士，那就永远不会逢时了。《孟子·滕文公下》："孟子曰：昔齐景公田（打猎），招虞人（掌山林苑囿的官）以旌，不至（招虞人不应用旌，故不至），将杀之。志士不忘在沟壑，勇士不忘丧其元，孔子奚取焉？取非其招不往也。"注云："志士，守义者也。君子固穷，故常念死无棺椁，没沟壑而不恨也。"志士，怀抱志愿，坚守志节之士。此处则侧重在说准备将其抱负付诸实行的人士。尧、舜，上古帝王，儒家标为君主的最高典型。此为志士，以这种条件、这个标准来做志士。时，合宜的时世。按《资治通鉴》引此，作"此为士行其志，终无时矣"，是北宋人所见《后汉书》与南宋本不同，于义为长。

常闻语曰——常听到谚语说。语，流传于众口的话头，大家时常引用的一种成语，多是以简短精练的语式来譬喻和概括事物的道理（另本："常"作"尝"，曾经之意）。

峣峣者易缺——峣峣（yáo），高峻。这句说，太高的东西就容

诗词会意

易折断。

皦皦者易污——皦皦（jiǎo），洁白。这句说，太干净的东西就容易弄脏。

《阳春》之曲，和者必寡——典故出于《文选·宋玉对楚王问》。《阳春》《白雪》，高级的曲调。和（hè），跟着一起唱。寡，少。曲调太高级了，懂的人就少；越高级，能跟着唱的人就越少。

盛名之下，其实难副——盛名，倾动一时的大名气。实，与名称相对待的实质，与名气相对待的实际。副，相应，相称，相符。这说一个人在获取了盛大的名气的情势之下，他的实际就很难与之相符合、配得上了。

近鲁阳樊君……犹待神明——近，近日。樊君，指樊英。英字季齐，南阳鲁阳（今河南省鲁山县）人，初为处士，多次拒绝聘举，顺帝永建二年复以重礼征召，英称病笃，被强载入京登殿，皇帝责以傲慢，并加威词恫吓，英严正抗辩，顺帝竟不能屈，令就太医养疾，给赐丰厚；至永建四年（129年）三月，乃大设坛席，待以师傅之礼。犹待神明，就像接待天神一样，指礼数极其隆重［《资治通鉴》系此事于永建二年（127年）］。

虽无大异，而言行所守，亦无所缺——虽然没有特殊的表现，但言论、行为、操守也并不是真有什么缺失之处。亦、所二字，二十五史本与《通鉴》引文皆有之，当从。

而毁谤布流——可是说他坏话的贬词谤语却到处传播开来了。布流，扩散。

应时折减者——应时，即时，顿时，一下子。折减，指声价骤降。者，表将要指明缘故何在的语气。

按以上事态可参看《后汉书·樊英传》："英初被诏命，众（大家都）以为必不降志，及后应对，又无奇谟深策，谈者以为失望。"又引张楷（同时被征者）当面批评他的话："天下有二道：出与处（chǔ）也。吾前以子之出，能辅是君也，济斯民也。而子始以不訾之身，怒万乘之主（指与皇帝抗辩，不顾安危之事）；及其享受爵禄，又不闻匡救之术，进退无所据矣！"又《后汉书》论曰："樊英、杨厚，朝廷若待神明，至竟无它异。英，名最高，毁最甚。李固、朱穆等以为处士纯盗虚名，无益于用，故其所以然也。"都说明了樊英声名顿减、毁谤最甚的事实。

岂非观听望深，声名太盛乎——难道不是因为大家对他所抱的期望太高、名气太大的缘故吗？观听，指耳目所得的印象，由这种印象而构成的舆论评价。

自顷——从近日以来。顷，为时未久。

是故俗论皆言处士纯盗虚声——是故，因此。俗论，一般社会舆论。处（chǔ）士，在野、不出仕的人。处，家居，与"出"（出仕、做官）相对待。纯盗虚声，完全是窃取虚名，毫无实际。按东汉后期，有一班假名士，专以高隐不出为沽名钓誉的手段，每拒绝一次征聘，声价就抬高一番，他们的社会地位，实际上比大官僚有过之而无不及。参看《通鉴》所论："至于饰伪以邀誉，钓奇以惊俗，不食君禄而争屠沽之利，不受小官而规卿相之位，名与实反，心与迹违……"就是这班"处士"的真相和丑态的一种很好的写照。

弘此远谟——弘，扩大，发挥。远谟，指远大的施政谋略，即真正的处士所怀抱的政治理想。

一雪此言耳——一，有完全、彻底的意思。雪，洗刷。此言，指"纯盗虚声"的评论。耳，语末助词，表结束语气（另一用法是表"而已"的合音，义为"罢了"，与此小异）。

按：为了理解这篇文章，知道一些有关的史事背景的梗概，是必要的，如东汉后期的社会政治情况，处士问题的虚实和评价，等等。但我们今天学习李固此文，目的却不在于是，而是有取于"'峣峣者易缺，皦皦者易污。'《阳春》之曲，和者必寡；盛名之下，其实难副"这几句名言，因为其间包含着科学道理，对我们还很有启发教育意义。

高峻与断折，洁白与污染，曲调的高下与唱和的多寡，声名的隆替与实际的乖合，这其间都是一种辩证的关系，是值得我们作深长思的。从艺术作品的角度来讲，曲调过于高级了，就要成为脱离群众的东西，而群众又不是永远停止在一个水平上的，人民要求普及，跟着也就是要求提高。从更广阔的范围来说，一切理论，必须能为群众所接受、掌握，才有它的实际意义，而先进的思想，科学的真理，正确的革命方针路线，有时在起初也不易立即为人所普遍理解，要随着时间和条件的进展，人们才会越来越认识它。当群众还在唱《下里巴人》，"那么，你不去提高它，只顾骂人，那就怎样骂也是空的。"能不能理解普及与提高的统一，正是辩证法与形而上学的分际。"实至名归"这句成语，说明了名、实之间一定的、相应的正当联系，但是"有名无实""名过于实"又是常有的现象，于此可见二者之间实是一种矛盾的关系。毛主席说："人贵有自知之明。"我们应该"经常想一想自己的弱点、缺点和错误"。这是一条极关重要的教导。再从另一面看，坏人想要害人害事的时候，伎俩多端，也会采取故加吹捧、抬高的手段。其阴谋正在于，这样就会使事物脱离群众，超越实际，最终还会向相反的方向和对立面转化。这是一种十分阴险的手段。我们懂得了毛主席为我们指明的这些道理，就会更加谦虚谨慎，就能防止坏人可能采取的阴谋诡计。所以，温读一下李固的这篇文章，是一次有益的学习。

〔附录〕

徐干《中论·考伪》："名者，所以名实也。实立而名从之，非名立而实从之也。……贵名，乃所以贵实也。夫名之系于实也，犹物之系于时也。物者，春也吐华，夏也布叶，秋也凋零，冬也成实，斯无为而自成者也。若强为之，则伤其性矣。名亦如之。故伪名者皆欲伤之者也。人徒知名之为善，不知伪善者为不善也。"

《老子》第三十三章："知人者智，自知者明。"

师顾室漫话

词调平仄四声,有可放过者,有不得放过者,如"阮郎归",五字句之第三字,必平,有用仄者,误也,不得据以为词,倒道本末,又如"沁园春"调,读之如江河奔泻,气贯如虹,然第三句之第三字,必仄,七字句之第五字,必平,此拗格也,盖一气贯通时,偏要此数字左之、勒之、提之,使如在巨流奔瀑中,突阞于石,其力万钧,此音一失,精神全毁,亦不得以有不从此音者,而轻自宽假也。

词有平韵仄韵之分,一调平仄二韵者绝少,如"满江红""满路花"等,究属变例,又仄韵之中又分上去韵,与入韵,且不得见是仄韵而随便用上去、用入声也,当依古人,古人于此调皆押入声韵,亦押入声韵,一用上去,便不合,反是亦尔。总之,入声无论在行腔、在韵脚,皆不可与上去通易,乃最稳妥之法门也。

世人以"豪放"二字目苏、辛,略无等差,误人最甚,清河顾随

附录

先生，著《苏辛词说》三卷，尽发其旨，约言其别，则苏为高，辛为深；苏为出，辛为入；苏是天机，辛乃世谛，二者町畦迥判，不容翕然一词，"豪放"二字，尤无处安置。赏音论古，是自家事，无假于人，而千年以来，人云亦云，因因相袭，不自具眼者何耶。

南宋诸家，非不谐美典丽，然窘束踧踖，千篇一律，阅不半卷，昏昏欲睡矣。清人词，清词丽藻，风华过之，苦于不重不大，如食酥饴，入口即化，了无回甘，古今人信不相若。

张叔夏《词源》世所传诵，而观其论作词之法，了无高见，然后知其所自作，亦无高处也。其论梦窗云：如七宝楼台……碎拆下来，不成片段。尤为不允。张相先生云：窃为下一转语，楼台结构，本成片段，见为不成，以拆碎故。汝昌曰：如是，如是，至于世人之不能读梦窗者，遂纷纷引玉田语以解嘲，实则此辈人，但见楼台眩眼，何尝能见结构片段，尚遑论拆碎功夫耶。可发一噱。

八年沦陷，豺狼来咸，触目惊心，顾师《浣溪沙》下半云："南浦送君才几日，东家窥玉已三年。嫌他新月似眉弯。"得此词爱不释手，觉郑所南"地走人形兽，春开鬼面花"之句，略少风华，全归愤激，大失温柔敦厚之旨，转视顾随师所作，何等蕴藉，宋人虽贤，无此妙境，今人不及古人，詎其然乎。

（此文发表于1947年8月出版的《梦碧月刊》第4期，"师顾室漫话"不知共有几篇，此其第2篇）

旁听诗话

一个青年学生来看老刘,说起他近来对古典文学作品发生兴趣。看样子,说到这一点,是高兴的意思,但随即又有闷闷的表示。刘看出他的苦恼,就问他,学习起来是否有什么困难。我正在座,安心要听一听。

"困难是一定会有的,"他说,"但可怕的并不是困难,而是有了困难得不到解决。"

"不是有老师给讲解,或是讲了还不懂再去请问老师吗?"刘问他说。

"正是因为讲了、问了以后,原来不懂的一些地方,还是不懂呢!"他的眉头皱在一处。

我知道这时空谈大道理是很难对他有什么帮助的,想找个具体的例子来研究一下,于是就插嘴建议不妨举个实例,叫刘先生看看问题何在。

"比方说，"他马上便有了例子，"晏几道的《临江仙》，读起来直觉地感到很美，但是'梦后楼台高锁，酒醒帘幕低垂'下面，'落花人独立，微雨燕双飞'上面，就有'去年春恨却来时'七个字，每个字我都认得、懂得，合在一起，只是不知道他在说些什么！——我想，这七个字不懂，恐怕就不只是七个字的问题，连上下文的语意、神情，就都感觉茫然和索然了。"

他真真有些道理，我不禁暗自喝彩。刘声色不动。

"'却'，是'反而倒是'一类的意思，"他接着说下去，"这我倒知道，但'来时'是什么呢？到来的时候吗？还是将来的时候呢？而且不拘怎样，和'却'又怎么连得起来呢？"

刘发现了问题所在，就说道："你的话非常有道理。但这里的困难只在一个'却'字。'却'字除了你所了解的一个现代通行意义以外，还有不少其他用法，应该留心分析。例如，它可以表示'反而''倒是'的口气，但也还表示'原来'的口气，表示'到底'的口气，表示'恰好'的口气，表示'就''便'的口气，表示'又''再'的口气……"

他睁大了眼睛，望着刘，半信半疑地。

"你一定读过《水浒》吧？"刘说下去，"单拿开头几回里的例子，就约莫可以说明一些问题。"

刘翻开《水浒》，找出一些句子，指给他看：

"洪太尉叫人掘地，'众人只得把石板一齐扛起，看时，石板底下，却是一个万丈深浅地穴'。李吉说，'算命道我今年有大财，却在这里！'这二例里，'却'字都表示'原来'的口气。所以，小说、戏曲里也就常有'却原来'的说法，古来同义复用的例子是不少的。

"洪太尉遇见大虫，唬得'浑身却如中风麻木，两腿一似斗败公鸡'。鲁智深把郑屠'打得鲜血迸流，鼻子歪在半边，却便似开了个油酱铺……'。监寺僧'从西廊下抢出来，却好迎着智深'。这里的'却'都是'恰'的意思。

"高太尉喝道：'你这贼配军！且看众将之面饶恕你今日，明日却和你理会！'鲁智深和酒家说道：'洒家别处吃得，却来和你说话！'这里的'却'字，又都是'再'的意思。小说里也常常有'却说如何如何'的话头，实际就是'再表'的意思，中间夹叙了一段之后，又回过头来再接上文的地方，才用'却说'，不知你注意过没有？其他的，不必我多举，只要你用心去分疏比较，自能领会得出的。"

他搔搔头，恍然大悟地叫一声："啊！我明白了！"刘问他明白什么了，他笑说："'去年春恨却来时'，就是去年春恨再来时或又来时啊！明白了这个'却'字，'来时'也自然不再成什么问题了！"

刘也笑着，点头说对。又说，这并不新鲜。比如，杜甫的《春日梓州登楼》诗："身无却少壮，迹有但羁栖。"欧阳修的《减字木兰花》词："说似残春，一老应无却少人。"如果不懂一个"却"字，恐怕也是莫名其妙了。

他高兴得很，要刘再举些例子给他听。刘告诉他：例子是一时

诗词会意

举不清的。即如昨儿报上有一位先生的文章,里面有这样一段话:老杜说"白头搔更短"……一较真,一科学,则老杜多忧烦两次,他的脑袋不要给"搔"下半拉去吗?可是这个"头"就是头发,虽然确是长在"脑袋"上面,却不能总是和"脑袋"画等号。我们口语里不也还有"推个分头""剪个平头""披头散发"的话吗?有谁会理解为"分脑袋""平脑袋"和"披脑袋"呢?头发花白叫"二毛",晋人杜预说:"二毛,头白有二色也。"我们自然不应该理解为"脑袋白,有两色",所以"头"字本身自古就有"发"义。"短",在这里与其说是长短的"短",还不如说是短少的"少"字的意思。"白头搔更短",就是老杜说他自己年老忧愁,白发越搔越落越稀少,所以下句才是"浑欲不胜簪",说快要戴不住簪发的横簪了。因此无论怎么"较真"与"科学",也绝不会把脑袋"给搔下半拉去"的。老杜的原句非常浅显明白,并没有什么不科学的地方。还有一点,假如真正不懂,读不下去,倒还不要紧。最误事的是自己以为懂了,可是却懂成了一个似是而非的东西,以致毫厘千里。比方,刘禹锡的名句'朱雀桥边野草花,乌衣巷口夕阳斜'这两句你怎么个讲法呢?"

他立刻说:"这自然是说,朱雀桥边有野草野花,乌衣巷口有斜照的落日了——难道还有别的说法不成?"

刘说:"这不能说你没有懂得,可是也不能说你已经懂得透彻了——严格地说,如果读古诗时只是这样的懂法,也究竟和不懂差不多少。"

他对刘这一席话表示非常惊讶,一声不响,等待刘的解释。

"这里'花''斜'两个韵脚字,是两句精神意态之所在。我不懂什么语法,不知道这是属于什么词性的,但绝不是名词或形容词之类。花、斜,都具有动字的意味。野草花,是说桥边野草,冷落寂寞中,开出小花朵,无人欣赏,自开自落而已。诗里的'花'字,往往是动字,就是'作花'的意思。夕阳斜,是说落照的余晖在不停留地'斜'下去了!你一定知道'红日西趖'这样的话吧?不妨说,这个'斜'和'趖'同样是动态的字,读下去,简直叫人觉得像是看见了那巷口的斜阳迅速地斜下去、斜下去,余光暗下去,暗下去!"刘用手比着说,站起身来。

他打断了刘的话,说道:"叫您这一讲,我也恍如身临其境,像看见的一样。——这个'斜'多么有力量啊!"他有点自语似的说出后一句话。

"照你原来所理解的,那样平板,还有什么境界、神情、意态、滋味可言呢?所以,似是而非地自以为懂了,并不比不懂更好到哪里去,甚至可以说,比不懂更糟糕。"刘说。

他叹一口气,说道:"假如我们的教诗歌的老师,能在这些地方多给我们说些,那会引起我们同学多大的兴趣啊!"

我不禁又插嘴说:"刘先生所说的,都是字句间极琐屑的小问题,老师们要讲明白主题思想、教育意义,自然不能多在琐屑上费太多的话了。"

他说:"不然。不是费太多的话,而是根本没有说个清楚。而且,这样说清楚了之后,我们明白了其中的神情、意味,当然在接受思想教育时,也就自然而然地会事半功倍。连语言文字——这是文学的唯一媒介物——还闹不清,每日囫囵吞个枣,只管反复地说上一些

诗词会意

空话式的'思想''意义',我们怎么能学习得深刻起劲呢?"

他告辞了,热烈地握着刘的手不忍放下。

"我们是多么希望有人能像您刚才那样告诉我们啊!"临跨出门,他还在自语似的说,两眼远望,分明是在思索着什么。

1957年3月2日

周汝昌与周笃文谈东坡诗

周汝昌：晓川（周笃文，字晓川），有一个问题，咱们讨论两句。就是不久中秋要来临，大家最传诵的当然就是苏东坡的"明月几时有"。这个词，其实很普通，前后两节，前阕揭破的两句就是两个五言句儿，后面也是两个五言句儿。前阕是"起舞弄清影，何似在人间"，对吧？我讲这样："起""舞""弄"三个仄，"清""影"，只有一个平，又一个仄，这叫拗句，这不是律句，不是仄仄平平仄。后边结尾的这个，正律完全一样，不是"但愿人长久"。"但愿人长久"是律句儿，仄仄平平仄，这个错了！您将来去考律词的全书，和宋人的其他作品，您一证，就证明了。您替我啊，谈谈这个问题。

它是这样，这个关键在这：有人、有月，"月有阴晴圆缺，人有悲欢离合"，所以这个"人"和"月"，是并举，关系密切在一起，

诗词会意

这也就是中秋节的一个主题，对吧？结尾呢，不是"但愿人长久，千里共婵娟"，这个"人"那是不能再出来了，婵娟是"月"，而且这个音律也错了，应该也是仄仄仄平仄，这个您看看别人的，没有问题，人家没有用律句儿的。那么我的意思是什么呢？"但愿人长久"那个"人"呀，是个误字，勘误，写误，不懂词律的人的误读。那个本来是"但愿各长久，千里共婵娟"，这个"各"呀，您要是写字，您要写草字写多了，那个"各"字一写瘪了，那个笔画一挤在一起，就是个大"人"字儿。只有我啊，写"各"字儿的时候，我体会了，不怨我灵机一动。您想啊，它是这样：这首词的主题是"问"，《楚辞》有"天问"，这首词是东坡问月，这等于是个"月问"。他提出一系列的问题："明月几时有？""今日天上宫阙是何年？""我要是到了月里，那里冷不冷？""我在那儿弄清影，与我在地球上一样不一样？"不是像有人解释的，说："我要在那儿弄清影啊，不好，还不如我回到人间。"这是一个错！那是一个问句儿，凡是古人说的"何似"，都是说"那个"和"这个"比怎么样啊？应该是一系列的问，所以到了下阕，才把这个"问"就都解了。东坡发表自个儿的感想："唉！人、月都有美中不足，不要求全，人生要豁达。"也就是他所谓"豪放派"的本意。他因此说，"但愿我"，他是怀念子由，我们不能一块儿赏月，我们相隔千里，那怎么办呢？我们各自保重——"但愿各长久"：你也多活几年，我也多活几年，我们隔着千里没关系，一同举头赏月。这才是中秋望月，而不是什么"人长久"。那"人长久"，月亮不比你长久啊？哈哈哈哈！

周笃文： 我也记住，回去就查《词谱》。看看《词谱》，如果都是仄仄仄平仄,那么就说这个"人"就是个仄声。玉老(周汝昌,字玉言)解释,"各"字和"人"字,形近相讹,造成的一个误读,这就把这个案子翻过来了。王湘绮、王闿运他们的有些评词是直接的判断,也是一家之言。您今年90多岁的老人,在中秋前夕给我们说中秋诗有这样的发现,了不得啊!

周汝昌:不是发现,我跟您说,晓川,有个例子,有一个重要的人,将来您也替我申说:有人认为东坡是个豪放人,他写词不拘律,大错特错!东坡的词太讲律了!不要用那种俗说。这个,怎么说呢?哈哈!我说了人家听了会不高兴。就是说你不真懂词律,那个东西,人家当时不是念的,是唱的。你唱出来,它那个调子有基调,你不能够改换。那怎么能……人家没法唱了。昆曲,那个音律的严,严在哪里?就是你要不依律,唱出来人家没人懂。林黛玉,唱出来是"令逮瑜",行吗?

周笃文:您还记得不?30年前,您曾经讲到苏东坡的另外一首《念奴娇·赤壁怀古》:"遥想公瑾当年,小乔初嫁,了(liǎo)雄姿英发。""了"字要出下,公瑾当年雄姿英发,那什么劲头啊?了然一派的,我曾经写过小文章,谈到过您这个,现在把这个加起来再成一篇。了然嘛,"小乔初嫁了",不通嘛!出嫁就出嫁,怎么"了"呢?格律上也不要求这样嘛!这就是当时老人家敢于向最高的权威提出异议,而且给予合理的解释,这就是叫大师风范。我会再写一篇文章。

周汝昌:晓川,这个律句,要是不应该作律句的,填词填成了律句,是个大错误!您读一读那个王安石的《桂枝香·金陵怀古》,您

诗词会意

看：那个音律，完全在那个拗句里面那个仄声、去声，呵！您听听："登临送目，正（重读）故国晚秋，天气初肃（重读）。"啊！您听听那个，没有一个是律句啊！您要填出一个律句来——完了！这个《桂枝香》，"千里澄江似练""翠峰如簇（重读）"啊！"翠"，你要填成那个平——完！这个一点儿音律没有！"归帆去棹残阳里，背（重读）西风、酒旗斜矗（重读）。"您听听那个仄声美！千万要抓住这个。"彩舟云淡，星河鹭起，画（重读）图难足（重读）。"您把那个"画"弄成了个平，您再听听，要多难听有多难听。到最后还是如此："过江商女"，唱的是什么呀？"《后庭》遗曲"！您听听，那个大仄声、大去声！那个力量！哎呀！古人那个音律，一丝都不能错，哪里有胡来的？说我豪放我不管，你不管你就别填词啊，你写那个油诗好了嘛！

周笃文：精彩极了！

周汝昌：千古名作，就留下那么一篇，让你读起来百读不厌，哎呀那个享受，在这儿！不然你写那一篇干吗呀？白费纸墨啊！古人不可及呀！

晓川，东坡这首词，您看他那个题上写得很清楚：中秋夜他自个儿，很孤独，自个儿举杯问月。他喝醉了，大醉！这一次，他怀念子由不能一同赏月。上半儿，那是另外一回事，就是问月；下半儿，怀念子由。那两个关键句你必须联在一起，一个就是"月有阴晴圆缺"，今天呢，那个意思幸好看来没有阴、没有缺，因为十五不会缺。底下一句是要紧："人有悲欢离合"，他跟子由千里不能相会，所以，他说：我们怎么办呢？我们就是但愿各自在两地，分别保重吧！千里之外，一同举头望月。这个，人以为是豪放，其最深层，是一种兄弟被迫分离两地——一个深深的悲凉。所谓豪放，是一个很浅层的现象、表皮。所以，你一定要体会，那个"各"字，那个味道：我们怎么办？没法儿，就各自顾各自，各自保重吧！我们离了千里不能相见，举头一块儿望望月亮吧！你看看这是什么滋味呀？还豪放？

周笃文：两个兄弟还怎么叫"人"长久呢？

周汝昌：这个"人长久"，是一个泛泛的，是个很一般的，若是："来呀，我们大家都长命百岁！"您听听这还有味儿吗？

周笃文：发人之所未发。每一个细胞都充满着智慧！真是太宝贵了。别的人又何曾梦见呢！

周汝昌：没办法的办法，那个话出来，千回百转。人生一世，东坡念子由的那个诗，对我来说最感动人了。他们几个人啊，真是不得了！今天那个独生子女，如果还有弟兄不和啊，我劝他读读东坡诗词，他大概会受感动的。

2009年9月19日

（白斯木根据录音整理，周伦玲核定并成文）

图书在版编目（CIP）数据

诗词会意 / 周汝昌著；周伦玲编. -- 贵阳：贵州人民出版社，2022.8
ISBN 978-7-221-16938-9

Ⅰ.①诗… Ⅱ.①周… ②周… Ⅲ.①古典诗歌—诗歌欣赏—中国 Ⅳ.①I207.2

中国版本图书馆CIP数据核字(2021)第233800号

出 版 人：王　旭
责任编辑：祁定江
特约编辑：梁永雪
封面设计：刘　霄
版式设计：任贤贤

书　　名：诗词会意
　　　　　SHICI HUIYI
作　　者：周汝昌 著　周伦玲 编
出版发行：贵州出版集团　贵州人民出版社
地　　址：贵阳市观山湖区会展东路SOHO办公区A座
印　　刷：天津行知印刷有限公司
开　　本：880mm×1230mm 1/32
印　　张：11
字　　数：250千字
版　　次：2022年8月第1版
印　　次：2022年8月第1次印刷
印　　数：3000册
书　　号：ISBN 978-7-221-16938-9
定　　价：65.00元

本书如有印装质量问题，影响阅读，请与出版社联系调换。